2020第七屆屏東文學國際學術研討會
（10月30日）

▲ 與會來賓全體合影。

◀ 開幕典禮：屏東大學古源光校
長致詞，勉勵中國語文學系永
續關懷地方人文，以實踐大學
的社會責任。

▲開幕典禮：臺灣文學館蘇碩斌館長致詞，肯定屏大中文系對於地方文學的深耕精神。

▲ 開幕典禮：屏東縣政府文化處吳明榮處長致詞，期待屏東人文特色被世界看見。

◀ 專題演講：陳耀昌醫師主講「由全球化新視野來『重視』屏東歷史、文化及旅遊」，強調地方文史是深度旅遊的重要元素。

▼ 論文發表（一）：主持人林慶勳教授（中山大學中國文學系），學者發表屏東兒童文學與臺語歌謠相關論文。

▲ 論文發表（二）：主持人戴文鋒院長（臺南大學人文學院），學者論題從電影藝術、文學語言，到韓國、馬華地方文學的發展現況。

▲ 論文發表（三）：主持人江寶釵主任（中正大學中文系），學者針對屏東作家回憶錄、眷村故事、書法文化等跨界議題討論。

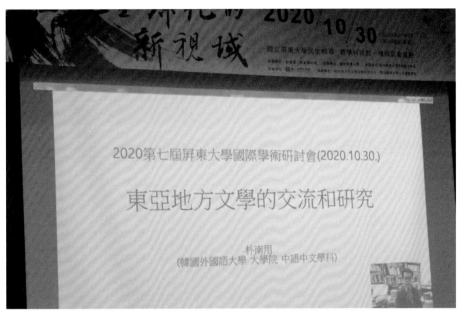

▲ 因應疫情，國外學者採錄影方式報告。上圖為朴南用教授（韓國外國語大學大學院中語中文學科）發表論文〈東亞地方文學的交流和研究〉；下圖為魏月萍教授（馬來西亞蘇丹依德理斯教育大學中文系）發表論文〈馬華地方文學的建構與跨界──以大山腳的文學結社為例〉。

▲ 地方曲藝：「恆春民謠進鄉團」月琴彈唱，主持人趙振英總幹事（恆春民謠促進會），介紹恆春民謠的曲目，期盼民謠火炬代代相傳。

▲ 地方曲藝：國寶阿嬤陳英女士彈唱〈思雙枝調〉（左圖）、陳達老師的薪傳吳登榮先生彈唱〈四季春〉（右圖），會場迴盪著來自土地悅耳的歌聲，展演屏東文化之美。

▲ 座談會：主持人余昭玟主任（屏東大學中文系），主題「地方文史與在地全球化的新視域」，學者進行地方與跨國文史的切磋交流，開拓地方學全球化的新視界。

◀ 閉幕典禮：余昭玟主任致詞，感謝與會來賓蒞臨參與，及系上籌辦團隊同心協力，使會議圓滿順利。

屏東歷史小說《傀儡花》地景踏查
（10月31日）

▲ 墾丁國家公園管理處資深解說員林瓊瑤老師導覽，走讀陳耀昌醫師《傀儡花》中的小說場景。於車城福安宮探察清代紀念碑文，其一記載乾隆時期兩廣總督福安康平定林爽文事件，其二是同治年間劉明燈統帥為紀念南岬之盟題名碑。

▲ 鵝鑾鼻燈塔，乃墾丁國家公園史蹟保存區，日治時期經票選為「臺灣八景」，並豎立「臺灣八景鵝鑾鼻碑」。

學術論文集叢書

在地全球化的新視域

2020 第七屆屏東文學國際學術研討會論文集

林秀蓉　主編

推薦序

屏東的風采‧文學的豐收

　　屏東相對於臺北，可能是遼遠的邊陲地帶，但這裡是臺灣文學最南端的新天地，充滿活力，且具有在地意識與特色。文學是所有藝術型式中最具影響力的，永遠都是迷人的存在，值得人們奮力去追求，在地文學更是如此，屏東書寫讓我們重新看清這個重要場域，不論庶民生活或歷史記憶，都聯結成文字的互文網絡。

　　屏東文學在歷來作家的耕耘下，在在有其神采，有其風華。回顧1920年代的屏東市，街頭就有文化協會的知識分子，例如楊華（1900-1936），在中山路慈鳳宮附近，一邊教漢文私塾，一邊寫作新詩，可說是屏東第一位現代詩人。火車站前的幾家書店，販售當時流行的書報，萬丹人劉捷（1911-2004）曾在這裡買到北京、香港、上海出版的新文學書籍。可見一百年前的屏東，文化氣息就十分濃厚，因此劉捷才能以一個貧農子弟，而留學日本，成就他的文學志業。

　　九〇年代以來，屏東作家最為讀者熟知的是陳冠學（1934-2011），他的《田園之秋》是對新埤地景的記錄，一種反思現代化的鄉土懷舊記憶。到這兩三年的文壇，更可以見到屏東作家展現旺盛的創造力，李旺台、林剪雲出版一部又一部的長篇小說，前者以傳記書寫向在地前輩致敬，後者爬梳戰後最風雲詭譎的幾個政治事件。本校的施達樂教授和林弓義先生早就關注乙未戰爭林少貓的事蹟，而用小說和繪本描摹當時土地上的抗暴故事。至於恆春半島的歷史，2016年出現了陳耀昌的《傀儡花》，引起熱烈的討論，這場研討會我們遂邀請了陳醫師來演講，講題：由全球化新視野來「重視」屏東歷史、文化及旅遊，內容極富創意的聯結了全球化與在地化。

何謂屏東文學？如何讓屏東文學研究成為可能？近年來本系鍾屏蘭、林秀蓉、黃文車老師努力耕耘，與屏東的學者們合作，完成了《屏東文學小百科》，拍攝了「屏東作家身影」紀錄片，出版了《屏東文學青少年讀本》新詩、散文、小說、民間文學和兒童文學卷，另有《下東港溪流域故事繪本》六冊、《六堆客家兒童繪本》十五冊等等，《屏東文學史》也將在年底出版。本系與屏東縣文化處、六堆文化園區等單位合作，曾多次舉辦座談會、演講，此外，我們更以學術研討會來拓展研究的廣度和深度。

「屏東文學研討會」旨在開展屏東文學研究的視野，邀請相關研究者加入對話的行列，本系自2011年開始舉辦，至今已歷七屆，規模擴大，各界的參與逐年踴躍。本次2020年研討會的論文，內容多元，從寓言、兒童文學、眷村文化到電影、書法等，涵蓋多種藝術類型。會議中學者針對主題熱烈進行討論，透過多種研究的視角，提出學術成果，開創多重跨域的視野。與會的中興大學林淑貞教授、臺灣大學黃美娥所長，說是生平第一次踏入屏東大學的校門，讓我們感覺到校園不再是那麼封閉的場域，研討會使位在南方之南的屏東，打開能見度，讓中北部的學者能夠一起來切磋討論，畢竟我們是在地唯一的中文系所，非常歡迎與臺灣各大學，甚至世界各國的學者做文學交流。

本場會議感謝教育部、科技部、國立臺灣文學館及屏東縣政府的贊助支持；感謝古源光校長、臺文館蘇碩斌館長、文化處吳明榮處長親臨致詞，多所鼓勵；感謝系上老師出力協助，工讀生充分合作，感謝林秀蓉副院長在忙碌的行政工作中，仍承擔辦理研討會之重責大任，使各項事務均規劃妥善，會議得以順利進行。

我們將會持續推行「屏東文學學術研討會」，把學術成果推介給學界以及國際社會，在愈講求國際化的當代，地方研究也應該更被重視，成就文學研究的多種可能性。

屏東大學中國語文學系主任

余昭玟 謹識

2021年6月

主編序
深耕在地·展望國際

　　永續深耕屏東文學，彰顯在地文化價值，是屏東大學中文系發展的重要目標。近年來凝聚師長團隊的力量，已陸續完成編撰《屏東文學小百科》、《屏東文學青少年讀本》、《屏東文學史》，以及錄製「屏東文學作家身影」，一步一腳印，為地方文學的傳承與推廣投注心力。又自2011年起，開始舉辦「第一屆屏東文學研討會」，深度探討屏東文學所呈現的文史景觀，引起各界極大的迴響。「第七屆屏東文學國際學術研討會」已於2020年10月30日圓滿落幕，感謝科技部、國立臺灣文學館、屏東文化處的鼎力支持，以及關注屏東文學先進們的共襄盛舉。會議以「在地全球化的新視域」為主題，宗旨在於從屏東文學出發，進行屏東與跨國地方文學的切磋交流，期待在全球化的語境中，讓屏東在地文化價值被看見，也為本系深耕屏東文學蓄積更厚實的能量。

　　本次會議論文發表，題目創新，見解精闢，研究面向包含：（一）屏東文學（二）屏東文學史的建構（三）跨國的地方文學（四）地方藝文產業。除了論文發表，並安排專題演講、學者座談、曲藝表演，以及地景踏查。專題演講，邀請陳耀昌醫師主講「由全球化新視野來『重視』屏東歷史、文化及旅遊」，強調屏東在臺灣歷史上的重要地位，發展深度旅遊應該融入歷史人文，為打造屏東符號提出寶貴的建言。學者座談，與談人廖振富教授、江寶釵教授、高嘉謙教授依序就「地方文史與在地全球化的新視域：以林獻堂與臺中文化旅遊為例」、「文學世用、故事行銷與竹文化結合的策展實務與理論」、「地方文史與跨境連結臺灣與南方」等議題，針對臺灣、東南亞地方文史的研究心得進行對話，開拓地方學全球化的新視界。曲藝表演，邀請「恆

春民謠進鄉團」國寶級民間藝人以月琴配唱，精彩動人，展演屏東文化資產的獨特性。又於會後舉辦「屏東歷史小說《傀儡花》地景踏查」，走讀恆春十九世紀的景況，體證在地歷史人文的深度。

　　本書收錄海內外學者共計八篇論文。編排順序，首先是屏東文學的作家別論：黃美娥教授〈屬於「萬丹」的回憶錄：劉捷與王培五以屏東為起點的生命敘事〉、林淑貞教授〈鏡象中的動物世界：陳致元寓言繪本中的敘事模式與主題意蘊〉、嚴立模教授〈陳冠學《田園之秋》臺語音注中的鳥類詞彙〉。其次為地方文學的宏觀論述：朴南用教授〈東亞地方文學的交流和研究〉、楊政源教授〈戰後初期（1945-1970）屏東兒童文學史芻議〉。最後延伸至地方藝文產業的相關課題：朱書萱教授〈承先啟後的渡海書家：陳福蔭與屏東書法文化〉、林思玲教授〈從屏東勝利新村故事的收集與寫作來談眷村的永續保存〉、陳煒智先生〈台灣影壇總動員：《西施》的製片格局與產業效應（攝製篇）〉。綜觀本書內容特色有三：（一）增益屏東文學研究的新能量、（二）開啟跨國地方文學交流的新視域、（三）拓展地方學探賾的新材料。由衷感謝各位學者慷慨賜稿，方能付梓成書，以饗讀者。

屏東大學中國語文學系教授

 謹誌

2021年6月

目次

屬於「萬丹」的回憶錄：

劉捷與王培五以屏東為起點的生命敘事

黃美娥[*]

摘　要

　　關於屏東文學書寫，包括在地或非在地漢人與原住民作家，迄今已撰有不少名篇，如蓉子、陳冠學、李敏勇、張榮彥、曾寬、宋澤萊、周芬伶、林剪雲、郭漢辰、利格拉樂・阿䰋、奧威尼・卡露思盎、達德拉凡・依苞等，他們透過詩、文、小說，或寫山海、或書田原，或憶家族，或談部落，早為屏東文學的豐富多樣留下見證；到了晚近又有陳耀昌、巴代精彩描摹重大歷史事件的長篇之作，因此更增丰采。不過，在上述之外，「回憶錄」其實也是值得關注的文類，由於敘述方式重於紀實而非虛構，因此其敘事特徵和敘事體式自成一格，不僅有助復活過往珍貴記憶，且其內容常以自我為視窗去觀看外在世界，故文本與社會之間存有密切關連，每每觸及時代與歷史、文化、國家等問題，其結果也導致形塑出回憶者獨特的人生觀和世界觀，因而愈加耐人玩味。對此，本文注意到兩種與屏東萬丹鄉有關的回憶錄。第一是日治時期出身萬丹的本省名家劉捷所撰《我的懺悔錄》，書中寫及出生、讀書、赴日、去中和經歷冤獄，到被判無罪、定居臺北的曲折歷程；第二為戰後遭逢「澎湖七一三事件」張敏之校長遺孀王培五，她帶領子女避難屏東，成為萬丹中學第一位外省籍老師，後來經歷半個世紀，展開新生、遷徙美國，為夫申冤的口述回憶錄《十字架上的校長》。由於二人書中都以屏東萬丹作為生命敘事重要起點，一屬原生身份、一屬再生身份的回溯，前者所記

---

[*]　國立臺灣大學臺灣文學研究所教授。

屬於戰前、戰後經驗，後者則為戰後際遇，若加以合觀，有助掌握萬丹與鄰近周遭地方的發展概況，頗具趣味，尤其目前屏東文學書寫中，較少觸及萬丹鄉，遂更顯意義，因此本文進行了二份生命記憶敘事的參照閱讀。而在進行實際研究時，不同於近期學界常見以作品地景書寫據以闡述作家地方認同的研究取徑，本文特別改由區域文學和作者「生命史」或「精神史」的交錯入手，這除了可使人與地方的生命依存關係顯影更為清晰，亦可進一步透過回憶敘事重構萬丹如何成為兩位作者的「生存空間」，在文學地景認同討論之外，增益新思考向度，並為屏東區域書寫與萬丹地方文學研究，引入新材料和新視域。

關鍵詞：劉捷、王培五、我的懺悔錄、十字架上的校長、萬丹、屏東

一　前言

　　大凡熟悉臺灣文學研究發展歷程者，都會了解「區域文學」是九〇年代學界關注焦點，且迄今仍受重視。回顧區域文學研究的興起，或可從文建會在1990年推動各縣市建立作家檔案，1991年臺中縣立文化中心出版第一輯作家作品集，後來其他縣市亦跟進的背景談起。[1]不過，能引發更多注意，應與《文訊》雜誌社在1990年，接受教育部委託，展開為時一年多的「各縣市藝文環境調查」案有關。為了執行該案，《文訊》雜誌社曾舉行十六場次的座談會，後來更將與會人員的談話、文章，依區域分別予以登載，此即自1991年1月63號「屏東的藝文環境」，至1992年4月第78號「基隆的藝文環境」的專輯。到了1992年6月第80號時，又特別出版「各縣市藝文環境調查的迴響」專題；1994年時，結集座談會所有成果，發行了《藝文與環境：臺灣各縣市藝文環境調查實錄》一書。

　　其後，《文訊》又再執行一項深化計畫，這便是「臺灣地區區域文學會議」案。此案當時由行政院文建會與新聞局經費贊助，並與前述各縣市在文建會指導下所進行的縣市籍作家資料建檔，以及各縣市作家作品集的出版，彼此相互呼應，而且強調看重的是臺灣各地區的「區域文學」，一時之間，掀起了臺灣關注區域文學史料與地方文學創作的風氣。這場會議將臺灣予以區域劃分，依照地緣將縣市級行政區域進行整合，分成北基宜、桃竹苗、中彰投、雲嘉南、高屏澎以及花東等六個地區，然後在某一縣市文化中心，舉辦當地的文學會議。隨後，《文訊》在1993年8月第94號雜誌上，刊登「臺灣地區區域文學會議專輯」，11月則針對「各縣市作家作品集出版的意義」再予專論；1994年，又將六場會議座談實錄與相關論文整理出版，此即《鄉土與文學：臺灣地區區域文學會議實錄》一書。[2]於此真正顯示，「區域文學」

1　參見范銘如《文學地理：臺灣小說的空間閱讀》（臺北：麥田出版社，2008），頁215。
2　以上有關《文訊》與臺灣區域文學發展關係，更詳細的闡述和討論，可參拙文〈《文訊》與臺灣地方文史工作〉，《文訊》273（2008.7），頁13-17。

已在臺灣各地區造成波瀾。

除了《文訊》的積極推動之外，其實當時部分地方縣市政府，也在前後時間展開相關行動，因此成為促進區域文學及其研究風行的另一股力量。例如1995年，全國第一本地方文學史《臺中縣文學發展史》誕生，其前身是1993年施懿琳、鍾美芳、楊翠合著的《臺中縣文學發展史：田野調查報告書》。倘若參酌《臺中縣文學發展史：田野調查報告書》前言所述，可知該調查工作是從1992年開始，臺中縣有感於已陸續出版《臺中縣志》、《臺中縣鄉賢傳》、《中縣口述歷史》、《臺中縣文學家作品集》和鄉鎮方志等，因此地方政府希望「透過基本資料的掌握，對臺中縣二十一鄉鎮的歷史沿革、文化發展、文人事略做概況性的了解」；[3]換句話說，這本調查報告書和文學史的出版，是依循著縣市地方區域和歷史研究基礎與需求而來。到了1997年，施懿琳與楊翠再度合撰出版《彰化縣文學發展史》，則更清楚標舉區域文學研究自身的主體色彩，書前彰化縣立文化中心主任更將此舉譽為「壯觀的文學新工程」。[4]

隨著各縣市支援出版的區域文學著作，或個人撰寫的著述日益多，《文訊》在2005年3月曾經開闢專輯「花開遍地：區域文學史」進行回顧與前瞻，國立臺灣文學館亦於2014年以「區域文學與臺灣文學史」為主題進行徵稿，到了2019年尚有區域文學史研究計畫採購案的實施，在在說明區域文學歷久彌新的學術潛力。簡言之，自90年代迄今，區域文學研究已經成為臺灣文學研究的重要基礎，尤其能為重視「時間性」的文學史，帶來「空間性」意義的反思。

而回顧區域文學研究，研究者從早期注重田野調查，挖掘在地史料，辨認作家身分性，包括出生、教育或工作地點與區域關係，據以建構區域文學內容梗概；到後來受到空間理論、人文地理學影響，轉而留心地方書寫、地

3　參見施懿琳、鍾美芳、楊翠《臺中縣文學發展史：田野調查報告書》（豐原：臺中縣文化中心，1993），頁2。

4　參見楊素晴〈壯觀的文學新工程──《彰化縣文學發展史》序〉，收入施懿琳、楊翠《彰化縣文學發展史（上）》（彰化：彰化縣立文化中心，1997），不記頁次。

方知識與認同議題。或是進一步因應全球化挑戰，重探區域、地方的主體意義，重要成果如邱貴芬以「鹿港」這個經常召喚臺灣鄉土想像的地方為例，以此展現鄉土想像的基進政治意義，並思索「臺灣性」的豐富意涵；[5]又如范銘如《文學地理：臺灣小說的空間閱讀》，[6]針對空間與文本關係細膩剖析，便不乏地方書寫的探問，此亦與區域文學息息相關。以上，涉及了晚近研究趨向或方法論的嬗變狀態。

在此，筆者想在過往藉由作品地景描摹闡述作家地方認同議題上進行深思，擬從區域文學和作者「生命史」或「精神史」的交錯入手，期盼可使「人」與「地方」的生命、生活關係顯影能更為清晰。這是因為考量到，若干作家雖然原生於某地，或是曾經客居於某地，但最終卻可能選擇移往他地生活，若以地方認同來談，似乎無法貼近作家幽微、流動的內心世界，證成作家真正的認同，甚而可能出現認同研究的縫隙或扞格。而在此筆者擬加嘗試的研究路徑，乃受惠於范銘如前揭書中有關臺灣鄉土文學再探的啟發，她因為華裔地理學者段義孚《經驗透視中的空間和地方》指出決定空間架構的知識體系是「人本中心論」而不是「地方中心論」，並分析黃春明和王禎和小說作品內容，實際發現了：「鄉土小說，並非鄉『土』，而是鄉『人』的小說」。[7]那麼，如果更加留心人的生命史、精神史和地方的緊密連結，則區域文學又會呈顯出怎樣的創作內涵與書寫風貌呢？於是，筆者進一步聯想到了常與地方、區域密切悠關，且又充滿生命感的「回憶錄」書寫。雖然，回憶錄常被當成史料文獻，然其本身實際蘊藏著作者出生以來無窮的寶貴記憶，亦即成為生命史的敘述載體，且經常夾雜撰寫者的喜怒哀樂情感，故不妨將之視為帶有文學意味的作品。更何況，回憶錄的內容常以自我為視窗去觀看外在世界，故文本與社會之間存有密切關連，每每觸及時代與歷史、文化、

5　詳參邱貴芬〈尋找「臺灣性」：全球化時代鄉土想像的基進政治意義〉，刊於《中外文學》32卷4期，頁45-65。

6　參見范銘如《文學地理：臺灣小說的空間閱讀》書中〈本土都市——重讀八〇年代的臺北書寫〉、〈當代臺灣小說的「南部」書寫〉。

7　參見范銘如〈七〇年代鄉土小說的「土」生土長〉，文章收入前揭書，頁154、156。

國家等問題，其結果也導致形塑出獨特的人生觀和世界觀，因而愈加耐人玩味，而這一切或許也有助於擴展區域文學的文化研究意義。

另外，會使筆者想要把回憶錄和區域文學連結研究，也來自於近日對於屏東文學的考察。我注意到有關屏東文學，已有不少名家進行創作，如蓉子、陳冠學、李敏勇、張榮彥、曾寬、宋澤萊、周芬伶、林剪雲、郭漢辰、利格拉樂・阿𡠄、奧威尼・卡露思盎、達德拉凡・依苞等，他們透過詩、文、小說，或寫山海、或書田原，或憶家族，或談部落，早為屏東文學的豐富多樣留下見證；[8]到了晚近，又有陳耀昌、巴代、林剪雲精彩刻畫重大歷史事件的長篇之作，因此更增風采；而本年度更有繼三十五年前《胡美麗這個女人》之後，重寫小說《大武山下》的龍應台，她聚焦屏東鄉村，想要展現土地恆定不變的力量，筆一出手又成焦點。[9]只是，若瀏覽作家所寫屏東地景、地貌，將會注意到恆春、墾丁、牡丹聚焦者眾，[10]萬丹地區則著墨鮮少，幸近期有林剪雲出版《忤：叛之三部曲首部曲》，她以萬丹首富「鼎昌號」李仲義家族後代，以及自泉州來臺打拚、落腳萬丹小販林伯仲為故事主線；然整體而言，萬丹書寫其實尚待更多勾勒。

事實上，若回到作家身分來談，日治時代1911年出生於阿猴廳港西中里（今屏東縣萬丹鄉廣安村）[11]的劉捷（1911-2004），其實有其代表性，唯迄今仍被忽視，此或許與其專擅者為報紙評論，較少文學創作有關。劉捷曾經自道本行、本業、本質是新聞記者，文學寫作是副業性質，但在精神方面的努力是認真的。[12]他在擔任《臺灣新民報》記者時與文學結緣，負責編輯該報學藝欄，曾鼓勵王登山、林芳年新進作家，又協助發行《臺灣文藝》等。

8　余昭玫〈記憶與地景──論屏東小說家的在地書寫〉，曾對上述部分作家相關創作進行討論，文見《屏東教育大學學報──人文社會類》第三十八期（2012.3），頁321-346。

9　參見吳尚軒〈龍應台專訪〉，2020.8.7，參見網址：https://www.storm.mg/article/2918504?mode=whole，查索日期：2020.10.26。

10　例如蓉子〈墾丁公園〉、宋澤萊〈若是到恆春〉、碧果〈春吶在墾丁〉、利玉芳〈尋找牡丹〉等。

11　參見劉捷《我的懺悔錄》（臺北：九歌出版社，1998），頁12。

12　參見劉捷《我的懺悔錄》，頁168。

主要著作有《臺灣文化展望》一書，[13]另晚年寫有回憶錄《我的懺悔錄》，係從故鄉廣安村寫起，書中談及在屏東、高雄受教育和求職經驗，遠赴日本、中國的讀書、工作過程，其後返臺回到故鄉和決定北往臺北謀生的諸多挑戰，以及在日本、臺灣因案被關的不幸際遇等。書中對於自我知識養成、鄉土環境與地方情感有所披露，故有助於作家個案研究的理解，同時也使日治時期和戰後階段的萬丹地方概況獲得顯影，因此成了本文研究對象。

在關注劉捷回憶錄之際，筆者尚發現澎湖七一三事件張敏之校長遺孀王培五（1910-2014），[14]當年在丈夫受冤、罹難後，是從獲得萬丹初中（今萬丹國中）教職和遷居此地重獲再生機會，日後前去潮州、臺南與臺北，並與子女遠赴美國，展開新的生活，憑藉基督教信仰力量，勇敢面對受難傷痛，最終在旁人協助下，出版了《十字架上的校長——張敏之夫人回憶錄》，用以銘刻、見證、揭發過往冤案及種種創傷。在這部回憶錄中，記載她和六位子女1950年8月於萬丹生活的景象，她是萬丹初中第一位外省籍教師，到1952年[15]前去潮州中學任教時搬離此地，雖然居住時間不長，回憶錄裡的萬丹敘事篇幅亦有限，但卻別具意義。且，正因為記錄了戰後初期外省人眼中，所謂「在那島嶼最下方」[16]的萬丹自然景觀與周遭環境情形，恰可與本省作家劉捷回憶錄從日治到戰後的若干萬丹原鄉敘事參照、互補，而得以為萬丹敘事，帶來本省／外省、原生／再生的多重視野。尤其，更特別的是，劉捷與王培五的回憶錄，均與戰後白色恐怖受難經驗相關。劉捷雖然在二二

13　參見劉捷《我的懺悔錄》，頁166。

14　王培五，原名王沛蘭，嫁給張敏之後改為培吾，以示培育自我。後來張敏之遭冤亡故，流落臺灣為躲避特務，改名為培五。參見王培五口述，高惠宇、劉臺平整理《十字架上的校長——張敏之夫人回憶錄》（臺北：文經出版社，1999），頁14。

15　根據呂蓓苓《一甲子的未亡人：王培五與她的6個子女》（新北：文經出版社，2015.2）所附王培五女士年表頁393所記，前往屏東潮州中學任教是1952年，但頁188所附王培五與該校學生合影之說明文字則記為1951年，不過因為王培五是在該校任教七年，並於1958年2月離開，因此暫推測為1952年。則如此，王培五與子女在萬丹大約生活一年餘時間。

16　語見呂蓓苓《一甲子的未亡人：王培五與她的6個子女》，頁148。

八事件中，由臺北平安無事回到萬丹鄉下，但1949年8月至1950年底前，卻被認為有參加共產黨嫌疑遭到警備司令部逮捕，他在入獄期間，曾被囚禁於臺北「東本願寺」，在這裡注意到「拘留所的人犯來自各地，老幼皆有，有一位老校長是帶著一批學生，由山東經過廣州來到臺灣的，這一批人都在這裡待審」，[17]所述其實就是率領山東流亡學生來臺的張敏之和學生們。這樣的命運巧合，讓筆者萌生從萬丹書寫出發，去併觀、合論劉捷與王培五兩人的回憶錄。而且，相較於王培五依靠基督教的寬恕精神，從中獲得再生；劉捷在回憶錄裡，自陳藉由佛教的懺悔力量，使經常夢到被特務警察或憲兵拘捕的恐怖中脫逸而出，顯示二人所寫，既是生命史，也是宗教書。諸多的近似提醒筆者，這兩種記載以屏東萬丹為起點的生命敘事的回憶錄，實在有許多值得同時進行考掘的面向。當然，以下更多的探問和分析，實際也擬進一步思索回憶錄所述，在兩位作者心中，萬丹曾是怎樣的生存空間？以及對於未來形構萬丹地方文學面貌、特性的可能啟發。

二 關於兩種回憶錄的成書概況和出版動機

理解了本文特別選擇劉捷《我的懺悔錄》和王培五《十字架上的校長──張敏之夫人回憶錄》兩種回憶錄為討論文本，以及從區域文學和作者「生命史」或「精神史」的交錯作為研究視角的原因之後，以下簡介劉捷、王培五回憶錄的成書概況和出版動機。

（一）把所有惡念記憶推翻鋤盡[18]──劉捷《我的懺悔錄》

首先，先就1998年出版的劉捷《我的懺悔錄》進行討論。此書的創作動機，來自於作者1993年3月1日夢中驚醒後的決定。究竟為何而夢？夢境為

---

17 參見劉捷《我的懺悔錄》，頁130。
18 語出劉捷《我的懺悔錄》，頁178。

何？依照劉捷書中〈前言〉自述：

> 一九九三年（民國八十二年）二月二十八日夜（正確是三月一日上午
> 五時左右），本人在夢中驚醒。所夢的是本人又被日本東京的本富士
> 警察署逮捕，有一個特務警察問我之時，來了一個胖胖面孔善良的另
> 一個特務，他向問我的特務說：「你捉錯了人，劉某某是我的好朋
> 友，請放了他吧！他如果有犯法，由我一切擔當。」使那個問我的特
> 務一時很尷尬，與我握手，彼此（三人一齊）發笑，夢亦消失。我今
> 年已經八十三歲，夢中常常出現被特務警察或憲兵拘捕，惡夢中，內
> 心恐怖難過，原因是我的一生中，日據時代與文藝作家張文環、吳坤
> 煌等人，被日本警視廳監禁九十九天。光復後戒嚴期間，又被警備司
> 令部、保密局前後逮捕兩次，坐牢共約五年，身心受到相當大的折
> 磨。雖想忘掉它，潛意識中的恐怖仍存，所以遇到身體疲勞或生活不
> 正常之時，常常出現此種恐怖性的惡夢，然而近年來已經漸漸不做此
> 種惡夢，偶爾有之，夢境的最後也輕鬆，變成不勞心快活的好夢。[19]

以上可知劉捷在日治和戰後曾經被囚入獄，前者有99日，後者兩次計有五
年，故記憶深處平時會積澱曾被特務警察和憲兵拘捕、拷問的恐懼創傷，以
致成了劉捷惡夢源頭和夢境內容。

不過，就在1993年的這次夢境醒來之後，劉捷有了一種體悟，於是寫出
了回憶錄，甚而後來決定出版。他說：

> 我今（民國八十二）年三月一日夜做夢，夢見在東京的本富士警察署
> 受訓，驚醒之後，始作本書《我的懺悔錄》。我本無寫自傳、回憶錄
> 的計畫，因為自忖自己的人生經驗，還不值得寫下來讓後世一般人閱
> 讀的水準，故不敢寫、不想寫，而此次終於動筆的原因是，我近年常

---

19 參見劉捷《我的懺悔錄》，頁9-10。

常做夢，夢中常有被脅迫的噩夢，尤其是心身疲勞之際，這可能是我
潛意識中有深刻的傷痕未癒，過得心身不安寧之時便抬頭出現，我必
須把它消滅，此種潛意識的傷痕根深柢固，雖然已歷經二、三十年之
事，仍然存留在自己內心之深處。我要懺悔，我雖然無罪，懺悔把心
中的執著解脫，可能是最佳的方法，因此我決定寫懺悔錄。[20]

原本認為自己人生經驗不值得書寫和供人閱讀，因此不敢寫、不想寫自傳或
回憶錄。但因為常常為夢所苦，才體會到想要得到身心真正平靜，就必須將
潛意識的傷痕「消滅」，於是決心「懺悔」，認為如此可能是把心中的執著解
脫的最佳方法。但，為何要進行「懺悔」，或最終更將書名題為《我的懺悔
錄》？劉捷解說如下：

「懺悔」是佛教的術語，「懺」是陳告自己的罪過，「悔」有容忍的意
思，依照字面，懺悔是陳述反悔，告白自己的罪惡。但說實在話，我
的災難是外來的，我本身沒有罪惡感，而選擇「懺悔」的意思，在我
而言是徹底解脫自己。無我，有如文殊菩薩，直揮其般若的利劍，掃
蕩一切的煩惱──我的懺悔沒有悔過罪惡之感覺，是禪的明心見性。

他強調自己無罪，本無須反悔或告白自己罪過，之所以會想取藉佛教修法義
理的「懺悔」之旨，是要以智慧掃蕩煩惱，達到明心見性的狀態，而這也緣
於作者在六十歲以後沉浸佛教禪籍的修為。[21]對於「懺悔」，他更進一步聯
繫到了自己的生命史和精神史：

我對於我個人的遭遇來說，雖有生命的危險、痛苦，在精神心理上

---

20 參見劉捷《我的懺悔錄》，頁175-176。
21 劉捷自述六十歲以後所閱讀書籍，大半是哲學、宗教、歷史這類書刊，其中有不少
 佛教禪書，因此後來還寫了許多討論禪學公案的文章。參見氏著《我的懺悔錄》，頁
 179。

「我無罪」，故無可反悔，然而由於研究命運、宗教之後，我對政府沒有多大的怨恨，我住過大陸，涉讀大陸歷史，認為近百年來的大陸人處境堪憐，但也有黑格爾所說人類歷史不可避免的「理性之狡智」所使然，所以不能只怨本國政府，只是我國政治家之執權，運用權勢有些愚昧，慘無人道而已。……我的懺悔思想是佛的「空」，涅槃經的不生不滅……。「我的懺悔錄」是「空」的懺悔，斬斷一切的葛藤，從新創造的人生觀、世界觀、命運觀。……，我的懺悔錄談來說去並無後悔反悔消極的意味，相反的，「懺悔」是我所借來的一件起重機，我想以此把所有的惡念煩惱推翻鋤盡，在世俗中以蓮花無垢清淨的心情，過著日日是好日，遊戲三昧的老人生涯。[22]

因為所謂的「懺悔」是空的懺悔，是斬斷過去一切葛藤，重新創造人生觀和世界觀，所以在書中作者隨著回憶，回顧了個人生命遭遇過的危險，但自認精神心理是無罪的，故無可反悔；至於使自己入獄的國民政府，也沒有多大怨恨。整本回憶錄，是想將「懺悔」當作從佛教借來的一件起重機，把所有的惡念煩惱推翻鋤盡，然後以無垢清淨心情度日。

明白了劉捷撰寫回憶錄的「懺悔」動機和以之去除煩惱惡念的目的後，另外值得補述的是，關於回憶錄的書寫形式和敘事方式。其一，劉捷言及：

本書原載於本人所創辦的《農牧旬刊》雜誌1993年3月5日至1993年10月5日（即第1029期至1050期）。我在一場惡夢中驚醒開始執筆，一口氣只憑自己的記憶寫下來。[23]

《我的懺悔錄》長短二十二篇、我不是有意寫自傳回憶錄，因為我的人生破碎、曲折太多，不堪回首話當年，所以退一步以佛教徒的心情，既沒有確實的年、月、日，也無輝煌的事蹟可記。因此若以自傳

---

22 參見劉捷《我的懺悔錄》，頁179、182、183。

23 參見劉捷〈自序〉，收入氏著《我的懺悔錄》，頁5。

> 回憶錄的事實而言，我這一篇懺悔錄不如說是我的人生的全部。……
> 這一篇所記的是少年期、青年期、壯年期的經過，而六十多歲以後，
> 我的老年期生活相當安定……。[24]

原來，回憶錄之內容，曾經連載於作者所創辦的《農牧旬刊》雜誌；而從事
書寫的關鍵日期，如同前述是1993年3月1日凌晨惡夢結束醒來。則顯然，書
寫極為順利，因為3月5日便登載於刊物之上，後來共計花了七個月時間刊登
全文。[25]又，此書內容總共收錄22篇長短不一的文章，作者自述沒有確實的
年、月、日，強調雖然書中沒有輝煌事蹟，但的確已是人生的全部，不過是
較偏於少年期、青年期和壯年期為主的記錄。實際上，書中雖然沒有逐年、
逐月、逐日明確標誌時間刻度，但回憶錄中仍然可以推斷出劉捷生命史上的
重要關鍵時期，而且有關空間地點也多有言明，而這也是本文可以確切找出
屬於萬丹鄉敘事的原因。

其二，誠如上述，雖然劉捷自況不是有意寫回憶錄，而僅出自於佛教徒
的心情來書寫，且不喜歡以第一人稱的「我」來寫作，不過由於過去曾是新
聞記者，故一旦回憶錄寫及自我人生時，劉捷更欲回顧的是，所經驗的一些
現實歷史，包括「自己所經歷的日據時代，抗戰期間，光復後戒嚴時期的三
大階段」，所以他會特別剔去自我，以「以務實客觀，反省自己，批判自我
的心情」來進行回憶錄紀錄工作。[26]如此一來，《我的懺悔錄》撰寫的敘事
方式，就是「回憶錄」體，而非個人自傳體，因此不是全然以自我的個人生
活和思想為敘事核心，而是把自己放入時代和社會中。[27]且正因如此，本文

---

24 參見劉捷《我的懺悔錄》，頁178。

25 若將《農牧旬刊》雜誌上的連載文章，與後來成書相較，會發現有程度不一的增刪或
　 修訂，如文章最末「附記」並未收錄，而李瑞騰更有〈校後記：以懺悔為懷，以光明
　 為念〉一文，並言明書經九歌出版社蔡文甫重訂各篇標題，其本人則細讀內文、作了
　 校訂。唯本文受限於撰稿時間，尚不及一一比對。

26 參見劉捷〈前言〉，收入氏著《我的懺悔錄》，頁11。

27 關於「回憶錄」體和「個人自傳體」之別，參見余英時〈從「訪談錄」到「回憶
　 錄」〉，收入《余英時回憶錄》（臺北：允晨文化，2018），頁5。

遂能透過劉捷回憶錄，掌握更多攸關於作者原生故鄉——在當時歷史、社會脈絡下的萬安鄉地方情景。

（二）不信公理喚不回[28]——王培五《十字架上的校長——張敏之夫人回憶錄》

不同於劉捷《我的懺悔錄》要以「懺悔」明心見性，用無垢清淨心情鋤盡煩惱和惡念，《十字架上的校長——張敏之夫人回憶錄》原是一本「申冤」之書。吳榮斌〈出版後記——事就這樣成了！〉對於該書出版來龍去脈有清楚交代：

> 一九九九年夏天，張彤請人將澎湖案與全家人的遭遇始末，寫成一本書，預計在十二月十一日父親蒙難五十週年紀念日出版。然而已簽約的出版社，高層驚覺這本書出版了難免會有政治顧慮，只好緊急喊卡，並囑副主管代尋接手人。在找了幾家都碰壁後，最後找上了我，而我一聽完說明便婉拒了。……我很猶豫，……於是找來關鍵人張彤，見面第一句話就問他：「你為什麼要出這本書？出版後要達到什麼目標才算符合初衷？」張彤說：「我要為這五十年來受難、受屈、受苦的澎湖案師生以及他們的後代，包括我的父親平反。」[29]

張彤為王培五與張敏之三子，他四處想方設法要將寫有全家不幸遭遇的書籍出版，目的是為了平反1949年澎湖師生案和父親五十年來的冤屈。但因政治顧慮，導致連續碰壁多次，最後終於有文經社願意伸出援手，邀請了《聯合報》前副總主編高惠宇執筆，並用第一人稱方式，以王培五女士的回憶錄形

---

28 此處挪用高惠宇〈後記——不信公理喚不回〉，文見王培五口述，高惠宇、劉臺平整理《十字架上的校長——張敏之夫人回憶錄》，頁206。

29 參見吳榮斌〈出版後記——事就這樣成了！〉，文見呂蓓苓《一甲子的未亡人——王培五與她的6個子女》（新北：文經出版社，2015.6），頁386。

式進行撰稿。完成後，文經社再以基督徒的立場編輯，為了彰顯張校長夫人
愛與寬恕的精神，將此書名命名為《十字架上的校長》。[30]

究竟高惠宇後來怎樣完稿？她在〈後記——不信公理喚不回〉有以下說
明：

> 在為張校長遺孀王培五女士撰寫這本回憶錄時，我與本書另一撰稿人
> 劉臺平先生，曾經同赴美國加州聖荷西市與張氏家族促膝面談，看著
> 九十高齡的王培五女士，……目睹王女士像電腦一般，對一生中經歷
> 過的人、事、時、地、物的清晰記憶，我內心不禁嘶喊：「為什麼這
> 樣的女子，卻有那樣的命運？」一個守寡五十年的嬌小女子，如何在
> 萬般絕望中靠著信仰產生無比的愛與勇氣，將內心深沈的冤屈化作人
> 間大愛，給了無數的學生和周圍的子孫。這個女子的故事，即使在那
> 個顛沛流離的大時代中，恐怕也不多見。[31]

於此，一方面指出《十字架上的校長——張敏之夫人回憶錄》，並非王培五
之自撰，而是由其口述，再由高惠宇、劉臺平整理而成；然而，因為王培五
在進行口述時，雖然已經九十高齡，卻對從前的人、事、時、地、物記憶猶
新，因此其人一生顛沛流離的故事得以被存寫下來。其二、高惠宇後來是到
美國拜訪王培五，那麼出生山東濟寧縣，具有北京師範大學英語系學歷，因
為嫁給山東煙台牟平人張敏之，而成為澎湖七一三冤案遺孀的她，後來為何
會到美國去？這期間發生何事？上述一切導因於1949年7月13日的「澎湖七
一三事件」。

關於「澎湖七一三事件」，或稱為「山東流亡學校煙台聯合中學匪諜
案」。王鼎鈞〈匪諜是怎樣做成的〉一文，特別提言及二戰之後國民政府能
在臺灣立定腳跟，是靠兩個大案殺出血路：一是以「二二八事件」懾服本省

---

30 參見吳榮斌〈出版後記——事就這樣成了！〉，同上註，頁388。

31 同上註，頁207。

人；二是用「山東流亡學校煙台聯合中學匪諜案」對外省人立了下馬威，故兩案可以相提並論，[32]顯見此案之重要性。有關此案背景，乃緣於國共內戰期間，國民黨軍隊敗退，從湖南、南京、廣州一路南逃的煙台聯合中學與濟南聯中、昌濰聯中等流亡師生八千多人，[33]最後經山東省主席秦德純徵得東南行政長官陳誠同意下，於1949年6月和7月分批抵達澎湖，由澎湖防守區司令部管轄。而原本在陳誠嚴格管制下，只有軍人和奉命公幹者能夠批准入臺，能夠成行是因為具有附帶條件：「凡思想動搖確認有問題者需除去，十七歲以上高中生應入伍接受軍訓」，結果埋下日後對於「參軍」及「入伍」的不同解釋與衝突。[34]後來，張敏之便因為1949年7月13日，軍方要將十四、五歲男學生亦拉出編兵，以及被編兵後的學生產生諸多問題，因此再三進行陳請，遂與澎防部李振清司令、陸軍三十九師師長韓鳳儀日益衝突，並遭到監視。9月15日，張敏之應李振清邀約前往司令部後，自此未歸，全案轉交三十九師師長韓鳳儀和該師政治部少校秘書陳福生繼續偵察，結果有二十餘名師生被羅織匪諜罪名，並擴大逮捕，張敏之被誣為「中共膠東區」南下匪諜，「澎湖七一三冤案」就此爆發。到了11月10日就迅速做成判決書，14日當庭宣判，判決主文稱：「張敏之、鄒鑑、劉永祥、張世能、譚茂基、明同樂、王光輝等因犯叛亂罪一案，共同意圖非法方法，顛覆政府，而著手實行，罪證明確，各處死刑，並褫奪公權終身」。[35]

　　而在張敏之入獄和罹難前後，王培五一直託人設法搭救，事後也努力尋求平反。特別是張校長被槍決之後，從1952年江蘇籍國大代表談明華利用與

32　參見王鼎鈞〈匪諜是怎樣做成的〉，原刊於《自由時報・副刊》電子版，2006年4月12日。

33　在目前筆者所見與冤案相關的文學作品中，多指流亡師生為八千人，但黃翔瑜〈山東流亡師生冤獄案的發生及處理經過（1949-1955）〉經過考證認為約七千人，文見《臺灣文獻》第60卷第2期（2009.6），頁279。

34　參見王培五口述，高惠宇、劉臺平整理《十字架上的校長——張敏之夫人回憶錄》（臺北：文經出版社，1999），頁54-55。

35　以上關於澎湖七一三事件之始末概況，參見拙文〈如何與創傷告別？——「澎湖七一三事件」文學書寫、時代再現與作家心境〉，第四屆文化流動與知識傳播：斷裂與蔓生國際研討會論文（2020.9.26-27），有較完整勾勒，此處摘錄部分內容。

蔣介石總統個別談話五分鐘的報告開始為起點，到1975年蔣介石去世前，曾多次申冤上書。[36]真正獲得曙光是在李登輝主政之後，隨著1996年通過「二二八事件補償條例」，接著1998年立法院制訂「戒嚴時期不當匪諜與叛亂案補償條例」，為當年白色恐怖受難者帶來法律支持，到了2000年澎湖冤案終於獲得了平反的時刻。[37]

　　以上，想要申冤的奔波過程，還有含辛茹苦撫養六名子女長大成人的艱辛歷程，都被寫入《十字架上的校長——張敏之夫人回憶錄》書中。此外，從澎湖來到臺灣之後，因為變成了匪諜冤案家屬，王培五和六名子女為了生活，以及躲避警務監視系統永無休止的糾纏，只能在臺灣各地遷徙，她說抗戰時期在大陸，每次搬家都是為了逃難；在臺灣，每次搬家都摻雜著前途未卜的恐懼。[38]而流離難測的生活，從臺北到臺中、彰化，終於獲聘屏東萬丹中學英文老師，而有能力養育子女，之後更至臺南、臺北謀生，憑藉過去英文能力擔任教職撫養子女，最終體會到「出國」才是全家未來的清楚方向，以及唯一能夠等待的事。[39]相較於劉捷，他在年輕時，為了求學與謀職，也曾兩次前往日本，壯年又往大陸徐州，尋找生命出路，王培五則是以前進美國為目標，因為她認為小孩在臺灣生活是沒有前途的，[40]顯示了這兩位以萬丹為原生、再生之所的白恐受難者，都選擇了以「離開」作為前進的方法。

　　移動不居的生命之旅，使王培五和六位子女，彷彿寄居臺灣的過客，在《十字架上的校長——張敏之夫人回憶錄》中有清楚紀錄；另外，文經社後

---

36 關於此一冤案遲遲無法平反，王培五口述回憶錄提到了陳誠是重要因素之一，但黃翔瑜〈山東流亡師生冤獄案的發生及處理經過（1949-1955）〉透過官方檔案發現無論冤案發生，或蔣介石下令展開覆查進展受阻原因，實際都與李振清有關，而這也是該文最重要的結論。

37 相關過程，參見王培五口述，高惠宇、劉臺平整理《十字架上的校長——張敏之夫人回憶錄》，頁170-180；呂蓓苓《一甲子的未亡人：王培五與她的6個子女》（新北：文經出版社，2015.6），頁389。

38 參見呂蓓苓《一甲子的未亡人——王培五與她的6個子女》，頁186。

39 參見呂蓓苓《一甲子的未亡人——王培五與她的6個子女》，頁306。

40 參見呂蓓苓《一甲子的未亡人——王培五與她的6個子女》，頁192。

來又再度出版了另一本與王培五有關之作《一甲子的未亡人──王培五與她的6個子女》，該書雖由呂蓓苓執筆，但不乏王培五與子女們的回憶口述，因此值得一併參酌，故本文有時亦會援引，作為論述參照與補充。

綜合前述，兩位歷經殘酷、可怕白恐經驗的劉捷與王培五，分別是出生萬丹和曾經落腳萬丹的人，討論其人回憶錄，除了可從本省、外省視角，觀察其人所寫日治大正時期和戰後初期的萬丹景象外，他們的原生、再生身分狀態，視教育和學習為未來出路、想和世界接軌的心情近似，而藉佛教、基督教尋找身心依歸的用意亦同，故值得予以合觀，一起討論這兩份以屏東為起點的生命敘事，屬於「萬丹」的獨特回憶錄。

三　原生與再生之所在：日治到戰後的萬丹地方敘事

那麼，劉捷和王培五如何觀看、感知萬丹鄉呢？雖然兩本回憶錄，都屬晚年回憶，也許記憶無法鉅細靡遺，但因為攸關生命敘事，故二書所述實際都涵括了敘事與時間、空間、事件、行動的關係，且往往會依照事件發生的先後順序述說，因此得使回憶錄之內容變得容易理解。以下，便透過書中片段、殘存的陳述性記憶場景，探尋作者自身的空間身世和萬丹景象。

（一）日治時期

劉捷在《我的懺悔錄》中，針對萬丹鄉有許多動人而親切的描述。他出生於1911年11月23日，出生地在阿猴廳港溪中里，即屏東縣萬丹鄉廣安村。[41]他在回憶錄中表示，從出生至十四、五歲，都在村莊長大、看牛、上學，和家人過著七十多年前的農村生活。但，這個小農村，其實在清代時期，是萬丹鄉最為富裕之處，且有舉人誕生；當地許厝（許姓大家的居住地）出有許舉人，劉厝則出有劉舉人（武官）。其中，中武舉的劉舉人正是劉捷家族先

41　參見劉捷《我的懺悔錄》，頁12。

祖，劉捷家中尚有舉人的旗竿石臺及舉人牌位。[42]

關於萬丹鄉的廣安村，劉捷記憶中「五、六歲少年時，人口約有一百多戶一千多人，姓劉的約占三分之二。」[43]可見劉家在廣安村的地位與角色。只是，從清代到日治時代，家族日益貧困，其父劉龍標成了宗族地主劉盛的長工，後來獨立耕農、種稻、養豬、養鴨，幸因識字亦會說簡單的日語，在劉捷十歲左右，上公學校之時，父親被村民推為「保正」，而得以改善家境，後來更成為擁有一甲多地的自耕農。[44]

至於村民們的生活，整體生活環境很苦。在劉捷筆下，當時沒有電燈，到處所見是竹叢、籬笆，夜晚則蚊蟲四起，全村是以稻作為主要生產的部落。村民的耕作只靠廣安圳灌溉，後來此圳逐漸枯竭，村民認為龍頭被炸，導致風水敗壞。其後，村中更有馬拉利亞（瘧疾）及不知原因的惡病流行，以致於全村的人口竟消失大半。劉捷事後追憶，此應與村莊的衛生惡劣，且沒有西醫，只有一、兩家漢藥舖，故醫療出現極大困難，且村民看病多賴求神問佛有關。[45]

又，關於日治時代廣安村的教育和文化狀態，劉捷也有所述及：

> 廣安村是生我、育我，是我童年居住之地，廣安村雖有若干與他村不同之處，大致來說是數十年前，臺灣各地農村普遍可見的一個典型。例如當時的農村教育，大約數個村莊才有一個「公學校」，我的小學教育是「社皮公學校」及「屏東公學校高等科」，每天上學往來，要花費多半天的時間，然而童年的回憶總是快樂難能再有的。我的村莊有一座廟，廟的周圍有兩三棵大榕樹，有兩三家雜貨店，晚間有人在那裡聊天、講古，多半是三國誌或民間故事。我的村莊不大，卻是樣樣都有，村民信神，熱心教育，除有一座大廟及土地公廟之外，也有

---

42 以上參見劉捷《我的懺悔錄》，頁21-23。
43 參見劉捷《我的懺悔錄》，頁23。
44 參見劉捷《我的懺悔錄》，頁23-24。
45 參見劉捷《我的懺悔錄》，頁24-25。

私塾，這個學堂由一位人稱「馬伯」的老農民主持，所教的是三字經、論語、大學、中庸及批札（書信）、雜字、千金譜等。其他村中尚有幾位能夠背誦四書五經的人，他們只會背誦，不解其意，也不會寫信。其他我村廣安的南管車鼓陣是聞名四方的，很多遠處的人，亦都前來聘請為師，許進丁、李清景、劉石球等人是有名的車鼓陣老師。另外有一位會武術，行江湖賣藥的許朝江，此人每年巡迴恆春地區……。[46]

做為一個早期典型農村，廣安村內沒有公學校，所以劉捷要到鄰村就讀社皮公學校，每天往來需花費半天時間。雖然如此，村裡仍設有私塾，教授三字經、千金譜，村中有幾個人會背誦四書五經，但無能力自己撰寫書信。不過，真正饒富意興的是，村中的庶民文化和民間曲藝傳統。廣安村中有一座廟，平日有人聊天、講古，暢談三國或民間故事，且有南管車鼓陣，遂使廣安村名聞四方，淳樸中散發趣味。

另，從廣安村到其他萬丹鄉內村落或是屏東鎮上，相關輻射範圍，也是劉捷回憶錄中經常出現的移動書寫對象。伴隨此類跨越村莊的移動和行動，說明了萬丹鄉中村莊相互之間並不封閉，存有許多連繫與交通，故得使劉捷生活視野更為開闊，所見所聞日益增廣，包括目睹周遭自然景觀，進行知識訊息交換，接受文化啟蒙刺激，展開人際網絡交流等，是皆於回憶錄中有所鋪陳。

其一、社皮村，此村像一條皮帶似地位在下淡水溪下游，村裡主要種植稻米，亦有人種植吃檳榔用的荖葉。劉捷回憶就讀社皮公學校時，廣安、社皮之間約有兩公里，不但路窄，兩旁又有林投、墓地、竹橋等，若遇到下雨天，行走就十分艱難。而且，路上常有一群養牛牧童喜歡欺侮他人，正因為困難重重，以致於廣安村裡兒童半途退學者很多。[47]但是，如此充滿田園鄉

---

46 參見劉捷《我的懺悔錄》，頁25-26。
47 參見劉捷《我的懺悔錄》，頁27-28。

野氣息的社皮村，其實頗具民主文化氣息，與劉捷故鄉廣安村的庶民文化導
向不同，如此也顯示了萬丹鄉內部村落的相互差異性。他提到在社皮公學校
就讀時，受到文化啟蒙運動的刺激：

> 當我此村國小讀書時，此村有農民組合人士的活動，我的級任導師盧
> 竹武的胞兄盧基礎，他是村莊的一位漢學老師（吃鴉片），他因為參加
> 農民組合運動，油印宣傳品，違反出版法，在被日警追逐中跳入河中
> 身亡，其他記得尚有幾位村民參與農民組合運動。我沒有參加農組的
> 活動，但對此頗多同情，自己也演出一次不尋常的行動，那是：……
> 有一次我參加母校的畢業典禮時，也敢上臺演說攻訐當地的警察毆打
> 村民等，被當日的來賓日人郡手禁止叫下來，回想起來好笑，也可見
> 當時的社皮村已有一般文化運動，「德模克拉西」的氣息。[48]

不僅知悉校內老師、社內村民有人加入農民組合運動的事實，甚至對此感到
同情，且在參加畢業典禮上臺演說時，公開批評警察毆打村民，在在說明
了，劉捷從廣安村前進到社皮村所受到的抗日思維的浸染與薰陶。

其二、大湖村，因為是母親楊早的出生地，劉捷有時也會前往，此地有
客家人居住的「客人寮」，曾經因為甘蔗運車分配不公而發生械鬥之事。[49]
其三、屏東鎮，劉捷為了接受屏東公學校高等科教育，也需來到此地。在回
憶錄裡，日治時代的屏東，其實頗具文明朝氣：

> 屏東位在下淡水溪南方，……回憶當時大正至昭和初年，是世界和
> 平、民主自由、民族自決高唱的時期，也是日本資本主義發展的上升
> 期。我們在臺灣末端的這個小都市，也能感受到世界的動向。我因為
> 家貧無法再升學，只好準備參加當時的「普通文官」和「專科檢定」

---

48 參見劉捷《我的懺悔錄》，頁27-28。
49 參見劉捷《我的懺悔錄》，頁29。

考試。為此訂閱日本早稻田大學出版部及日本通信中學出版的講義錄
（函授亦稱校外生）獨學自習。[50]

雖然是位處下淡水溪南方、臺灣最末端的小城市，但劉捷想起大正到昭和初
年的屏東時，心情無疑是亢奮的，因為此地能夠感受到世界的動向。所以，
因為家貧無法繼續升學的他，決定以訂閱日本大學出版的講義錄獨學自習，
即使身處窮鄉僻壤，卻擋不住想要接近世界文明新知的濃烈慾望。實際上，
不僅於此，從萬丹鄉進入屏東鎮，為劉捷帶來的還有文學的喜好，乃至於左
派書報閱讀興趣養成：

> 屏東雖是一個亞熱帶酷熱的小鎮，在當時卻也有不少愛讀書崇尚文化
> 的人，記得有一位廖主賜先生，他是在屏東稅務處任職後再往日本大
> 學進修的人，……有一次從圍牆上遞給我兩本書，……夏目漱石所著
> 《貓之眼》、《坊將》（少爺）。更值得一提的是當時的屏東街有文化協
> 會解散後的餘流，這些人有的像蘇德興教白話文，楊顯（案，楊顯達
> 之誤）（楊華）教漢文私塾，以白話文寫作；又有鳳山人莊龍溪、謝
> 賴登等人即在屏東火車站前開設一家書店，所售的是當時流行的左派
> 書報，記得我也在該書店買到北京、香港、上海出版的新文學書籍，
> 例如丁玲、老舍、巴金、朱自清、沈從文等人的著作。[51]

透過上述可以得知，這位出生萬丹鄉廣安村的少年，因為移動到屏東鎮裡就
讀高等科學校，生命的滋養遂有所不同，各類書籍、讀書人、書店，賦予劉
捷新視野，當然也包括屏東街上文化協會解散後的餘流氣氛的啟迪。日後，
他更憑藉著朝夕養成的知識能力，前去《臺灣新聞》高雄支局工作，展開新
聞記者的生涯，感受高雄「鹽埕埔是本省人的商業中心地，有民眾黨、工友

---

50 參見劉捷《我的懺悔錄》，頁30。
51 參見劉捷《我的懺悔錄》，頁31。

會、中華會館；新濱町、崛江町、入舟町是日人的居住地」的種種思想文化活動。[52]

　　到了1928年，在報社工作多年的劉捷，因為每日有機會訪問地方上的重要人士，深感自己的學力不足，也無較高的學歷文憑，無法適應時代進步及發展的社會。因此，決心離開故鄉，前往日本深造、奮鬥。1932年，由日本回臺，進入《臺灣新民報》就職，擔任屏東分社的採訪記者，相關背景為：

> 與《臺灣新民報》結緣是，我的故鄉萬丹有一位日本早稻田大學出身的李瑞雲先生，他是萬丹最大地主李仲義的長子，為人忠厚仁慈，也是《臺灣新民報》的董事之一。《新民報》改變日刊之時，他推薦東港郡竹仔腳的阮朝日（二二八受難者）為該社的販賣部長（經理），後又推薦我為記者。當時的《新民報》記者限定大專畢業，且要經過一番考試，我是唯一以有記者經驗的實力被採用，年齡亦最輕的一人。[53]

原來是因為萬丹同鄉李瑞雲的引介，才能由日返臺之際，就立即獲聘，成為當地最為年輕的記者。於此，也會發現《臺灣新民報》在臺灣各地的經營，李瑞雲、阮朝日、劉捷均是屏東在地人士，以及屏東人際網絡的緊密。1933年，為了學習速記又再次赴日，不到一年又回臺。1934年，因為想在日本創辦《臺灣情報》再移入臺灣，為臺灣文化（包括政治、文學及有關民族解放運動）效勞，故在臺、日之間來來去去。但，後來卻因為日本的左派人民戰線運動，順便修理朝鮮、臺灣的民族運動反日分子，竟與張文環一起被抓，總共關了99日。[54]在日本受難的劉捷，素來抱持解放民族觀念為唯一目標，本想繼續於東京停留，從事有關日本內地與臺灣的文化或政治的工作，努力打

52　參見劉捷《我的懺悔錄》，頁32-33。

53　參見劉捷《我的懺悔錄》，頁43。

54　參見劉捷《我的懺悔錄》，頁67。

破日本人對臺灣人的不平等待遇，但受制於環境、生活的貧困而自身難保，於是在1937年，劉捷二十七歲這一年，從日本橫濱經由上海回到臺灣。[55]

回臺之後，劉捷和妻子返回了屏東縣萬丹鄉廣安村的故里，在回憶錄裡寫下了父親和村民熱烈歡迎的一幕：

> 家父籌備全村大宴客（亦包括鄰近各村的親戚們）。這個全村民的宴會以村莊天鳳壇的主神「太子爺」為主，媽祖、王爺公、觀世音菩薩、上帝公等所有的村莊奉祀的神像都集到，並以帆布圍成，建一個大型的所謂的「香案桌」，儀式跪拜嚴肅，席開五十多桌……[56]

如此的全村大宴客盛會，包括村內奉祀的所有神明聚集，村民和鄰近親戚咸到，熱鬧喧囂，又帶有嚴肅儀式的活動，才是前述富有民間文化傳統的萬安村的真正樣貌，也是歡迎歸人的感人記憶。

到了隔年，為了打拼生計，劉捷這次不再動身前往日本，而是前去大陸北京、天津、徐州等地。其中，劉捷與徐州淵源最深，他說：

> 徐州對我來說是無意中找到祖國生命的老故鄉，這裡沛、邳各縣有全國最多的劉姓同胞，我覺得戰爭中流落此地的命運安排不錯。……我在徐州約有四年歲月，廿九歲到卅三歲的精壯歲月。[57]

在徐州，劉捷遇到全大陸最多的劉姓同胞，他覺得戰爭中有此命運安排不錯。於此，曾經擔任徐州市警察局第二分局長，蘇北特別行政區長官郝鵬舉（後改為淮海省政府省長）的隨身秘書，以及徐州日報社長。在日本投降後，徐州成立臺灣同鄉會，還被推為會長。[58]不過，徐州歲月雖然風光，但

---

55 參見劉捷《我的懺悔錄》，頁82。

56 同上註。

57 參見劉捷《我的懺悔錄》，頁117。

58 參見劉捷《我的懺悔錄》，頁107、112、116。

日後也為劉捷引來危機，一切就在二二八事件之後。

綜上，出生萬丹鄉的劉捷，在日治時期，雖然始終要與貧窮搏鬥，但他幼年起在廣安村接近底層民間文化，由日回鄉時感受庶民信仰神明的庇佑；受教育時走到鄰近的社皮村認識農民組合運動、呼吸「德模克拉西」氣息，行至大湖村認知了客家械鬥的存在現象，以及由屏東鎮體會世界脈動、左派思想和文化協會的餘溫，終於促使他前進日本與大陸，尋找屬於自我的人生道路。在其回憶錄裡，萬丹鄉既是人生起點，同時也是生命旅途裡的休息站，一旦倦了、累了，返鄉將給予勇氣與溫暖，使他得以再次前進。而尤其可貴的是，雖然位居臺灣最南端，但無論是在廣安村閱讀《臺灣日日新報》，或是屏東鎮上瀏覽左派讀物或文學書籍，鄉下人劉捷自幼至長，都能接觸到文明新知，甚而村里、鎮上也都有知識分子可以取法、觀摩，或者必要時更給予協助，這些是屬於萬丹或屏東的難得地方風景。

（二）戰後時期

進入戰後階段，由於王培五的出現，故以下萬丹地方書寫，將有本省、外省之眼的觀察。究竟二人所見，有無異同呢？

1.

從徐州回到臺灣的劉捷，先在《臺灣新民報》工作兩個月，後回故鄉萬丹。於高雄遇到王天賞，時任《國聲報》社長，因總編輯陳香正請病假，故被邀擔任副總編輯，遂在高雄工作半年。為開拓北部讀者，後又改任臺北分社主任。二月二十八日有事回屏東，次日始知島內發生大事，因此在家等候消息，第四日獲悉《國聲報》因為報導二二八事件訊息而被封，由黨接收，於是決定暫居故鄉。[59]1949年，開始實施三七五減租，劉捷在市議會議長張吉甫家中一室，辦理代書業務，為地方上的佃農辦理三七五減租的手續，受

---

59 參見劉捷《我的懺悔錄》，頁122、124。

託者有來自嘉義、臺南、高雄各縣市，在屏東成為一時的風氣，因此還被萬丹鄉的農民們推出參與鄉長選舉，結果落敗，且捲入地方上的恩怨。[60]不久更因為從前在徐州擔任保安科長職務，被視為幹特務的漢奸，以及有加入共產黨的嫌疑，[61]從家中被帶走，且直到被收容於臺北市峨嵋街（案，當是西寧南路）的「東本願寺」，這是著名的臺灣警備司令部的大本營，才知道是被警備司令部逮捕。[62]正是在此，如同前曾述及，他知道其中有校長帶領一批學生，由山東經過廣州來到臺灣的一批人都在這裡待審，此即張敏之與山東流亡學生案。他描述當時監獄裡的情景：

> 由於宿客（嫌犯）來自各地五路，其在所內的行為表情亦不盡相同，如有相同之處就是大部知識分子，沒有流氓小偷，在我的記憶中，大陸逃來的教員、學生喊冤叫罵、有的唱歌，本土臺灣的住客比較溫順，只有哭泣流淚，拜佛的念經，信基督的祈禱，也有終日躺著不動的，可以說是五花八門，我在東本願寺的「別莊」居住約有一年。[63]

原來被囚者也會因省籍差異而有不同反應，劉捷文章作了見證。之後，他又被送到臺北市郊外內湖國民學校內的「新生營」受訓，大抵自1949年8月被關後，直至1950年底獲釋。[64]

不幸的是，1951年10月，劉捷在家中再次被抓走，送到萬丹鄉派出所，接著再到高雄，同樣因為思想嫌疑，被質疑加入共產黨而逮捕。本案從發生至結束，經過兩年多，從臺灣警備司令部法處的判決書中，可知被抓的萬丹鄉人有盧慶秀、伍金地、林瑞如、林琨隆、伍石慧、劉捷等。[65]後來劉捷幸

---

60 參見劉捷《我的懺悔錄》，頁125。

61 參見劉捷《我的懺悔錄》，頁128-129。

62 參見劉捷《我的懺悔錄》，頁130。

63 參見劉捷《我的懺悔錄》，頁131。

64 參見劉捷《我的懺悔錄》，頁144。

65 參見劉捷《我的懺悔錄》，頁138-139。

運被判無罪，但家中唯物論、通史等書共計五十四冊，因屬違禁物而遭到沒收。其他被判有罪者，罪名是組織新民主主義青年團。[66]

回憶第二次坐牢，有如禍從天降，劉捷雖然最終被判決無罪，但此次被捕，又是二年半的牢獄，連同上次共近五年冤獄。在監牢歲月裡，劉捷曾經於軍法處拘留所遇過楊逵，也學會命卜相的研究及應用，而這後來更成為1953年5月劉捷出獄後維持生活的技能。[67]有半年之久，他在屏東以此為業，直到決定再次離開家鄉，前去臺北另謀出路。[68]爾後，終於苦盡甘來，後歷任臺灣區硫磺礦業公會、臺北市證券公會總幹事，繼而擔任《臺灣養雞月刊》主編，臺北市養雞學會總幹事、《農牧旬刊》發行人兼社長、臺灣省養豬協會、中華民國養豬協會總幹事等職。[69]

綜觀前述，在戰後由大陸回到臺灣，劉捷歷經五年冤獄，他的萬丹地方敘事，雖然有返鄉居住，或在地工作紀錄，如參與推動三七五減租，但更多是因為被誣為共產黨、思想嫌疑犯而被捕入獄，因此呈現不在村、不在鄉的空白時光。而在戰後篇幅極少的家鄉敘事中，令人印象深刻的，反倒是與劉捷一樣，那些被捕入獄或被行處死的新民主主義青年團員，包括盧慶秀、伍金地、林瑞如、林琨隆、伍石慧等萬丹鄉人，他們獨特的左派思想光譜，就如同社皮村在日治時期的農民組合運動者，或屏東鎮上文化協會者，使得戰後的萬丹鄉擁有了不一樣的精神面貌。

2.

倘若劉捷回憶錄的戰後萬丹地方書寫，最具「刺點」（Punctum）性的記憶，是與白色恐怖經驗有關，那麼同樣因為丈夫張敏之匪諜案而逃難來此的王培五敘事，就更強化了戰後初期萬丹鄉與臺灣白恐記憶的關連性。

---

66 參見劉捷《我的懺悔錄》，頁145。
67 參見劉捷《我的懺悔錄》，頁153。
68 參見劉捷《我的懺悔錄》，頁155。
69 參見劉捷《我的懺悔錄》，頁159。

　　1949年10月14日張敏之由澎湖押送到臺灣，[70]得知此一消息，王培五24日後也帶著家中小孩來到高雄等候消息，[71]直到12月11日張敏之被處槍決，至此王培五真正意識到自己將在陌生的天涯海角獨自撫養六個孩子，但她在臺灣沒有其他家人，也沒有工作。而在高雄協助接待過王培五母們的張敏之舊識、學生管東屏、周運初，以及高雄火車站附近教會的鍾茂成牧師，最後都被當局關切，警告不能接納「匪眷」。在這段最為煎熬的時期，四顧茫然，王培五帶著六個小孩，曾經徘徊高雄海邊，想要投海解脫。[72]後來因為張敏之在中央政治學校同學李先良和前山東青島高芳先將軍照顧，遂轉往彰化。[73]1950年，透過吳鏞祥國代、中央日報社社長馬星野的介紹，得知張敏之在黨校同學陳粵人（伯尹）時任屏東萬丹中學校長，終獲英文老師教職，就此展開了一年半的萬丹初中，[74]以及七年多的潮州中學，[75]總共將近九年的屏東生活。

　　初抵萬丹鄉這個炎熱而荒遠的鄉村，王培五自述當時情況：

> 　　我是萬丹中學的第一位外省籍老師，言語不通，生活習慣也不同，沒有錢租街上的房子，於是租了位於火車道旁的一橦廢棄的茅草屋。裡面只容得下一張大床，外圍都是稻田，沒水沒電，煮飯洗衣沐浴都在

---

70 參見呂蓓苓《一甲子的未亡人──王培五與她的6個子女》，頁114。

71 參見呂蓓苓《一甲子的未亡人──王培五與她的6個子女》，頁121。

72 參見王培五口述，高惠宇、劉臺平整理《十字架上的校長──張敏之夫人回憶錄》，頁130。

73 參見呂蓓苓《一甲子的未亡人──王培五與她的6個子女》，頁139。

74 《十字架上的校長──張敏之夫人回憶錄》頁130所記，萬丹中學乃位在潮州；但呂蓓苓《一甲子的未亡人──王培五與她的6個子女》頁150，則註記為今之萬丹初中，如此則位在屏東縣萬丹鄉萬丹路一段45號。因為回憶錄中提及子女就讀萬丹國小，所在地為屏東縣萬丹鄉萬新路1497號，故判斷《十字架上的校長──張敏之夫人回憶錄》記錄有誤。

75 參見王培五口述，高惠宇、劉臺平整理《十字架上的校長──張敏之夫人回憶錄》，頁145。

屋外解決。稻田裡有蛇，經常竄進家裡，晚上走路也常會踩到蛇。[76]

在短短回憶文字中，記憶最為深刻的是自己成了萬丹中學第一位外省籍老師，當年不僅語言不通，生活習慣也與在地本省人不同，顯然省籍的差異是她最為強烈的感受。[77]其次，則是沒水沒電的家屋住所，和附近充滿原始情調的自然環境。在後來出版的另一本《一甲子的未亡人——王培五與她的6個子女》書中，家人對於在萬丹的住屋，有了更多細節描摹和情感表達：

> 陳校長分配給他們一間土牆茅草房子，外面一個大間有兩張床和桌椅，另外還有一個僅容一張小床加上一張書桌的小房間。廁所在室外，就是四面圍起來在地上挖一個洞。他們的破爛宿舍不要說和校長比起來差遠了，也不如其他老師。王培五老師的茅草宿舍是個獨棟「別墅」，在學校圍牆外，遠離宿舍群，獨自站在田野間。不過無論如何，一家人長途跋涉之後感到非常欣慰，縱使房屋破舊，地上泥濘骯髒，但總算是安頓在屬於自己的家了。畢竟他們是「匪眷」啊！[78]

姑且不論在萬丹的住屋，是王培五自己租得，或是由陳校長分配而來？真正具有重大意義的是，「匪眷」總算能安頓下來，雖然是遠離學校宿舍群，獨自被孤立在外，但終究有了屬於自己的家了。同時也是在沒有了先生，沒有

---

76 參見王培五口述，高惠宇、劉臺平整理《十字架上的校長——張敏之夫人回憶錄》，頁132。

77 長子張彬也記得在學校裡，和同學相處並不愉快，同學衝著他喊：「阿山！阿山！」。雖然，國語運動如火如荼展開，但是同學們國語還不流利，交談很少使用國語，而張彬也聽不懂他們的臺語和客家話。張彬給自己訂下一種態度：「人不理我，我不理人。」他明白同學討厭他和大環境有關，「二二八事件」讓許多臺灣人對外省人有敵意，但這個理解不能稍減他心中的苦澀和孤獨。參見呂蓓苓《一甲子的未亡人——王培五與她的6個子女》，頁153-154。

78 參見呂蓓苓《一甲子的未亡人——王培五與她的6個子女》，頁150。

了父親後，王培五母子七人，得以開始了雖艱困而有尊嚴的生活。[79]亦即，萬丹鄉和萬丹中學，接納了王培五全家，且因與此地結緣，讓外省、匪眷、孤兒寡母，此後可以落腳下來。就是這種踏實感，使他們在五、六十後都不曾忘記家裡空間配置，儘管是土牆茅草房子，內部擺設簡陋，但因為這個「破爛宿舍」收容了全家人漂泊無依的身心，而永遠感激。

至於萬丹中學，當時仍是個小學校，總共只有六間教室，一個小操場，兩間簡陋的廁所，一間給男生，一間給女生。學校裡，也只有張磊和張彬兩個外省孩子。[80]但，即使是地處偏僻、規模甚小的學校，在王培五到學校上課的次日，就來了管區員警，還有學校人二室的安全人員。天羅地網的監控，一直以來都如影隨形。[81]唯，獲得工作機會的王培五已有勇氣面對；於是，日子在窮困中慢慢前進，全家終於可以展開平常人的日常生活。大女兒張磊、大兒子張彬就讀初二及初一，排行三與四的張焱和張彪在萬丹國小唸書，後面兩位子女則託房東照顧。[82]王培五早上五點鐘起床，花半小時走路去大街上買菜。[83]每日做好早飯，送前面四位小孩去學校，接著中午回家洗衣服，下課後再接孩子回家。看似平凡不過的日常作息和時間排序，卻是王培五和子女們歷經千辛萬苦方能獲致的穩定幸福。正如《一甲子的未亡人──王培五與她的6個子女》所記：「萬丹的歲月在大家各就各位的安頓中悄悄地展開。」[84]

只是，王培五擔任教職的薪水有限，家中永遠捉襟見肘，還好當時軍公教人員有美援的大豆及麵粉，加上萬丹鄉木瓜特別多，能夠補充孩子們的營養。又有一次颱風過境後，吹落了一地的麻雀，全家吃了三四天不同口味的

79 參見王培五口述，高惠宇、劉臺平整理《十字架上的校長──張敏之夫人回憶錄》，頁130。

80 參見呂蓓苓《一甲子的未亡人──王培五與她的6個子女》，頁152、153。

81 參見呂蓓苓《一甲子的未亡人──王培五與她的6個子女》，頁151。

82 參見王培五口述，高惠宇、劉臺平整理《十字架上的校長──張敏之夫人回憶錄》，頁132。又，若有房東的話，則房屋或許是租來，而非學校分配。

83 參見呂蓓苓《一甲子的未亡人──王培五與她的6個子女》，頁157。

84 同上註，頁157。

麻雀大餐，這是意外的加餐，令全家人在多年以後仍然記憶深刻。[85]此外，在萬丹鄉時，也曾遇過龍捲風，茅草小屋竟被捲走，幸好小孩躲在野地，因此無傷。[86]而從稻田、蛇、木瓜、颱風到龍捲風，萬丹鄉這片大地，還為王培五小孩帶來一項特殊的禮物，因為金錢匱乏，與臺灣農家小孩一般，六個子女都打赤腳，即連上學亦然。由於長期沒有鞋穿，雙腳皆平板而長寬如一，導致女長大後穿不下高跟鞋，男亦穿不進皮鞋。[87]正因為來到屏東，結果王培五的子女，用「腳」的大小與形狀，永遠存留了前後近九年生活在萬丹鄉和潮州大自然下的印記。

整體而言，萬丹鄉彷彿王培五和子女們的急救站，讓全家得以獲得重生機會和守護空間，但由於省籍因素、語言不通和二二八事件，仍阻隔了與當地人親近的可能性。另，尚有一惱人處：

> 在萬丹初中教書，學校因為我特殊的背景，不敢讓我擔任導師，只准教英文，並派人暗中監視，或囑咐其他教師不要與我接近。甚至居住地點都被隔離至校外稻田之中，離群索居對過慣了團體生活的我而言，確有被孤立的難受，但沒別的辦法，也只有咬緊牙根苦撐下去。[88]

由於「匪妻」和「匪屬」的特殊身分背景，王培五不僅教學上無法順心如意，因為不能當導師，自然無法與當地學生、家長建立起更為親密的情感關係；常受監視，被迫隔離或無法與人接近的孤立感，也使她倍感難受。好在一年半的屏東萬丹初中教師生涯後，她便轉往潮州中學任教，並開始七年的

---

85 參見王培五口述，高惠宇、劉臺平整理《十字架上的校長——張敏之夫人回憶錄》，頁133。

86 參見王培五口述，高惠宇、劉臺平整理《十字架上的校長——張敏之夫人回憶錄》，頁134。

87 參見王培五口述，高惠宇、劉臺平整理《十字架上的校長——張敏之夫人回憶錄》，頁133。

88 參見王培五口述，高惠宇、劉臺平整理《十字架上的校長——張敏之夫人回憶錄》，頁137。

潮州生活。在潮州地區時，雖然同樣物質生活不足，但外省籍人士較多，不像在萬丹中學時是僅有一位，猶如「異類」。例如於同校中，就認識了李安父親李昇，他是潮州中學的教導主任。[89]

又，潮州與萬丹相同，水田特別多，田中的魚蝦、螃蟹、蛙、龜也多，子女們的童年，幾乎都在此地度過。王培五的女兒張鑫認為「大自然提供我們的玩樂，一直讓我們感到很滿足」。[90]兒子張彪也記得：「潮州有個原始森林，……就是現在的八大森林遊樂園。……潮州中學旁邊有一條小溪，就是現在潮州鎮的民治溪……大潮州地區地下水源非常豐沛……」，喜歡去森林遊玩、去小溪和池塘游泳。這兩人日後都喜歡親近大自然，實是受到潮州田野生活的影響。[91]而對於王培五來說，潮州是個鎮，比萬丹鄉熱鬧，人口也多。轉到潮州任教，她在晚上會有比較多的機會兼家教以賺取金錢，這是另一項益處。[92]只是，依舊無法遁脫的仍是管區員警常查戶口的檢查壓力，王培五自敘：

> 轉到潮州中學任教……她平日非常安靜，不會到串門子，每天只是工作，並且照顧孩子。管區員警去查戶口，她從不多嘴喊冤或是頂撞。《聖經》上說：「如果有人打你的左臉，你就把右臉也呈上。」這是上帝的道，也是王培五遵行的道。這個道，保住了她一家人的平安。[93]

其實王培五早在年少時就讀教會學校，就已篤信基督教。此後，在漫長的流亡生涯中，更是依靠宗教信仰作為精神支柱，尤其是丈夫死去之後，基督信

---

89 參見王培五口述，高惠宇、劉臺平整理《十字架上的校長──張敏之夫人回憶錄》，頁132。

90 參見王培五口述，高惠宇、劉臺平整理《十字架上的校長──張敏之夫人回憶錄》，頁135。

91 參見呂蓓苓《一甲子的未亡人──王培五與她的6個子女》，頁203-204。

92 參見呂蓓苓《一甲子的未亡人──王培五與她的6個子女》，頁185。

93 參見呂蓓苓《一甲子的未亡人──王培五與她的6個子女》，頁183。

仰更是堅不可移。[94]最終在後續人生裡，也是依賴基督教的愛與寬恕，放下對於仇人的恨意。

然而，她的確明白現實中的某些不公平，無法立即消失，例如在潮州中學任職七年，從未缺課，年年考績第一，且列名校內優良教師，但學校呈報給省教育廳的優良教師名單，卻從未列名。[95]她因此進一步理解：「這些永無休止的糾纏，……體認到一件事情，那就是她的小孩在臺灣生活是沒前途的，她想移民到美國去。」[96]於是，開始了一步一步的準備，包括後來「兩年多的臺南善化高中，三年多的臺南女中，一直到七年多的建中，雖說由南往北遷徙，有政治因素考量。但是有更深一層的含意，古時有孟母三遷的故事，我的五次遷居比孟母還多兩次，為的是給子女們更好的學習環境。」[97]相關一切，就是為了前進美國。

回顧王培五從澎湖來臺，總計寓居臺灣二十年，其中萬丹鄉與潮州鎮便占去將近一半時間，亦即屏東歲月對於王培五與子女們而言，是家庭重生的關鍵時刻。藉由她的口述回憶，可以理解與劉捷在二二八事件後的逃難歸鄉不同，因為是外來者，她和子女得熟悉萬丹鄉的地理環境和空間規劃，了解自己宿舍家屋所在地，學校、市場和街上位置，有了空間記憶和熟悉感，才能對萬丹鄉的生活，或日後的潮州鎮生活做出安排，包括小孩在田中、水裡的遊玩，步行去學校育或工作，購買食物的消費等。

其次，因為外省、匪眷緣故，王培五與周遭同事、學生，在萬丹鄉時無法隨心所欲建立情感交流關係，到了潮州鎮上才因外省同事增多而稍有改善。因此，其人與萬丹鄉之間，便處於一種既熟悉，又陌生；雖可與人接觸，卻又被孤立、監視的特殊狀態。且更特別的是，當王培五以白恐外省受難者身分來到萬丹鄉時，其實此地也有青年因為被控加入新民主主義青年團而被囚

---

94 參見呂蓓苓《一甲子的未亡人——王培五與她的6個子女》，頁135。

95 參見王培五口述，高惠宇、劉臺平整理《十字架上的校長——張敏之夫人回憶錄》，頁138。

96 參見呂蓓苓《一甲子的未亡人——王培五與她的6個子女》，頁192。

97 參見呂蓓苓《一甲子的未亡人——王培五與她的6個子女》，頁145-146。

或處決。於是這些本省與外省受難者，透過劉捷和王培五戰後生命記憶的苦難敘事，竟在萬丹鄉交會，這成了戰後萬丹地方書寫耐人玩味的面向。

四　人與地方的交會：萬丹作為生存空間的精神特質

誠如上述，在屏東文學中，專屬萬丹鄉的書寫鮮少，那麼過去以來，人們如何談論萬丹的地方經驗？筆者注意到兩種偏向於「物」而非「人」的描述導向。其一、因為萬丹擁有全臺唯一的甘蔗育種場，早在1933年就已創立，日人看中萬丹氣候溫暖而潮溼，土地極為肥沃，因此選擇萬安作為培育甘蔗之所在，並由此開創出臺灣甘蔗育種事業。正因如此，當地人的生活及文化，與甘蔗種植密不可分，故臺糖公司便長期與屏東縣萬丹鄉采風社合作，共同主辦「甘蔗祭文化活動」，目前已有二十餘年。以2019年的活動來看，不僅把鄉內固有的北管、聖樂團和藝陣文化傳統納入其中，還將甘蔗文化活動化、文學化、儀式化、產業化，包括：

> 還有坐牛車逛甘蔗園、剖甘蔗、削甘蔗、烤甘蔗、傳統黑糖製作、糖蔥表演，以及親子甘蔗園寫生活動，讓民眾了解蔗糖產業與生活息息相關。……並讓小朋友與會來賓好友一起寫糖詩祈福文化活動，展示「甘蔗上可祭天，下可養民」的祭典儀式。而傳統習俗中，祭天拜地時用全株甘蔗，結婚歸寧也用甘蔗，表示有頭有尾，祈求婚姻能白頭偕老，了解蔗糖產業結合文化創新，讓更多人認識萬丹的文化。[98]

透過琳瑯滿目的活動內容，以製作、表演、寫生、書寫等方式，邀請親子參與，期望能藉由甘蔗祭文化活動，使更多人認識萬丹的文化。換言之，「甘蔗」成為展示萬丹文化的重要媒介物。

---

98 參見〈萬丹甘蔗祭文化〉電子新聞報導，取自ETtoday新聞雲，2019.11.30，網址：〈https://www.ettoday.net/news/20191130/1591468.htm〉，查索日期2020.10.27。

　　而另一項更為人知，產量與品質冠全臺，亦具有象徵萬丹地方特色的代表性物產則是「紅豆」。對此，相關人士與單位自2006年起，已舉辦過十餘次的「萬丹國際紅豆節」，並獲得熱烈迴響。雖然2020年因故停辦，但查詢過去活動報導，發現該活動還曾與馬拉松比賽結合，而2011年時尚且徵選紅豆新詩散文得獎作品，在萬丹鄉立圖書館舉辦發表會，時任總統的馬英九也曾出席過文學發表會。此外，屏東教育大學亦提撥過五十萬獎金，為紅豆詩詞徵曲及編輯「紅豆文化教材」，大力推廣。[99]

　　至於近期，於2020年9月5日不幸過世的打狗亂歌團團長嚴詠能，生前也為萬丹紅豆製作「紅豆仔生佇下淡水」歌曲，歌詞如下：

蹈過渡船口的街市	行入鬧熱的下淡水
南北二路來遮作生理	來遮起家做厝邊
萬安古地的土地公	牽三百外歲的老笳笭
新鐘率蝶仔飛上天	守護著愛的勇氣
紅豆仔生佇下淡水	將向望共種落去
一粒一粒列排隊	佇高屏溪邊唸歌詩
紅豆仔生佇下淡水	伴新故鄉裝隋隋
望你平安到萬丹	幸福綴你來入夢
哼著一首紅豆詩	一路春風到下淡水
遮的水路有夠甜	萬年豐收好福氣[100]

99　參見吳江泉相關新聞報導，中時電子報，2011.2.25。參見網址：〈https://tw.news.yahoo.com/%E5%B1%8F%E6%95%99%E5%A4%A7%E8%B4%8A%E5%8A%A950%E8%90%AC-%E8%90%AC%E4%B8%B9%E7%B4%85%E8%B1%86%E5%85%A5%E8%A9%A9-%E6%AD%8C-%E7%B7%A8%E9%80%B2%E9%84%89%E5%9C%9F%E6%95%99%E6%9D%90-20110224-104511-763.html〉，查索日期2020.10.27。

100　歌詞參見洪博學〈歌者死於舞臺──寫給下港仔〉，《民報》電子文章，2020.9.9，網址：〈https://www.peoplenews.tw/news/50f52666-b9da-4e21-b7d6-b5630af41098〉，查索日期2020.10.27。

這首歌詞優美，充滿在地情感的臺語詩歌，將紅豆與萬丹的人、水、地理、歷史、神明、鄉情、夢想結合起來，既寫過去發展，同時寄望未來，使「紅豆」與萬丹地方的種種巧妙連繫，於是紅豆不單單僅是「物產」而已。透過嚴詠能的遺作，可以得知他想在物、地、人的串連上所做的努力和企圖。

以上，以「甘蔗」或「紅豆」為象徵媒介，活動、產業，儀式，乃至於文學、歌曲創作，來形塑萬丹地方精神，目前已有不少累積成果，只是取藉「甘蔗」或「紅豆」，所映現的萬丹鄉的地方本質，無寧仍是農村圖像或自然資源的顯現，多少忽略了以人為主體，進行「人」與「地方」交會考察的詮釋和想像意義。更何況，具有地方經驗的文學意義，以及地方意義的文學經驗，都可以成為文化創造過程中的一部分，值得加以重視。

就劉捷和王培五的回憶錄內容來看，萬丹鄉從清代、日治到戰後初期，一直都以鄉野田園式的自然景觀為存在樣貌，但即使是頗為原始、不便的地方，此地卻曾在清代時期出現過文、武舉人，日治時代有過參與農民組合的抗日異議分子，提供涉獵新文明知識的管道，保持著與屏東、高雄地區現代文化啟蒙的接觸路徑，促使劉捷眼界大開，日後決定前進日本。到了戰後，萬丹迎回了在大陸闖蕩多年的歸人劉捷，也接納了被視為匪眷、匪屬的王培五及其家人，即使是在二二八事件過後，省籍衝突、政治禁忌，自稱為萬丹中學中唯一「異類」的王培五，仍可在此片小小地方上，與子女一起展開新生，取得自立能力與空間。何況，同一階段還有劉捷與同鄉數位青年的白色恐怖案件也正發生中，萬丹鄉裡其實不難想見政治緊張氣氛。

因此，從兩種回憶錄中可以獲見人與地方在交會之後，所折射出耐人尋思的歷史、文化景觀。其中關於人與地方的故事極為動人，從劉捷與王培五身上，其內涵至少包括：避難或庇護，回歸或流離，原生或再生，本省與外省，文化啟蒙與白色恐怖等面向。再者，在兩本回憶錄筆下的萬丹鄉，既鄉土、原始與淳樸，但也擁有激發通往現代和世界的能力，於此遂使人體會了這個南部小村莊地方性的足夠與不足。雖然，劉捷和王培五最終選擇離開此地，但對於二位而言，萬丹鄉終究是曾經為他們打造出療傷、暫歇和啟程的重要地理空間。

　　而在掌握了萬丹鄉的地方守護意義之外，劉捷與王培五的回憶錄，實際也展演了經由作品帶人回返生活世界樣貌的歷程。先以王培五而言，因為來到萬丹鄉，作為異鄉人，自然會面臨客觀環境的轉換，需對新環境有所理解，包括對周遭位置、物種、氣候的認識，人際狀態的掌握等，於是她明白了自己住屋的地處偏僻，體會了颱風、龍捲風的威力，也品嚐了麻雀風味、木瓜營養，以及無法與當地人言語溝通的痛苦，乃至仍被暗中監視的孤立滋味。相對地，劉捷憑藉著本省當地人的身分，發揮在地優勢，在他一生中，如其回憶錄記載，有些生命貴人就是萬丹鄉或屏東鄉親；而當他歷劫或旅外歸來，往往能得到家族中人或村民歡迎，甚或舉辦迎神祭拜活動。以上二人的生命敘事，清晰表達出個人與環境之間的互動概況與倫理關係。

　　綜上可知，人與地方的關係，在兩種回憶錄文本敘事中，其實存有雙向交涉狀態。地方供人生活其間，使生命延續；但人也透過書寫、回憶，重新協助創造、介入地方性或地方精神的建構。因此，想要玩味萬丹鄉作為生存空間的精神特質，自是不錯的觀察。

五　結語

　　本文針對屏東區域文學進行研究，有鑑於萬丹鄉歷來較少探討，因此特別取藉兩份與本地地緣攸關，又具有生命敘事意義的回憶錄，加以釐析。這是由於書中涉及人生喜怒哀樂之情感披露，且不乏萬丹自然、人文景觀書寫，故可視之為蘊含文學意味的文本。另，由於回憶錄重視生命史、精神史，因此得以在學界近十餘年來進行區域文學研究時，慣見的文學地景與地方認同研究向度之外，引入不同的方法論。實際上，除本文所述，關於區域文學與作家生命史交錯研究，倘以宋澤萊與屏東文學關係為例，亦可發現明顯事證。近日郭澤寬〈宋澤萊的屏東海岸文學地圖〉一文，便指出宋澤萊作為迄今為止描寫屏東海岸最多的作家，其創作原因應與其人在屏東海岸服預官兵役，目睹慘烈的軍中暴力事件受創有關，因此屏東海岸美景日後成為作

家創傷與療癒所在。[101]則，顯然相關研究取徑，值得持續追蹤其他個案情形，或能為區域文學研究帶來新意。

至於本文所選回憶錄與作者，第一是日治時期出身萬丹的本省作家劉捷所撰《我的懺悔錄》，書中寫及出生、讀書、赴日、去中和經歷冤獄，到被判無罪、定居臺北的曲折歷程；第二為「澎湖七一三事件」張敏之校長遺孀王培五，她帶領子女避難屏東，成為萬丹中學第一位外省籍老師，後來經歷半個世紀，展開新生、遷徙美國，為夫申冤的口述回憶錄《十字架上的校長》。由於二人都以屏東萬丹作為生命敘事重要起點；且分別是白色恐怖案件的直接或間接受害者，但最終一借禪宗脫落身心，一賴基督教放下仇恨，因此包括從地緣、命運到宗教修養，可謂生命際遇諸多近似，甚至於劉捷在臺北與張敏之還曾關在同處，偶然巧合，益使這兩本圍繞萬丹鄉而展開的本省／外省回憶錄，格外珍貴。

尤其，在爬梳兩種回憶錄之後，發現箇中萬丹地方敘事，絕非偏僻一隅的田園鄉村景象，或只保有車鼓陣民間文化的淳樸村落而已。當年，萬丹鄉內的村落文化特色不一，或保守，或發達，但因為彼此並不封閉，得能使文化產生流動，且亦可觸及屏東、高雄現代文化。而在兩位書中所回溯、再現的萬丹鄉地方圖像裡，可以窺見早年清代培育文武舉人的風光，殖民地時期涉足左派思想的情形，甚至不乏理解世界動向的能力，和散發民主「德模克拉西」的氣息。即使到了戰後，萬丹鄉的偏遠，意外為不停流離的王培五提供任教機會，使她和家人終於有了命運的翻轉；且，當她以白恐案件的匪眷身分前來時，萬丹鄉當地青年也正捲入匪諜案件中等。在在說明了這個位居島嶼南方的小村落，自日治到戰後，其實存有特殊的時代感覺結構，蘊藏複雜多樣的鄉村文化面目。

有鑑於今日以「甘蔗」和「紅豆」為外界所知的萬丹文化現象，其實不免偏於農村型態和農作物產文化表徵系統，本文從區域文學與作者生命史、

---

101 以上論文發表於真理大學臺灣文學系主辦「第二十四屆臺灣文學家牛津獎暨宋澤萊文學學術研討會」，2020.10.24。

精神史交錯的研究方法，發現萬丹作為「人」與「地方」交會後的生存空間，其地方性和精神特質，遠比目前所知豐富許多。是故，本文以劉捷和王培五回憶錄為例的探討，雖然只是初步嘗試，但相信經由上述考掘、分析，當有助於描繪萬丹地方記憶中精彩動人的情節，乃至於裨益思索專屬於當地的「場所精神」（genius loci）。

　　不過，無論最終會作出何種詮釋與想像建構，回顧劉捷與王培五的生命里程，他們都曾在萬丹鄉的回鄉與暫歇時獲致滋養生息，進而復原與再起。以他們二人為例，萬丹鄉作為人與地方交會的生存空間，對於他們二位而言，應該都是永難忘懷之地。

參考文獻

一　文本

王培五口述，高惠宇、劉臺平整理：《十字架上的校長——張敏之夫人回憶錄》，臺北：文經社，1999。

呂蓓苓：《一甲子的未亡人：王培五與她的6個子女》，新北：文經社，2015。

劉　捷：《我的懺悔錄》，臺北：九歌出版社，1998。

二　專書

余英時：〈從「訪談錄」到「回憶錄」〉，收入余英時：《余英時回憶錄》，臺北：允晨文化，2018。

施懿琳、鍾美芳、楊翠：《臺中縣文學發展史：田野調查報告書》，臺中：臺中縣文化中心，1993。

范銘如：《文學地理：臺灣小說的空間閱讀》，臺北：麥田出版社，2008。

楊素晴：〈壯觀的文學新工程——《彰化縣文學發展史》序〉，收入施懿琳、楊翠：《彰化縣文學發展史，上）》，彰化市：彰化縣立文化中心，1997。

三　期刊論文

余昭玟：〈記憶與地景——論屏東小說家的在地書寫〉，《屏東教育大學學報——人文社會類》第28期，2012年3月，頁321-346。

邱貴芬：〈尋找「臺灣性」：全球化時代鄉土想像的基進政治意義〉，《中外文學》第32卷第4期，2003年9月，頁45-65。

黃翔瑜：〈山東流亡師生冤獄案的發生及處理經過，1949-1955）〉，《臺灣文獻》第60卷第2期，2009年6月，頁269-308。

四 會議論文

黃美娥：〈如何與創傷告別？——「澎湖七一三事件」文學書寫、時代再現與作家心境〉，「第四屆文化流動與知識傳播：斷裂與蔓生國際研討會」論文，2020年9月26日-27日，臺北：國立臺灣大學臺灣文學研究所主辦。

郭澤寬：〈宋澤萊的屏東海岸文學地圖〉，「第二十四屆臺灣文學家牛津獎暨宋澤萊文學學術研討會」論文，2020年10月24日，新北：真理大學臺灣文學系主辦。

五 報刊雜誌

黃美娥：〈《文訊》與臺灣地方文史工作〉，《文訊》第273期，2008年7月，頁13-17。

六 電子資源

王鼎鈞：〈匪諜是怎樣做成的〉，網址：〈https://ent.ltn.com.tw/news/paper/66445〉，查索日期：2020年10月27日。

吳江泉：〈屏教大贊助50萬　萬丹紅豆入詩、歌　編進鄉土教材〉，網址：〈https://tw.news.yahoo.com/%E5%B1%8F%E6%95%99%E5%A4%A7%E8%B4%8A%E5%8A%A950%E8%90%AC-%E8%90%AC%E4%B8%B9%E7%B4%85%E8%B1%86%E5%85%A5%E8%A9%A9-%E6%AD%8C-%E7%B7%A8%E9%80%B2%E9%84%89%E5%9C%9F%E6%95%99%E6%9D%90-20110224-104511-763.html〉，查索日期：2020年10月27日。

吳尚軒：〈龍應台專訪〉，網址：〈https://www.storm.mg/article/2918504?mode=whole〉，查索日期：2020年10月26日。

洪博學：〈歌者死於舞臺——寫給下港仔〉，網址：〈https://www.peoplenews.tw/news/50f52666-b9da-4e21-b7d6-b5630af41098〉，查索日期：2020年10月27日。

陳崑福：〈萬丹甘蔗祭文化〉，網址：〈https://www.ettoday.net/news/20191130/
　　1591468.htm〉，查索日期：2020年10月27日。

鏡象中的動物世界：

陳致元寓言繪本中的敘事模式與主題意蘊[*]

林淑貞[**]

摘　要

　　陳致元（1975-）臺灣屏東縣人，是位國際知名繪本作家，曾榮獲美國、瑞典、義大利、日本等童書及繪本獎項。他的繪本故事有二系列，一是各自獨立互不相屬的單獨故事；二是系列故事，以米米作為親子教育的主角人物。其中，無論是單行本或系列故事，皆大量運用動物作為故事主角。刻意以擬人化的動物故事作為基底，創發一個個雋永有味的寓言故事引人入勝，這是陳致元繪本故事的特色之一，也是他創作的元素，不容忽視。本文擬透過這些動物寓言故事，分析敘事手法及深藏的主題義理，昭揭其所要表述的意蘊。論述理序，一論陳致元繪本採用的寓言手法與敘事模式，揭示其敘寫視角採多元變化，有單一、雙視角、無明顯視點人物之敘寫，視點多元流轉使故事精采可觀；再者，寓言敘寫方式豁顯意義者，以「以彼喻此」方式透示動物寓言之多元形構技巧。二、論其所要示現主題意蘊，主要出自人性的愛與包容，展示不同的主題內容、恢復本真等意蘊。三論如何破譯寓言潛藏背後的寓意，有「言內意」、「言外意」／「說明式」、「體悟式」等表述手法之殊異；最後歸結陳致元繪本特色與風格。

關鍵詞：屏東學、繪本文學、寓言、動物寓言、陳致元

---

* 　本論文於會後修改，刊載於《東海大學圖書館館刊》第57期（2021.5），頁17-37。
** 國立中興大學中國文學系教授。

一　前言

　　陳致元（1975-）臺灣屏東縣人[1]，現為國際知名繪本作家。曾榮獲美國「國家教師協會」年度最佳童書獎、美國《出版人週刊》年度最佳童書、日本圖書館協會年度選書、義大利波隆那國際童書插畫展入選，以及臺灣的金鼎獎最佳插畫獎、「好書大家讀」年度最佳童書獎、金蝶獎等榮耀，是位國際知名繪本作家。2006年以《一個不能沒有禮物的日子》榮獲日本圖書協會年度最佳童書獎，同年以《阿迪與朱莉》榮獲美國國家教師會NCTE年度最佳童書獎；2015年以《Guji Guji》榮獲瑞典國際兒童圖書評議會ibby小飛俠獎，並翻譯成十八種語言在世界各地出版，著有近二十種繪本，請參見〈附錄一〉所示一覽表。

　　陳致元繪本可擘分為二大系列，一是單本發行的繪本，例如《想念》、《小魚散步》、《一個不能沒有禮物的日子》、《沒毛雞》等，皆是單本發行的獨立故事；一是系列作品，以米米作為主角，呈現系列繪本，例如《米米說不》、《米米愛模仿》、《米米玩收拾》、《米米坐馬桶》等以親子教育為主的故事[2]。而在單本的獨立繪本當中，又可分為人類故事與動物故事二種，人類故事以《想念》、《小魚散步》為代表作，而動物故事有《Guji Guji》、《一個不能沒有禮物的日子》、《沒毛雞》等。其中，陳致元創作有一種特殊的喜好與現象，喜歡以動物作為主角者居大多數，透過這些擬人物故事所要豁顯的意蘊卻非常深刻，值得探勘。[3]

---

1 屏東學的範圍，可分從幾個面向切入，其一，依據創作者來分，地域歸屬可分為原出生地、籍貫以及現居地三系，陳致元為屏東人，雖現居高雄，列入屏東學以其出生地在屏東之故。其二，可依據書寫的內容來分，雖創作者未必是屏東人，但是書寫的內容是關涉屏東者，亦可視之屏東學。其三，作品或文本流通在屏東者，亦屬之。

2 若依據陳致元所合作的出版社來分期，可分為信誼時期、和英時期、親子時期三個系列。

3 目前研究陳致元有《文學圈模式下的閱讀教學：以陳致元作品為例》、《陳致元自寫自畫圖畫書中兒童觀研究》、《陳致元繪本作品及讀者反應之分析研究》、《賴馬與陳致元自寫自畫圖畫書之研究》等，或從閱讀教學，或從自畫自寫，或從讀者反應，或作比

　　為何喜歡以動物做為故事主角人物呢？是為了引發閱眾的趣味性，又能和讀者產生距離的美感，而無說教的刻板印象。透過動物來講故事，是為了說道理，但是，說道理又必須有趣味性、雋永性才能引人入勝。陳致元刻意用動物故事來講深刻道理，表層表述的是動物所生發的故事，深層意蘊是用來啟發或表述他所要達致的主題思想，採「以彼喻此」的手法達到深入淺出的效果。本文以陳致元繪本中的動物故事昭揭其慣用的敘事模式及寓言手法。

　　理解敘事結構必須先了解敘寫的形式架構，基本上可分作四個層次：

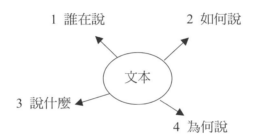

圖一　敘事結構解讀層次架構

1　誰在說：了解敘事層次的敘寫者，究竟是透過誰的視角來說故事，通常有有第一人稱（我）、第三人稱（他）說故事的方式。而觀察的視點也往往不同，究竟故事是以那一位人物為敘事焦點或觀察視角切入呢？

2　如何說：了解創作者取用什麼樣的題材，採用什麼樣的手法或技巧來敘寫。例如敘寫的時序，包括順敘、逆敘、預敘等；或是故事結構，例如英雄歷險、聚斂式、輻射式、綴緞式等。

3　說什麼：了解創作者到底說了什麼樣的故事，透過這個故事要豁顯什麼樣的意涵或意義。其中，包括了主題、意蘊、人物形象刻畫、時空背景設定等項。

較研究，與本文從「寓言」論述手法不同；另有單篇論文探論《想念》一書，亦與本文「動物」無涉，不與論列。

4 為何說：了解創作者的寫作意圖，為何要寫這個故事，或是理解這個故事的義蘊。

以上四個層次，可掌握整個敘事脈絡，也能了解陳致元透過誰在說這個故事？視角是誰？用什麼方式或技巧說這個故事？到底說了什麼內容呢？為何要說這個故事呢？層層抽撥之後，意蘊解讀即根據這些開顯而出。基本上，「誰在說」、「如何說」這二個層次屬於結構與技巧層次，而「說什麼」、「為何說」則是屬於內容與意蘊的層次。前者是表層結構，後者是深層結構。

然而，除了技巧、題材掌握之外，解讀作品最難的是：有時作者也會採用比較晦澀或象徵、隱喻、意象的方式來表述，故而繪本文學解讀常因人而異，而有不同的理解與詮釋。[4]

本文透過陳致元動物繪本《Guji Guji》、《一個不能沒有禮物的日子》、《沒毛雞》、《阿迪和朱莉》、《大家一起拔蘿蔔》、《熊爸爸去另一個城市工作》、《很慢很慢的蝸牛》等七個動物故事進行分析與論述。其中，《大家一起拔蘿蔔》既涉入人類亦有動物，本文亦將之納入討論，以見廣度與深度[5]。

二 敘事結構的解讀模式[6]

我們依據前述先釐析「誰在說」、「如何說」二個層次。「誰在說」是分

---

4 繪本重要探討元素是圖像，可藉以探知其繪畫風格、圖像特色與文字之關涉，本文重在敘事情節與主題之探討，因篇幅所限，圖像風格與特色則不在論述之列。

5 「故事」必有主題或旨趣，「寓言」必有寓意，二者不可等同，然而，「寓言」必託借「故事」或情節以表述寓意，達到「以彼喻此」，二者之不同，在於寓言必須借助故事來傳達寓意。再者，動物故事未必全是寓言，本文所指的寓言是廣義的寓言，亦將「寓言性」的故事納入，至於如何「破譯」，此亦文後所指稱的有「言內意」與「言外意」之不同解讀。

6 繪本之敘事結構，可分從三個模式探論，其一是運用圖像與文字之關涉探查其敘事模式，其二是運用文字展演其故事情節以知敘事模式，其三，若無文字僅有圖像，必須依圖像進行敘事模式解讀。通常繪本以文字表述情節為主，圖像為輔。本文則以文字表述為依據，輔以圖像表述進行解讀。

析敘述視角；「如何說」是分析敘事模式。

（一）敘事視角的涉入：多元變化的視點

　　敘事視角有二種，一是全知觀點，二是部分觀點；通常採用全知觀點可以全面了解故事情節的進展，通常是運用第三人稱視點進入故事之中。部分觀點是採用「你」或「我」的視點進行描述故事情節，由於是部分觀點，凡是未能親身經歷者皆未能表述。

　　觀察《Guji Guji》、《一個不能沒有禮物的日子》、《沒毛雞》、《阿迪和朱莉》、《大家一起拔蘿蔔》、《熊爸爸去另一個城市工作》、《很慢很慢的蝸牛》七個故事的敘寫視角是採全知觀點。因為閱讀的年齡層較小，運用全知觀點，可以讓故事更清楚明白，不會有混淆視角的情形。雖然如此，但是，選擇的視點人物，必須與內容、意蘊相涉，才不會與常理邏輯不合。而七個故事當中有三種類型，一種是有明顯的視點人物作為主述對象，一種是沒有明顯的視點人物，開展情節。第三種是罕見的雙視點人物，將故事分作二層人物分別進行敘事，也打破了一般平面、單向思考的模式。

　　其一，有重要的涉入視點人物的故事，有：《Guji Guji》的視點人物是Guji Guji（鱷魚鴨），透過牠來展演故事情節，將身為鱷魚心為鴨的Guji Guji的生活經歷以及內心的掙扎與身分認同的矛盾透過他的成長歷程示現出來。《沒毛雞》的視點人物是一隻很醜的沒有毛的小雞；《熊爸爸去另一個城市工作》的視點是熊爸爸、《很慢很慢的蝸牛》的視點是蝸牛，透過牠的經歷，了解故事意涵。

　　其二，沒有明顯視點人物者，有：《一個不能沒有禮物的日子》展演的是小熊一家在聖誕節前後所發生的故事。故事前半沒有明顯的視點人物，寫哥、姐、父、母，皆是用旁觀的視點，而小熊在後半才有明顯的對話出現，才逐漸朗現視角人物的存在。

　　其三，雙視點人物，有：《阿迪和朱莉》，該書是採用獅子和兔子雙向進行情節發展：繪本的上半頁是小獅子阿迪的故事，下半頁是兔子朱莉的故

事，情節進行到中間，二人相遇，版式合刊成一頁，各自回家過程再分刊，二人相約見面再合刊，整個版式分刊合刊是以二人聚散分合為主，其結構如下所示：

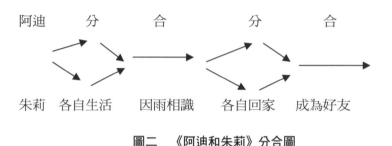

圖二　《阿迪和朱莉》分合圖

　　另外，《大家一起拔蘿蔔》的故事也是雙向進行，只是版式沒有切割成上下各半頁的模式，而是以全幅蝴蝶頁的方式程式，左半是人類老爺爺一家人的故事，右半是地下動物鼴鼠等一群動物的故事，既有人類亦有動物，雖然沒有明顯的視點人物，但是故事亦分作二層進行，一是地上的人類，一是地下的動物。這種展演的故事，讓讀者有雙軌進行的概念，故事亦分作二層進行，打破框架式的單向情節的認知方式，且有益故事的雙向與豐富性。這種手法正可開發主題意蘊非單一思考。

　　以上三種敘事觀點皆採用全知觀點，雖則如此，視點人物的選擇卻呈現多元的樣貌，使得閱眾在閱讀陳致元這些繪本故事時，有多元與精采的感受，而非統一、平面、固定的線性發展。

二　敘事模式與情節導引：順敘、反轉與懸念

　　如何說故事，可以引人入勝呢？繪本受限於畫面，無法用文字全幅展示，故而必須在篇幅短小之中，有機設計精簡情節來開展內容以吸引讀者閱讀，如果設計太複雜的情節結構，恐不易開展亦不易收到良好的閱讀效果。在受限的篇幅之中，往往採用順敘式開展故事情節。例如《Guji Guji》的重要情節如下：

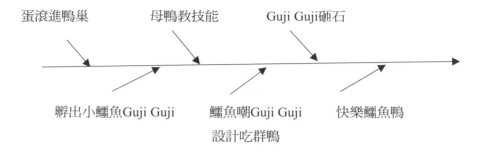

圖三　《Guji Guji》情節結構圖

整個故事採用順敘法描寫鱷魚Guji Guji的成長過程，沒有複雜的情節，卻仍能將鱷魚身分認同的主題烘托出來。

採用順敘法較平鋪直敘，然而，這樣的故事不易吸引人，必須再設計一點巧妙懸念或是反轉情節才能讓故事精采。

通常在戲劇中有所謂的「衝突」以製造戲劇張力，在敘事情節中有「反轉」或「懸念」使平鋪直敘的故事中有意外的驚奇感或懸宕感。

所謂反轉就是逆轉情節，其目的在製造驚喜，讓讀者有意外的驚奇感：

圖四　敘事「情節反轉」結構圖

陳致元的動物繪本常在情節設計上運用反轉手法以製造驚奇感，以引發讀者閱讀樂趣。例如上述的《Guji Guji》中的鱷魚鴨為了反轉鴨群弱勢以對付三隻大鱷魚慫恿的詭計，遂設計和鴨群共同以石頭砸三隻大鱷魚。這種運用反轉手法讓《Guji Guji》逆轉情節，使弱勢成為優勢，也讓Guji Guji成為鴨群中的大英雄。這種刻意將反轉情節置入其中，使讀者感受變化的驚奇效果，製造雋永有趣的情節，令人百讀而不厭。

再例如《很慢很慢的蝸牛》，反轉的情節是毛毛蟲化蛹變成美麗的蝴蝶，有翅膀可以迅快的將蝸牛帶上天空飛翔。《阿迪和朱莉》反轉的情節是獅子與兔子並沒有遵照父母之言，互相仇視對方，反而成為好朋友。《大家一起拔蘿蔔》讓地上、地下互相拔蘿蔔的二群人馬，各自拔取了上下各半的蘿蔔，互享了蘿蔔的一半，逆反我們對「拔蘿蔔」的獨享認知。《沒毛雞》，反轉的情節就是四隻光鮮亮麗的小雞，其實也是沒毛雞，因為掉進水中，讓真實的形象現身。

至於「懸念」的運用，目的在製造懸疑、緊張、刺激之感，可引人入勝，吸引讀者的關注。例如《一個不能沒有禮物的日子》最後的懸念是：倒底是誰為小熊全家準備了聖誕禮物呢？從最後的小腳印透顯出應該是小熊的作為，讓讀者會心一笑。讀者亦可重新回味小熊出現的場合，是父母在交談時他在旁，或是父、母在忙碌中，他僅是一個小小人兒在旁，一個不經意的在場者，卻能將父母的心事點點滴滴記入心中，最後，完成聖誕禮物的人竟然是大家不會注意到的小熊，這樣的懸念，非常有意思，也令人感覺非常窩心。

以上，說明陳致元的動物繪本雖然採用順敘手法來進行故事演繹鋪陳，卻暗中置入了「反轉情節」及「懸念」技法，讓平鋪直敘的故事有了精采、驚奇、懸宕的結局，有一唱三歎的驚喜。

三　寓言的映射效能：以彼喻此

寓言，就是有寄託的故事。所謂「有寄託的故事」就是藉由「故事」來寄託「寓意」，採用「以彼喻此」的方式達到振聾啟聵的效能。寓言的結構就是：

事＋理

圖五　寓言「故事與寓意」關係結構圖

「事」就是「故事」；「理」就是所要傳達的「寓意」。若依照陳蒲清的說法，就是「本體」加上「寓體」，「本體」是指「寓意」；「寓體」就是「故事」，運用寓言故事來說故事，可達到「以淺喻深」、「以易喻難」的效果，讓大眾能明白講述者所要傳達的意涵。因為故事有情節性，能引人入勝，以此為譬，能引發受眾的好奇心或懸念求解的心理，所以歷來許多偉大的思想家往往運用淺近易曉的故事來說道理，這種手法即是「寓言」，達到「講故事說道理」的目的，例如莊子、孟子、韓非子皆是善長運用淺近的故事來講述，擬譬深刻的意蘊。

　　寓言，最重要的一種表述手法即是「以彼喻此」：

圖六　寓言「以彼喻此」結構圖

「A」就是「故事」，「B」就是「寓意」，藉由A來講述B的寓意。其中，A是易懂明白的故事；而B是深層要表述的義理內容。運用寓言手法來包裝，讓受眾能夠透過淺近的故事來明白故事背後深刻的義理。

　　陳致元的繪本故事，基本上也運用了「寓言」的「以彼喻此」敘事手法來傳達他所要表述的主題意蘊。而且，為了拉近更多小朋友閱讀，他創造了許多的動物故事，將生動、活潑的動物化成繪本故事中的主角人物，創發一個個有趣、雋永的故事，讓人愛不釋手。例如《阿迪和朱莉》是獅子和兔子的故事；《一個不能沒有禮物的日子》是熊寶寶的故事；《Guji Guji》是鴨子和鱷魚的故事；《很慢很慢的蝸牛》是蝸牛和毛毛蟲的故事；這些動物故事，真的僅是講述動物世界裡生發的事件嗎？不然，陳致元刻意創造這些有

趣生動的動物故事，就是要告訴我們，巧筆構作潛藏在故事背後的深刻意蘊，是有意透過動物世界以鏡象的方式映射出人類世界的某些道理或思維，透過淺顯易懂的動物故事，讓我們能夠「轉譯」成人類的故事，達到「以彼喻此」的會心一笑。其敘寫的手法如下所示：

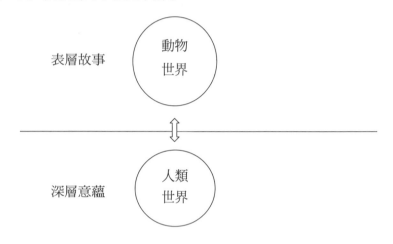

表層故事

動物
世界

深層意蘊

人類
世界

圖七　寓言「鏡像投射」結構圖

表層故事是摹寫動物世界所生發的故事，事實上是「以彼喻此」來映射深層人類世界的種種道理或思想。讀者透過這些刻意作為的「動物王國」來知曉「人類世界」的道理，達到「寓言」所要傳達的「寓意」。[7]

　　上述這些繪本皆是透過動物展演的故事，喻示我們「意在言外」的寓意，這樣展讀繪本時，才能藉由深入淺出的方式興發深刻的義理內容。每一個故事皆有對應的寓意，而且動物選擇和牠們的特質相關，選擇物種也是和寓意密邇相關的。例如蝸牛和毛毛蟲成為朋友，選擇毛毛蟲，是因為毛毛蟲最後可以成蛹化蝶而飛。再如鱷魚和鴨子本即是互為仇敵的水中動物，如此選擇，是要透顯主題意蘊的身分認同主題，最後可以共同生活而不相斥。再如獅子與兔子亦是草原中二種動物，獅子威猛有力，兔子跑跳迅捷，二種不

7　攸關「寓言」的定義與解說，可參看林淑貞：《寓莊於諧：明清笑話型寓言論詮》（臺北：里仁書局，2006）第二章第二節。

同物種可以互相融合成為朋友，亦是豁顯主題的族群融合議題。這些動物的選擇，和牠們的動物特質相關涉，是有機的構作，並非隨意與隨機編寫的，才能讓故事情節更有說服力，更具可讀性。

三 主題的豁顯

每個寓言故事皆有指涉的「寓意」存乎其中，讀者必須透過表層故事來抽繹並轉譯深層寓意，才算達到解讀與理解的過程。

寓言表述寓意的方式有數種[8]：一是說明式，由敘事者直接將寓意揭露出來。二是體悟式，不直接揭露寓意，完全由閱讀者自行體會，而其中必有易懂易解的草蛇灰線讓閱讀者契悟。

陳致元動物寓言繪本所創發的故事饒富意味，在於以說故事的方式潛蘊深義於其中，卻一點也不會淪於義正詞嚴的說教、說道理，使閱讀者可以默會其意，而無違逆隔閡的興發同理心、同體感，達到潛移默化的效能，也完成寓言以說故事為方法、以蘊藏寓意於其中的目的性。

（一）《Guji Guji》：愛與包容、身分認同

Guji Guji原本是一顆誤入鴨巢的鱷魚蛋，被鴨媽媽孵出來以後，和一群小鴨一起成長，鴨媽媽教大家划水、跳水、走路，Guji Guji總是學得最快最好，而且長得最強壯，雖然牠長得和小鴨們不一樣，鴨媽媽還是一樣愛牠。因為成長在鴨群之中，也感受鴨媽媽對牠的母愛，並不將自己當成異類生長在鴨群。當牠遇到同類的三隻鱷魚時，壞心的鱷魚教牠要背叛鴨群，協助吞食肥鴨，重歸鱷魚隊伍。這時，牠面臨身分認同的考驗，究竟自己是鴨子還是鱷魚，在幾經思考之後，牠找到自己的定位：鱷魚鴨。形是鱷魚心是鴨，

---

8 寓言解讀向度可參考林淑貞：《中國寓言詩析論》（臺北：里仁書局，2007）第四章第三節。

雖有藍綠皮膚、無毛、尖爪、利牙的鱷魚身體，卻認同鴨子善良的本性，也認同一同成長的鴨群是自己的家人，找到自己的定位對牠是一個生命的轉折，遂用心設計用石頭砸三隻壞心的鱷魚，成為鴨子心中的大英雄，並且和鴨子一家人快樂的生活。

整個故事並未透顯任何的教化意味，但是閱讀者很容易在故事之中讀到弦外之音。其一，展示鴨媽媽的包容與愛，不因為Guji Guji的容貌與形體和鴨子不同就排斥牠，一視同仁的孵化、教養。其二，展示鱷魚鴨在這樣愛與包容的家庭中成長，也融入這個家族的一員，當了解自己真正的身分是鱷魚之後，牠仍然選擇和群鴨共同生活。

雖然這個故事可能荒誕不經，母鴨焉能孵育鱷魚蛋無所察覺？俟孵化出一隻形狀不同的鱷魚而不驚詫？和鱷魚共同生活一視同仁而不驚奇？鴨子焉能和鱷魚共同成長而無害怕驚懼？鱷魚和鴨子生活而不顯露本性？故事雖然有點違逆生活常識或動物習性，但是，寓言本身就是跨越故事常理性而重視寄託寓意的故事。故而《Guji Guji》這個故事以Guji Guji遭遇身分認同的歷程，來告訴我們愛與包容、身分認同的議題，唯有跨越族群的標籤，才能和睦相處、共同生活。這個故事雖然寫的是鱷魚鴨的經歷，卻能讓讀者從中體會不同人種、族群的人，應有包容的態度，有高度的看待族群問題，便能讓不同族群的人和睦相處、共同生活。文中沒有一句一字教導愛和包容，卻在圖文中自然顯露。

圖八　出遊圖[9]

圖九　視如己出圖[10]

圖十　教育圖[11]

9　圖片來源：陳致元：《Guji Guji》（臺北：信誼基金出版社，2003）。

10　圖片來源：同上註。

11　圖片來源：同上註。

（二）《一個不能沒有禮物的日子》：豐盈的愛彌補物質匱乏

描寫小熊一家的故事，爸爸因做生意失敗找不到工作，家庭陷入困境，剩下的錢僅夠溫飽，面對聖誕節即將到來，一個不能沒有禮物的日子，熊爸爸和熊媽媽討論今年沒有餘錢買聖誕禮物給小孩，剩下的錢要來過冬。雖然如此，仍然用心經營聖誕節的氛圍，熊媽媽用舊衣服做吊飾，哥哥姐姐布置窗戶，熊爸爸找樹枝做聖誕樹，似乎只有小熊年紀太小幫不上忙。聖誕夜晚餐後，小熊要求熊爸爸講故事，並且對熊爸爸說，聖誕老公公每年都會送禮物給我們，今年也不會忘記。第二天早晨，熊爸爸做的聖誕樹下有五個大大小小的禮物，小熊興奮的喊醒大家，每個家庭成員都有禮物，而且這些禮物讓他們感到驚奇與驚喜，雖然不是名貴的禮物，卻都是他們最心愛的東西，哥哥的禮物是不小心卡在樹上的風箏；姐姐的禮物是遺忘在公園的雨傘；媽媽的禮物是掉在地板縫的鈕釦；爸爸的禮物是被風吹走的帽子；小熊的禮物則是最喜歡的棒球手套。這些禮物，完全不需花錢購買，卻讓每個收到禮物的人感到窩心與貼心。那麼究竟是誰為他們全家製作這些禮物呢？故事雖然沒有明示，卻透過最後的小腳印，可以了解是小熊為全家人細心張羅了五個禮物。這個故事非常的溫馨感人，雖然小熊無能力為全家購買新的禮物，卻能夠在細微處為大家增添收到禮物的喜悅。小熊是一個小小的家庭成員，在大家的眼中是最小的孩子，可是他的貼心與用心，讓全家度過一個有禮物的聖誕節。整個故事沒有說教，沒有鋪排大道理，但是讀者卻能細細體察其中的深摯用意，物質缺乏不是最重要的，小熊有一分細膩的心，同體感受家庭的氛圍與需求，為大家付出的心意才是最重要的。在家庭陷入困境中，仍然不能缺少一個小小禮物，小熊讓全家每個成員愉快的收到聖誕禮物，也度過一個美好溫馨的聖誕節。

故事雖然寫的是小熊一家的故事，卻能透過這個故事轉譯成我們身邊最真實的、貼心的故事。物質的缺乏，不是困陷生命的要素，有一顆真誠良善的真心，才能衝破因經濟帶來的匱乏而有滿滿的愛可以充盈生命的光輝。

圖十一　媽媽縫紉圖[12]（左上）

圖十二　爸爸工作圖[13]（右上）

圖十三　製作聖誕樹[14]（左下）

12　圖片來源：陳致元：《一個不能沒有禮物的日子》（臺北：和英出版社，2003）。

13　圖片來源：同上註。

14　圖片來源：同上註。

圖十四　兄姐遊戲圖[15]

（三）《沒毛雞》：恢復本真的自我

　　沒毛雞是一隻瘦小剛出生的小雞，無家無友，體質怕風，風一吹就感冒；對花粉過敏，不停打噴嚏；看見四隻鮮艷羽毛的雞走出森林，非常神氣。沒毛雞想和牠們一起去划船被拒絕，牠們高傲表述不和沒有毛羽的雞在一起。後來，沒毛雞被絆倒，沾滿爛泥巴，強風吹來樹葉及風飄來的東西全粘在他的身上，成為一隻漂亮的雞，也學著牠們神氣的走路，被四隻正在划船的雞看見，邀請沒毛雞一同上船，沒毛雞對香水過敏，打了幾個大噴嚏，小船搖晃，全落進水裡，結果，才發現大家皆是沒毛雞。

　　透過這個沒毛雞喻示我們：其一，不要被美麗外表所矇騙，這些美麗皆是偽飾的；其二，恢復本然的自我，才是最真實的自己，無須矯飾，可以更自在無心機的相處。沒毛雞因為無毛羽，被拒絕一起出遊，結果另外四隻鮮艷美麗的雞也是沒毛雞。沒有了外物負累，五隻沒毛雞就不必互比高下、互爭美麗，可以自然坦然在一起遊樂。故事充滿童趣，卻將深刻的寓意以深入淺出的帶出來，頗有老莊去偽存真的意味。

15　圖片來源：同上註。

圖十五　各自展示華美羽毛裝飾[16]

圖十六　盛裝出遊[17]

16　圖片來源：陳致元：《沒毛雞》（臺北：和英出版社，2005）。

17　圖片來源：同上註。

圖十七　各自展露窘相[18]

（四）《阿迪和朱莉》：放下固執與成長

　　故事描寫阿迪是小獅子，父母教他如何捕兔；朱莉是隻小兔子，父母教她如何跳躍躲避獅子的捕捉。在這樣的預設教養之下，阿迪與朱莉各自獨立出行學習獨立謀生的能力。阿迪和朱莉因一場雷雨共同躲進了山洞裡，二人因此成為好朋友，相約第二天再來紅莓園玩。這樣的故事打破物種族群的對立，讓不同的動物彼此建立友誼，不要因為刻板的族群立場而仇視對立。阿迪和朱莉，不僅打破父母固執成見的教養觀，同時也建立起良好的友誼。透過這個故事告訴讀者，各種物種應相親相愛，不要被成見框限。

---

18 圖片來源：同上註。

圖十八　雙向故事[19]

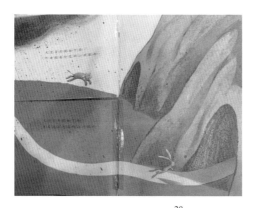

圖十九　入洞躲雨[20]

19　圖片來源：陳致元：《阿迪與朱莉》（臺北：和英出版社，2006）。

20　圖片來源：同上註。

圖二十　洞中相遇[21]　　　　　　　　圖二十一　相識[22]

（五）《大家一起拔蘿蔔》：換位思考

　　故事敘寫地面上拔蘿蔔的有爺爺、老婆婆、小孩女、小貓、小狗等；地面下拔蘿蔔的有鼴鼠、蛇、兔、狐狸、大野狼、大熊等，大家透過拔蘿蔔的過程，讓地上的人們和地下的動物們各有所取，也各自有了安頓生活的餐食。這個故事，讓讀者體會不同的思維與反向思考是有益生命的。其一，各種動物泯除物種敵對，團結奮力才有甜美溫馨的餐食，無論是地上或地下皆需共同團結。其二，物有所求，亦有所需，趣味性打破人類的本位思考，人類與動物皆為萬物之一，皆有飲食需求，以前的拔蘿蔔故事以人類為本位，蘿蔔是人類的食物，而陳致元繪本的意涵打破人類本位思維，將動物也納入思考之中，天地萬物皆應共享天地的資源，而非人類獨享。其三，每個人皆活在自己的欲求當中，在欲求與當求之中，如何學會知足常樂，學會用不同的眼光看世界，就可以看到不一樣的世界。

21　圖片來源：同上註。

22　圖片來源：同上註。

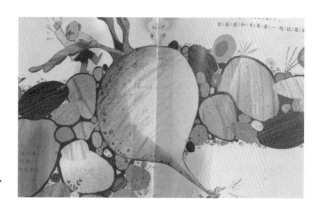

圖二十二　老人拔蘿蔔[23] ▶

圖二十三　合作拔蘿蔔[24] ▶

圖二十四　蘿蔔裂半[25] ▶

23　圖片來源：陳致元、林世仁：《大家一起拔蘿蔔》（臺北：和英出版社，2007）。
24　圖片來源：同上註。
25　圖片來源：同上註。

（六）《熊爸爸去另一個城市工作》：親情是寂寞的出口

　　敘寫熊爸爸必須到另一個城市工作六個月，他第一次遠離溫暖的家，如何讓三個小孩不會思念爸爸而難過呢？熊爸爸貼心的將全家合照放在熊哥哥床邊，讓他想起自己時可以看照片；放一封信在熊姐姐床邊，想和自己說話時，就可以看信了；又把自己的帽子放在小熊床邊椅子上，想找爸爸玩時，可以戴著帽子，像自己在家一樣。第一天，小熊戴著熊爸爸的帽子逗樂大家，晚上熊哥哥躺在床上拿著合照，想起快樂玩球的日子；熊姐姐快樂讀著信，小熊拿著帽子安心睡覺；媽媽望著月亮希望熊爸爸一切平安。孤獨寂寞在異鄉工作的熊爸爸，在住處打開行李箱時，發現有一個禮物盒，是小朋友送給在異鄉工作的爸爸，裡面有熊哥哥的玩具飛機、熊姐姐的幸運草別針和小熊的棒球手套，還有一張全家福的畫，熊爸爸有了這些物品陪伴就不寂寞了，陪伴他度過六個月在異鄉工作的歲月。這個故事寫的是愛與親情：其一，貼心的熊爸爸用心化解小孩對父親的思念，其二，小孩們也回饋父親溫暖的愛，雙向的親情讓整個故事充滿了溫馨的愛。人與人相處是雙向雙軌進行的，父親會思念家人，家人也會思念遠離家鄉到異地工作的父親，彼此疼惜，彼此貼心化解對方思念之苦，讓家人的真情流露無遺。

圖二十五　遠行在即的心情[26]　　　圖二十六　父親化解思鄉情[27]

圖二十七　兒女化解思父的歡樂圖[28]

26　圖片來源：陳致元：《熊爸爸去另一個城市工作》（臺北：和英出版社，2010）。

27　圖片來源：同上註。

28　圖片來源：同上註。

（七）《很慢很慢的蝸牛》：不相離棄的真誠友情

描寫慢速的蝸牛，想去葡萄樹上吃葡萄，遭受水管蛇和大嘴蛙的嘲笑，因為等他爬到樹上，葡萄也被吃光了。蝸牛不以為忤仍然前進葡萄樹，途中遇到了毛毛蟲，二人成為好朋友，一同前往，玩得非常快樂，等到爬到葡萄樹上時，只剩下一顆熟爛的葡萄，蝸牛運用智慧將葡萄擠汁在葉上成為葡萄三明治，和毛毛蟲一同享受酸甜的樹葉三明治，二人又相約一同到蘋果樹上吃蘋果，翌日早上毛毛蟲變成蛹，蝸毛馱著蛹慢慢往蘋果樹方向前進，突然蛹變成美麗的蝴蝶，蝴蝶帶著蝸牛飛上天，要去蘋果樹吃蘋果。

整個故事很有深刻的意涵：一、蝸牛不因為自己慢速而放棄爬向葡萄樹吃葡萄的理想，縱使遇到嘲笑自己的大蛇、青蛙，仍然勇往直前；喻示我們，勇敢追求理想，不在乎阻力與嘲笑。二、途中遇到毛毛蟲結成好朋友，共同前進。因為毛毛蟲的聰明洞破蜘蛛的詭計，才能避開蜘蛛的捕食。喻示我們，結交有共同理想的朋友是必要的，可以有共力一同朝向目標前進。三、努力爬到樹上，結果看到已熟爛的葡萄，此時，將葡萄換另一種吃法，一樣可以享受美味。喻示我們，在不預期中，轉境，轉化方式，一樣可以享受豐美的成果，不必一定要受限於原有的制式框架。四、毛毛蟲化蛹，蝸牛並不遺棄他，仍然揹著他朝向蘋果樹前進，反轉結局的是蛹化為蝴蝶，帶他飛上天。喻示我們，朋友之道不能半路相棄，仍然要真心相待，才能換來美麗蝴蝶的真心扶攜。共同朝向目標前進。

短短的故事，卻能有許多情節讓我們體察深刻的意涵。

圖二十八　歡樂的動物王國[29]

圖二十九　毛毛蟲和蝸牛互助歡樂前進[30]

---

29 圖片來源：陳致元：《很慢很慢的蝸牛》（臺北：和英出版社，2011）。
30 圖片來源：同上註。

　　綜上，繪本寓言所要呈示的雖是動物的故事，然而背後深刻的寓意與喻示，是被寄託在故事中，以「欲顯還隱」的方式布示出來。我們經由故事的中介，達到理解寓意的過程。

四　寓意求解與風格特色

　　承前所述，故事皆有意義，寓言故事皆有寓意。故事意義有表層意與深層意。寓言亦然。而寓意有二型，一是說明式，一是體悟式，求解方式亦有不同。其中，體悟式的寓意，不容易被破譯，讀者如何經由故事體會寓意所在呢？

　　大抵可以從二個面向求解寓意[31]：一是「言內意」，由故事中的文字或圖象的喻示來求解寓意；一是「言外意」，透過該書相關的資訊得知寓意所在，例如作者自述創作意圖，或簡介等等，這些皆可破譯寓意所在。最難求解寓意者為體悟式，讀者必須逆會作者之意，或是自我解讀，有時能會通作者之意，有時產生誤讀情形出現，茲將求意類型結構示之如下：

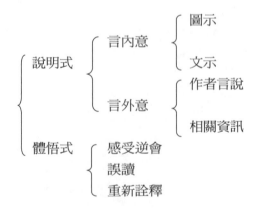

圖三十　寓言解讀結構圖

---

31 關涉寓意詮解，可參考林淑貞：《表意、示意、釋義：中國寓言詩析論》（臺北：里仁書局，2007）

　　陳致元動物繪本之中，以「言內意」之圖象示現者有《一個不能沒有禮物的日子》、《阿迪與朱莉》等故事。《一個不能沒有禮物的日子》該故事可由一些圖象的小細節讓讀者循著草蛇灰線慢慢發現：被遺忘的傘、掛在樹上的風箏、媽媽縫製窗簾時只有小熊在地上撿到鈕扣，爸爸在風雪中製作聖誕樹時也有小熊在旁的身影。一個被忽視的小孩子，可能被誤認為是不懂事的小孩，卻有一顆細膩、感知的心思，能夠同體感受禮物對聖誕節的意義，也感受每個禮物對家庭成員的重要性。《阿迪與朱莉》最後的一個圖象定格在二人和睦共坐在紅莓園石頭上吃紅莓果，畫面上有蝴蝶、小鳥以及花草皆欣欣向榮開綻，示現一幅其樂融融的圖景，透過這個畫面，讓讀者契會愛與包容，不該敵對與仇視。這些故事雖然不是用文字表述，卻用圖象示現寓意所在，可削弱說教意味，強化視覺印象。

　　另外，也有以文字表述的創作意圖，例如《熊爸爸到另一個城市工作》的卷首扉頁寫著：「這個故事，在我心裡已放了好久，獻給每一位熊爸爸」，陳致元在開卷即明示這是他深藏醞釀許久的故事，用來向不得已到異鄉工作的父親們致敬。

　　以「言外意」透顯寓意所在者有《Guji Guji》，該書在故事的後面有〈給家長的話〉說明該故事是源自和幾位外國朋友相處，得知某位美韓混血兒自幼被白人收養，在成長過程「遭遇過許多自我認同及被人排擠的問題」，並且思考「我希望臺灣的孩子能學習包容不同的人與事物，以更寬廣的心胸去看待世界，因為每一個生命的誕生都是一種奇蹟，都值得我們的尊重」，在這段文字裡明白揭示創作的動機與目的，學習包容、學習自我認同，是每一個人必須學習的課題，透過精簡有趣的故事，包藏深刻的意義於其中，讓讀者可以深契其意，涵泳其義。此段「給家長的話」就是屬於「言外意」，在故事之外揭示的創作意圖，讓讀者理解契會作意所在。

　　寓言故事最難「破譯」的是：既無「言內意」亦無「言外意」透顯寓意時，讀者該如何解讀呢？這時，可能有些讀者會茫然不知所以然。但是，寓言迷人的地方就是在此，沒有固定明確的寓意，反而造就了更豐富多元的寓意，如何解讀皆可，無可無不可的情形下，更能豐富作意。例如《蝸牛蝸牛

慢慢爬》就是沒有言內意、言外意透顯寓意所在的動物寓言。讀者該如何解讀呢？這時，讀者的體契感會就是寓意所在，可以說是A，也可以說是B，是C，「作者未然，讀者何必不然」呢？有一千個讀者就有一千個哈姆雷特，說的就是這種解讀因人而異，因讀者而有異解。

在七個故事之中，既無「言內意」亦無「言外意」的有《一個不能沒有禮物的日子》、《阿迪和朱莉》、《很慢很慢的蝸牛》、《大家一起拔蘿蔔》等故事，在故事之中，未有明示的寓意，在故事之外，亦無相關訊息透顯寓意，端靠讀者自己心領神會；而有「言外意」的是《Guji Guji》，如上所述，有一段〈給家長的話〉作為疏導寓意所在。

那麼，不易破譯寓意或是無明確寓意的故事，究竟會不會影響讀者的閱讀能力或不易吸引讀者關注？事實上，適當的空白，足以召喚讀者親自補足，這未嘗不是另一種創作。創作，不是僅有作者以作品呈示才算是創作。文本解讀，也是另一種創作，誤讀、逆會作者之意、重新開發新意皆是屬於解讀創作的一環，沒有一個作品僅能有一種解讀方式。多元，多種解讀，才能豐富作意，也才能豁顯讀者的存在與介入，也才能豐富文本的多重旨意。

五　結語

本論文從寓言視角論述陳致元動物繪本所含蘊的敘事模式與主題意蘊，冀能抽剝其繪本的形構技巧與寓意。觀察其繪本，從敘事結構而言，有幾個特色，其一是多元變化的視點增進閱讀的趣味性與多樣性；其二是敘事模式兼有順敘、反轉與懸念諸方法之運用，俾益讀者產生新奇感；其三是採用「以彼喻此」的動物寓言手法增進主題意蘊闡發，而無說教式的刻板印象。從主題而言，七個故事展示了七種意涵，包括了：愛與包容、家人之愛、自我本真、放下固執成見、換位思考、親情的溫潤、真誠友情等。七種故事各有發揮的主題，卻體現了特殊的人情味與對人性的觀察，統攝為愛與包容、跨越族群的融合，展現溫馨有味的人際關係的互動，閱讀他的繪本總體感受就是以「愛」為軸心定位，透過動物寓言來包裝他所要傳達的人間情愛，讓

人閱讀之後，特別有感受，也特別體會他對人類情愛的關注，這種關注是娓娓道來，不是灑狗血似的要大家信服，而是透過如清泉款款流注，就是要你細心體會，每一則故事，都以動物寓言的模式包裝所要表述的人間真摯的情誼，讀之，溫馨有情，特別有味而能興發雋永的深意。

身為屏東之子的陳致元，繪本行銷全世界，也將人間的情愛散播到世界各地，讓我們從他的動物寓言繪本中重新體察人與人的關係，是應該跨越族群互相包容、愛與關懷。

附錄：陳致元繪本著作一覽表

書名	出版年[32]暨出版社	得獎記錄／合著者	備註
穿過老樹林	1998，三民	與蘇紹連合著	
想念	2000，信誼	信誼幼兒文學獎評審委員推荐獎	
小魚散步	2001，信誼	信誼幼兒文學獎首荐獎	
Guji Guji	2003，信誼	信誼幼兒文學獎佳作獎 2015獲瑞典國際兒童圖書評議會ibby小飛俠獎	
一個不能沒有禮物的日子	2003，和英	2006獲日本圖書館協會年度最佳童書獎	
沒毛雞	2005，和英	新聞局圖書出版金鼎獎最佳插畫獎	
阿迪和朱莉	2006，和英	美國國家教師會NCTE年度最佳童書獎	

---

32 陳致元暢銷繪本常會再版，例如「小豬乖乖系列」即是，故出版年以初版年分為準。

書名	出版年[32]暨出版社	得獎記錄／合著者	備註
大家一起拔蘿蔔	2007，和英	與林世仁合著	
米米說不	2008，和英	與周逸芬合著	
米米愛模仿	2009，和英	與周逸芬合著	
米米玩收拾	2010，和英	與周逸芬合著	
米米坐馬桶	2010，和英	與周逸芬合著	
熊爸爸去另一個城市工作	2010，和英		
很慢很慢的蝸牛	2011，和英		
米米遇見書	2013，和英	與周逸芬合著	
米米小跟班	2013，和英	與周逸芬合著	
米米吸奶嘴	2014，和英	與周逸芬合著	
乖乖溜滑梯，乖乖坐馬桶，乖乖愛幫忙	2017，親子天下	*小豬乖乖系列套書榮登博客來童書／青少年文學暢銷排行榜	2020年乖乖系列發行第二版
小豬乖乖的歡樂遊戲寶盒	2017，親子天下		
想念	2018，信誼	復刻原作，由精簡版演繹成為長作。	
小豬乖乖：乖乖慢吞吞	2018，親子天下		
小豬乖乖：乖乖不怕打針	2018，親子天下		

參考文獻

一　陳致元繪本（依出版先後排序）

《Guji Guji》，臺北：信誼基金出版社，2003。

《一個不能沒有禮物的日子》，臺北：和英出版社，2003。

《沒毛雞》，臺北：和英出版社，2005。

《阿迪和朱莉》，臺北：和英出版社，2006。

《大家一起拔蘿蔔》（與林世仁合著），臺北：和英出版社，2007。

《熊爸爸去另一個城市工作》，臺北：和英出版社，2010。

《很慢很慢的蝸牛》，臺北：和英出版社，2011。

二　今人論著（含學位論文、譯著）

王秀娟：《賴馬與陳致元自寫自畫圖畫書之研究》，臺南大學國語文教學碩士，2007。

吳麗君：《陳致元繪本作品及讀者反應之分析研究》，屏東科技大學幼兒保育教育所，2007。

林淑貞：《寓莊於諧：明清笑話型寓言論詮》，臺北：里仁書局，2006。

林淑貞：《表意、示意、釋義：中國寓言詩析論》，臺北：里仁書局，2007。

郝廣才：《好繪本如何好》，臺北：格林文化事業股份有限公司，2006。

陳蒲清：《寓言文學理論、歷史與應用》，臺北：駱駝出版社，1992。

彭　懿：《遇見圖畫書百年經典》，臺北：信誼基金出版社，2006。

楊淑娟：《文學圈模式下的閱讀教學：以陳致元作品為例》，臺北教育大學語文與創作學系碩士論文，2007。

詹小青：《陳致元自寫自畫圖畫書中兒童觀研究》，臺東大學兒童文學研究所，2008

培利・諾德曼（Perry Nodelman）著，楊茂秀等人譯：《話圖：兒童圖畫書的敘事藝術》（Words About Pictures: The Narrative Art of Children's

Picture Books），臺東：兒童文化藝術基金會，2010。

莫莉・班（Molly Bang）著，宋珮譯：《圖像語言的秘密：圖像的意義是如何
　　產生的》（Picture This: How Pictures Work），臺北：大塊，2018。

三　期刊論文

鄧郁生：〈療傷的旅程：陳致元繪本《想念》之圖像意涵與生命療癒〉，《人
　　文研究》，2018.12，頁121-146。

陳冠學《田園之秋》臺語音注中
的鳥類詞彙

嚴立模[*]

摘　要

　　陳冠學既從事文學創作，也對臺語有深厚的研究。他對臺語的研究，主要在本字的訓詁方面。早在其代表作《田園之秋》之前，就出版了《臺語之古老與古典》，又在晚年出版《高階標準臺語字典》（上冊）。在陳冠學的散文中，總會有意夾雜一些臺語詞彙。《田園之秋》的各篇篇末，有「音注」來說明這些臺語字詞的音義。本文就《田園之秋》臺語詞彙音注中的鳥類詞彙，呈現陳冠學如何將臺語文研究運用在文學作品中。

關鍵詞：陳冠學、田園之秋、臺語之古老與古典、高階標準臺語字典

---

[*]　國立屏東大學中國文學系助理教授。

一　前言

　　陳冠學以文學家而知名。臺灣師範大學國文系畢業的背景，也對大陸傳統學術有相當的涉略及研究。將他一生的著作按照時代排序，可以看到：在1970年代主要用力在莊子和論語，並翻譯了數本哲學方面的書籍。1980年代起，回歸田園，耕讀寫作，持續散文的創作，《田園之秋》為他贏得多項大獎，成為田園文學的經典。除此之外，陳冠學很早就以臺灣為研究的對象，1981年出版《老臺灣》和《臺語之古老與古典》。晚年全心撰寫臺語字典，可惜未能完成，只寫到犬部為止。因此所編纂的《高階標準臺語字典》只出版上冊，就沒有再接續。

　　陳冠學在文學上崇高的地位，早有定論。但學界比較少人研究他對臺語本字的探索。在他的散文作品，如《田園之秋》、《父女對話》中，都刻意運用許多臺語詞彙。《田園之秋》的〈晚秋篇·十一月二十八日〉說：

> 臺語有些話很美，例如鯨叫海翁，翡翠叫釣魚翁，蜻蜓叫田嬰，蠶叫娘仔，螢叫火金姑，蝙蝠叫夜婆，這一類詞兒很不少，應該收集記錄下來。（p.348）

這些美麗的詞彙，在書面上用古老典雅的漢字呈現出來時，都是經過研究考據的標準字。《田園之秋》在每一篇的篇末，多有「音注」，來對文中出現而不能一看即懂的臺語語詞加以解釋。全書的音注多達九十一條。書中的臺語詞，除了音注中提及的以外，還有許多沒有在音注中解釋的語詞。以下是一些例子：

臺語	詞類	例句
崎 kiā	名詞	上了崎，遠遠的便傳來狗吠，狗吠聲是村夜的特色，不免有幾分親切溫情感。（頁28）
碗公 uánn-kong	名詞	近午時，一個族兄家端了一碗公油飯來，那是新生嬰兒滿月向戚友鄰里報喜的方式。（頁72）
目珠 ba̍k-tsiu	名詞	但真正的詩人是超越原始人態的，他是全時轉動著目珠的人，即令生存事態咬他咬得最緊的時候，他的目珠還是自由的；也就是說，真正的詩人的生命在於超越生存事態以上的心靈，而不在於其血肉之軀。（頁146）
卵 nn̄g	名詞	一面讀著古樸的歌詩，窗外時而傳來烏嘴𫘤雛索食聲，時而藍鵲的輝輝聲，有一陣子是雌雞產下了卵的報產聲。田園裏一片的靜，這些聲音成了靜中的紋理，像湖面上的漣漪。（頁160）
箸tī 塊tè	名詞 量詞	都是北門郡人，家裏又不差一雙箸一塊碗。（頁253）
楹 ênn	量詞	不管世界怎樣地在改變，做為農人，我寧願守著過去的老傳統，還是神農時代的模式：兩甲旱田，一楹瓦屋，一頭牛，一條狗，一隻貓，一對雞。（頁16）
磅 pōng	動詞	走進店裏，店主人差不多快磅完了。總共兩千五百四十三斤，每斤行情一元半，共計三千八百一十四元五角。（頁29）
壓 teh	動詞	照例倒出油飯，要壓以同量的生米為回報。（頁72）
飼 tshī	動詞	每當牠捕殺草鵪鶉，我就後悔飼了牠，有時候很想將牠放生到城鎮去，免得牠為害田園，但總是下不了狠心。（頁213）
開講 khai-káng	動詞	那一邊的田頭路沿，坐著一個老農，戴著斗笠，唧著長煙斗，悠然地抽著。不是別人，正是失了壯牛的那位族兄，大我足足有二十歲。家裏那一對母子牛早兌了一頭

臺語	詞類	例句
		大公牛，這回命兩個兒媳婦來幫我採摘，專坐在路旁，等著我開講。（頁216）
欣羨 him-siān 作譎 tsok-gia̍t	動詞	農人的生活實在是足可欣羨的，他們和大自然和一切存有打成一片，不孤立，不對立，就連魑魅魍魎也會偶爾跟他們作作譎。（頁231）
剪tsián 判phuànn	動詞	土黿遲疑了一會兒，說他先去南邊看看也好。於是他剪過路，判過路南的空田，向南邊去了。（頁252）
沃 ak	動詞	我剛沃過了桂花，接下去自然是沃庭中草。一個族姪從潮莊騎車回來，特地拐進來看我沃的是什麼寶貝？沒料到卻是尋常的草。（頁328）

就這些隨手記下的例子當作抽樣的樣本來看，很容易注意到的就是沒有形容詞。在《田園之秋》自己提供的音注中，粗略計算一下，名詞53處、量詞6處、動詞25處、形容詞6處。形容詞的數量本來就很少。這可能是由於臺語口語的形容詞，在陳冠學眼中不夠古雅，因此傾向於使用書面語風格的形容詞。

　　本文先試著就作者已提供音注的臺語語詞，選擇其中的鳥名共七種，略作陳述及討論，希望可以拋磚引玉，引起對陳冠學的臺語研究及在散文中的運用進一步審視的興趣。

二　注音的策略

　　論述臺語的語音，定然要使用一套標音的系統。陳冠學的兩部研究臺語的專著，1981年的《臺語之古老與古典》，卷首〈說明〉第一項就是「注音符號說明」[1]：

1　陳冠學：《臺語之古老與古典》（高雄：第一出版社，1984年），說1。

本書注音採用國際音標，聲調採用教士通用符號。

《高階標準臺語字典》的〈說明〉也說：

> 羅馬音拼音通行已一、二百年，已具標準注音符號之資格，理當遵
> 用。其他各種，該當排除勿用[2]。

比較這兩段說明，《臺語之古老與古典》和《高階標準臺語詞典》使用的音標不一樣：一個使用國際音標，唯聲調用「教士通用符號」。一個使用「羅馬音拼音」。

《臺語之古老與古典》所說的「國際音標」即IPA（International Phonetic Alphabet），是位於巴黎的國際語音協會（International Phonetic Association）在1888年制訂的音標，至今仍持續修訂並且廣為語言學界使用[3]。《高階標準臺語字典》所說的「羅馬音拼音」，和《臺語之古老與古典》的「教士通用符號」，則是19世紀西洋宣教師在閩南語地區傳教時，所設計的閩南語羅馬字系統。這種拼音文字名為Pėh-oē-jī（白話字），也稱為「教會羅馬字」[4]。目前教育部的「臺灣閩南語羅馬字拼音方案」（簡稱「臺羅」），可以視為白話字的改良版。

拼音系統的選用，可以有不同的考量。陳冠學在臺語的專著中，先是選擇了學術界習用的國際音標，而後又選擇在閩南語地區通行最久的白話字，可以看出他對學術專業和對歷史的尊重。

陳冠學對白話字的調整，有一點需要特別說明的：

2　陳冠學：《高階標準臺語字典（上）》（臺北：前衛出版社，2010年修訂版），〈說明〉（無頁碼）。

3　IPA的詳細資訊可參見官網：〈https://www.internationalphoneticassociation.org/〉。

4　關於白話字的歷史與傳播，可參考陳慕真：《白話字的起源與在臺灣的發展》（臺北：國立臺灣師範大學臺灣語文學系博士論文，2015年）

但羅馬字音亦有一字不當者，即o字，本字典改為ə字，理由是：依o字，「國」字當標為kok，故連帶地將O̍改為o。[5]

據此，白話字中O̍與o的對立，在陳冠學的臺語中，發音是/o/和/ə/，而不是/ɔ/和/o/。董同龢等1952年寒假調查的臺灣北部的一種閩南語，用/ɔ/和/o/來標寫這兩個音位，而對實際的語音音值加以描述：

o——舌後，半高，圓唇。不過就一般情形而言，高度與唇狀都還不夠標準元音[o]那麼高與圓，有些人部位更偏央。[6]

王育德1957年出版的《臺灣語常用語彙》則用/o/和/ə/來標寫。他根據自己作為母語者的經驗，指出他對這兩個音的觀察，以及用羅馬字標寫時的考量：

「窩、多、羅、褒、操」的母音，根據我的觀察是[ə]（更正確的說，是[ɤ]）。但羅常培以及其他許多學者認為是[o]。至於「烏、都、魯、蒲、粗」的母音，根據我的觀察是[o]，有許多學者則認為是[ɔ]。很明顯的，不論那一種看法，都認為「窩」以下的母音和「烏」以下的母音有所區別，而且必須區別。也就是說，我的區別方式和羅常培的區別方式，只不過是方言的差異。而要用羅馬字將二者的對立表現出來，都必須費一番工夫。教會羅馬字標成o:O̍，羅常培則與此相反，標成O̍:o，以點的有無來區別。點很容易看漏掉，所以我寧可標成ə:o。[7]

5　陳冠學：《高階標準臺語字典（上）》（臺北：前衛出版社，2010年修訂版），〈說明〉（無頁碼）。

6　董同龢、趙榮琅、藍亞秀：《記臺灣的一種閩南話》（臺北：中央研究院歷史語言研究所，1967年），頁11。

7　王育德著，陳恆嘉譯：《臺灣語常用語彙》（臺北：前衛出版社，2002年），頁48。

陳冠學與王育德對這兩個元音的標寫，可說是不謀而合。這也顯示屏東人陳冠學和臺南人王育德的口音具有的共同之處。

　　不管是國際音標還是白話字，都是使用羅馬字等符號。對於臺灣受中文教育的一般讀者而言，稍嫌陌生，所以在《田園之秋》的音注中，陳冠學很少使用羅馬字，主要還是用臺灣讀者熟悉的ㄅㄆㄇㄈ來標注臺語的語音。

　　用國語注音符號標寫臺語，總是有些扞格的地方。為了更加明確並符合當今臺語文界的習慣，本文用教育部建議的臺羅拼音來標音。引用《田園之秋》的音注時，一律轉寫為臺羅。《臺語之古老與古典》和《高階標準臺語字典》的注音分別使用國際音標及修改過的白話字，本文在引用的時候，為求一致，也都轉寫為臺羅。

　　用ㄅㄆㄇㄈ來標音，可以避免太過專業化而嚇跑一般的讀者。只不過ㄅㄆㄇㄈ原本是為國語而設計，所以在為臺語注音的時候，有時沒辦法完全吻合，例如〈初秋篇・九月一日〉：

　　　　給牛放了夜草，灌了十幾竹管的潘水，天色已完全暗下來了。（頁14）

音注：

　　　　潘水：洗米水。潘，國音ㄆㄢ，臺音ㄆㄨㄣ。（頁15）

用國語注音符號ㄆㄨㄣ來標注臺語的phun，如果不計國語第一聲和臺語第一聲音高不同[8]，韻母也不完全吻合。ㄆㄨㄣ應是[phuən]，而「潘」的臺語是[phun]。雖然臺語沒有[uən]這個韻母，臺語人會自動發音成[un]。但這樣標注總是不夠精準。

　　又如〈初秋篇・九月三十日〉：

8　用漢語學界習用的五點制（或名五度制）來表示，國語的第一聲是55:，臺語的第一聲是略低的44:。但現在臺灣的國語，大多把55:講成了臺語的44:，因此可以忽略這個不同。

村人的迷信是很可怕的，我則平生沒曾殺過那麼大的生物，踏死螻蟻，挼死金龜雖即不是沒有，都是在不得已之下做的，教我特意去殺死一隻豬，起碼在此時我還無法下手。（頁114）

音注：

挼：用兩指搓，也寫做挼。國音曰ㄨㄛˊ，臺音曰ㄨㄝˇ。（頁116）

「挼」這個字，《高階標準臺語字典》音Juê（頁535）。國語沒有j這個聲母，《田園之秋》用國語捲舌的ㄖ[ʐ]來注臺語音不捲舌的j [dz]，雖然都是塞擦音，且發音部位相近，但畢竟還是不一樣的音。

聲、韻母之外，聲調也有困難，臺語有七個聲調，國語只有四個聲調，無法一一對應起來。《田園之秋》標注聲調的辦法，舉例如下：

漢字	臺羅	調類	《田園之秋》音注
蟶	than	陰平（第一調）	ㄊㄢ
滫	siû	陽平（第五調）	ㄒㄧㄨˇ
總	tsáng	上聲（第二調）	ㄗㄤˋ
舖	phòo	陰去（第三調）	臺音ㄆㄛ讀上去聲，普讀訴的聲調。
縣	kuānn	陽去（第七調）	ㄍㄨㄚ（帶鼻音）讀下去聲
斡	uat	陰入（第四調）	·ㄨㄚ（帶t收音，輕讀，即上入聲）
喝	huah	陰入（第四調）	·ㄏㄨㄚ（輕讀）
鷩	phiák	陽入（第八調）	ㄆㄧㄚ（帶k收音）讀下入聲
掠	Liȧh	陽入（第八調）	ㄌㄧㄚ（下入）

據此，陳冠學對臺語和國語聲調類比的對應關係如下：

臺語	國語
陰平（第一調）	一聲
陽平（第五調）	三聲
上聲（第二調）	四聲
陰去（第三調）	
陽去（第七調）	
陰入（第四調）	輕讀
陽入（第八調）	

臺語第三調和第七、第八兩個入聲調都無法用國語的聲調來模擬，於是只能直接說是臺語的哪一個聲調。可是這對絕大多數非臺語專業的讀者並沒有幫助，所以有時就要借助傳統的直音法。例如上表「舖」字除了說「臺音ㄆㄛ讀上去聲」，再加上一句「普讀訴的聲調」，這樣就有了說明的意義。

　　直音法是歷史悠久的注音方法，即用另一個同音的字來注音。例如〈初秋篇・九月一日〉：

　　　一禮拜前，竹萞裏，在暮色蒼茫中，已聽見伯勞聒噪，原來秋是到了。要不是今天拿起筆來寫這日記，怕要再等幾番秋雨繞覺得著罷！（頁11）

音注：

　　　竹萞：成簇的竹，由同一母株發展成一簇叫一萞。萞，國音ㄅㄨㄟ，臺音抱（語音）。（頁15）

「萞」字在艸部，《高階標準臺語字典》還沒有寫到這個字。但在「一」字

的解釋中曾經出現：

> 一蔀竹、一蔀瓦次。蔀唸phō，也可寫做笆。

phō這個音節的韻母和聲調，國語中都不存在，陳冠學在此採用了直音的方式。又因為「抱」字有讀音phāu和語音phō，所以特別注明「語音」[9]。

三　音注中鳥類的臺語詞彙

《田園之秋》中有各式各樣的鳥。因為離羣索居的陳冠學，跟鳥接觸的機會比跟人的接觸要來得多。寫了一個多月日記之後，他自己也發現自己的日記幾乎成了鳥類田園生態記：

> 至於我周遭的人與物，南邊族親入我日記中來的機會並不多。我幾乎是離羣索居的，反而是自朝至暮，永遠出沒在我的耳際視野的鳥類，當我再一次檢讀我的日記時，我發覺我的日記幾乎成了田園鳥類生態記了。這使得我要寫下今天的日記之際，頗感到躊躇，今天要寫的竟全是鳥類。可是這實在也不足怪，我寫的是田園生活啊！況且一個離羣索居的人，在田園中，豈有不把日月星辰、風雲雨露、草木蟲鳥當友伴的嗎？而田園除了莊稼，除了日月星辰、風雲雨露、草木蟲鳥，還有什麼呢？尤其鳥類是田園最活躍的居民，是我接觸最頻密的鄰人，寫得多些原是事實使然的啊！（十月十一日，頁167-168）

陳冠學在開始日記不久即自承自己愛鳥：

> 我愛鳥，但是不養鳥。我這裏，整個田園，就是鳥園，老天養著供我

9　漢字的讀音和語音不同，也就是「文白異讀」。讀音即文讀或讀書音，語音即白話音。陳冠學稱「讀音」、「語音」，本文採取他慣用的名稱。

欣賞。有時在窗內看書，偶一擡頭，看見一隻白腹秧雞在窗外散步——我記這本日記，實在掛一漏萬，像這幾天，常聽見白腹秧雞在遠遠的西面，或許在小溪邊，或許在蔗田裏，koak-koak地叫（沒有春末夏初那樣熱烈）；有時在盛午的時候，鵪鶉也會來到庭面散步；連最膽小的緋秧雞，也會出沒屋角邊。只待在家裏，就有好多種的鳥，輪流來訪。在田園間，更是目不暇給，洋洋盈耳。（九月九日，頁47-48）

短短數行，信手拈來，就出現白腹秧雞、鵪鶉、緋秧雞等鳥類。還曾經心血來潮，在一天當中特地做了記錄，看看那一天究竟聽到幾種鳥鳴：

早晨：藍磯鶇、白頭翁、青苔鳥、藍鵲、烏鶖、麻雀、草鵙鴒、陶使。
上午：雲雀、伯勞狸、烏嘴觱、長眉、家令（八哥）、夢卿、老鷹、烏鴉。
下午：斑鳩、報春、灰鵙鴒、白鵙鴒、黑鵙鴒、赤腹鶇、黃尾鴝、雉雞。
黃昏：小環頸鴴、赤腰燕、伯勞、夜鶯。
以上不重出，共計二十八種。
夜間還有幾種，到此時（八點）還沒有記錄，可能有夜鶯、野鴨兩種。合起來，一天裏大概可聽到三十種。另有無聲鳥，不是絕對無聲，通常都是不作聲的。（十一月十八日，頁314）

因為愛鳥，又在自然環境中居住，自然可以從鳥音就聽出是哪一種鳥。不過偶爾也會有認不出來的鳥聲：

這幾日有一隻不知名鳥時時來唱，總在老楊桃樹連灌木叢的繁密處。每次出去看，不只看不到，還教歌聲匿了，令我悔之不置；但不一睹牠的芳蹤，又懊恨不已，真真作弄人。牠的歌唱只有一句，是五綴

音，前兩音極快速，大概是 𝄞，後三音音調優美，此時要況音又況不
出來了，或許是鶇科的鳥。（十月二十三日，頁212）

各種各樣的鳥鳴聲，用文字描摹，也是《田園之秋》中令人注目的部分，這
裏甚至用上了音符。在《田園之秋》中，陳冠學對於鳥鳴的聲音，或用漢字
狀聲，或用ㄅㄆㄇㄈ，或用羅馬字，或用樂器來形容，不一而足。

　　《田園之秋》的全部音注裏，鳥也是最大宗的一類，依序有：烏嘴觱、
屬鵒、石鷺、鷿鷈、草鷚鴒、陶使、綿鴒、伯勞貍、天鷚、夜鳴鳥、鶗鴂，
共計十一種。其中「陶使」是陳冠學自己為一種草鷚鴒取的別名，因為牠歌
唱聲似：歸去來噢！歸去來噢[10]！「綿鴒」出注是為了糾正一般鳥書誤為
「錦鴒」。[11]「天鷚」則是雲雀的別名。[12]「夜鳴鳥」不知是什麼鳥，只聞其
聲，音注說是貓頭鷹的一種。[13]扣除這幾個不是臺語的名稱以後，音注中有
六種臺語的鳥名。

（一）烏嘴觱

〈九月一日〉音注：

　　　烏嘴觱：鳥書叫尖尾文鳥。觱，國音ㄅㄧˋ，臺音必。（頁15）

「烏嘴觱」音為oo-tshuì-pit，pit是入聲，國語沒有入聲，用注音符號難以標
注，這裏用直音的方式，拿臺語也音pit的「必」字來注「觱」的音。
　　這種鳥在教育部《臺灣閩南語常用詞辭典》中的用字是「烏喙筆仔」或
「烏嘴筆仔」，音為oo-tshuì-pit-á。陳冠學將臺語運用在文學作品中時，有一

10　陳冠學：《田園之秋》（臺北：前衛出版社，2018年）頁122。
11　陳冠學：《田園之秋》（臺北：前衛出版社，2018年）頁132。
12　陳冠學：《田園之秋》（臺北：前衛出版社，2018年）頁237。
13　陳冠學：《田園之秋》（臺北：前衛出版社，2018年）頁324。

種雅化的趨向，會把小稱詞尾「仔」取消，並加上一個「鳥」字。不寫「烏嘴筆仔」，而書寫成「烏嘴蹕鳥」，就是這種雅化的一個例子。又如綠繡眼，臺語名為「青苔仔（tshinn-thî-á）」，陳冠學總是在作品中稱之為「青苔鳥」，就跟把「烏嘴筆仔」寫為「烏嘴蹕鳥」是平行的現象。

《田園之秋》對烏嘴蹕的描寫，是羣聚的：

> 一羣烏嘴蹕鳥，大約五六隻，在田路的那一頭浮沈而過。（九月一
> 日，p.13）
> 文鳥科的烏嘴蹕、赤蹕、灰蹕，六、七隻成羣，也是這一帶的居民，
> 牠們的羣飛，樣子很像曲譜上上下跳動的小音符。（九月十五日，頁
> 69）

烏嘴蹕或是不同顏色的蹕鳥，總是五、六隻或六、七隻成羣，跳動的音符是形視覺的形象，同時也是鳥鳴。鳥鳴是音樂，但雛鳥索食的聲音卻是吵雜：

> 踱回來之時，聽見老楊桃樹上有烏嘴蹕雛索食的siuh siuh聲，這聲音
> 昨日好像也聽見，只是一樣聽而不聞。牠們是何時築的巢，我更是毫
> 無覺察。今日是何故，我竟這樣虛靈，什麼都看到聽到了？母鳥啣食
> 到巢時，這聲音就響一陣子。據我所知，烏嘴蹕雛的嗓門蓋過羣類，
> 三十弓外就聽得見。我常為牠們捏冷汗。每次有這樣的聲音，花貓就
> 在樹下逡巡不去，有時還奮勇爬上樹去，若不是牠對細枝椏拿不穩，
> 早成了牠的點心了。母鳥一日間要餵食數百次，你說這烏嘴蹕雛豈不
> 是整天價siuh個不停？不知道蛇有沒有聽覺，有人說沒有，若有的
> 話，那也是極可躭憂的。（十月六日，頁146-147）

烏嘴蹕雛索食聲用的是羅馬字siuh來狀聲。而不管多麼吵雜的鳥，熟睡了都是甜蜜而和諧：

趁著月光，我走了出去。蟲聲和諧而柔細，隨處皆是，像是大地的催眠曲，所有的植物，無論木本草本，都靜靜地垂著，似乎是在草蟲的奏鳴中甜蜜的睡著了。走過老楊桃樹旁，親切覺得樹上那一窩烏嘴嗶正睡得熟；此外該還有幾隻青苔鳥，一定是相偎著，或許夢見了黃熟甜香的嶺柭果。（十月六日，頁148）

青苔鳥就是《臺日大辭典》的tshinn-thî-á（青苔仔）[14]，也就是綠繡眼。陳冠學將「仔」尾省去，是一種雅化的做法。「嶺柭果」就是番石榴，教育部《臺灣閩南語常用詞辭典》寫作「林菝仔」，音為ná-puat-á，又唸作ná-pat-á，第一個音節是ná。所收的方言中，臺南混合腔有niá-puat-á的說法，符合「嶺柭」二字的發音。但是因為《高階標準臺語字典》字典未收「柭」字，無法知道陳冠學心目中確實的音讀是puat還是pat。「嶺柭果」似乎也是將niá-puat-á的詞尾 -á省略，置換成一個表類屬的「果」字，類似把「青苔仔」寫成「青苔鳥」的雅化現象。但是查閱蔡培火的字典，番石榴可以說nâ-á-puat、nâ-á-put（林仔拔）或是pat-á（柭仔）[15]，而沒有*nâ-á-puat-á、*nâ-á-put-á，或 *nâ-á-pat-á這種詞幹前後都有成分的說法。前面有「林仔」後面就不會有「仔」，後面有「仔」前面就不會有「林仔」。因此《田園之秋》的「嶺柭果」，不一定是省去詞尾「仔」的雅化，也有可能陳冠學的語言本來就跟蔡培火一樣沒有這個「仔」。

（二）鳶鴟

〈九月四日〉音注：

老鷹。鳶鴟，臺音利葉（語音）。（頁30）

---

14 〈臺語辭典（臺日大辭典臺語譯本）查詢2019〉，編號8375，〈https://taigi.fhl.net/dict/search.php?DETAIL=1&LIMIT=id=8375&dbname=dica&graph=2〉。

15 蔡培火：《國語閩南語對照常用辭典》（臺北：正中書局，1969年），頁98；389。

臺音「利葉」的白話音，用臺羅書寫為lāi-hio̍h。這兩個字的聲調，分別是陽去和陽入，都沒有調值類似的國語聲調可以模擬，都採用直音法來注音。這個詞《臺日大辭典》收錄bā-hio̍h和boa̍h-hio̍h兩種說法[16]，第一個音節的聲母都是b-。教育部《臺灣閩南語常用詞辭典》詞目音讀是bā-hio̍h，在收錄的方言中，第一個音節為lāi的有：lāi-hiō（宜蘭偏漳腔）、lāi-hio̍rh（臺南混合腔）。但第二個音節和陳冠學的音不完全相同。臺語的方言還是很複雜。

　　這個詞的漢字，《臺日大辭典》作「鶆鴞」。教育部《臺灣閩南語常用詞辭典》也是「鶆鴞」，另提供「覓鷂」、「覓鴞」兩種異用字。陳冠學用「厲鷂」是根據他自己的方言發音lāi-hio̍h而來。

　　《田園之秋》全書中，厲鷂作為主要角色出場只有一次，是被烏鶖追趕，落荒而逃：

> 忽聽見高空中有馬鳴，那是厲鷂（老鷹）。擡頭看時，果見一隻厲鷂約在四、五百公尺高的空中盤旋。若世上真有天馬，天馬就是牠。厲鷂的鳴聲酷似馬鳴，非常好聽。可是今天我聽見厲鷂卻覺得滑稽；昨日剛造好了雞屋，準備飼小雞，牠今早便在我頭頂上直叫我休休，這簡直是威嚇！我正擡頭望著厲鷂發笑，好了，奇景出現了。有四隻烏鶖從西面飛起，一層又一層的往上竄。起初厲鷂並不在意，照樣慢條斯理劃牠的圈。我也不以為烏鶖會竄上那麼高。誰知烏鶖執意堅決，竟然逼到了，厲鷂只好落荒而逃。（十月十一日，頁168-169）

烏鶖對厲鷂的攻擊，根據陳冠學的詮釋，是源於強烈的地盤觀念：

> 烏鶖的嗓門很好，音質宛似片鋼琴，尤其吹口哨，可以說天下無雙。而牠那強烈的地盤觀念，不允許有體積比牠大的外客侵入，倒成了小

16　〈bā-hio̍h〉見〈https://taigi.fhl.net/dict/gm.php?fn=B/B0587.png〉；〈boa̍h-hio̍h〉見〈https://taigi.fhl.net/dict/gm.php?fn=B/B0891.png〉。

鳥們的天然護衛，為一方重鎮，真教人起敬！因了這樣的性格，喜鵲、烏鴉、鳶鷹（北方人叫老鷹），往往成了牠猛烈攻擊的對象，農人因此視牠為益鳥，百般優寵，從不加害。（九月四日，頁23）

與鳶鷹同為猛禽的紅隼，則在十月中下旬，屢次在下午四時許，準時出現在牛滌邊襲掠雞雛。母雞、公雞、烏鶖、人類都加入了這場驅趕飢餓的紅隼，保護雞雛的行列。經過半個月的奮戰，最終紅隼還是得手了。

下午壁鐘剛敲了四下，聽見母雞在牛滌西著慌地叫著，趕緊跑出去看，只見一隻紅隼正要襲掠雞雛，母雞盡力抵抗著。但不待我趕到，便見兩隻烏鶖從上面俯衝下來攻擊紅隼。紅隼腹背受敵，只得放棄了掠奪，飛上溪邊的檳榔樹梢上去了。烏鶖見紅隼賴著不走，便不停的從上面俯衝下來襲擊，但紅隼還是賴著不肯走。烏鶖沒奈牠何，攻擊了一陣子之後，便停在另一株檳榔樹上觀望，監視著這掠奪者不使牠得逞。紅隼形體比雀隼大，肩羽甋紅色，膽子比雀隼大得多了。大概飢餓正煎迫著牠，而食物卻正在眼前，怪不得牠賴著不走。……我向前走去，紅隼見有龐然大物接近，猶豫了一下就飛走了。（十一月十五日，頁305-307）

午壁鐘敲了四響之後不多久，又聽見母雞驚惶聲。出去看，又是那隻紅隼。雞雛都躲入牛滌內牛車下，母雞在車前護衛。這幾天下午我都不在家，這隻紅隼也許天天準時來。每日黃昏時我都數過雞雛，沒有失落，因此以為那天是偶然過境，誰知牠今天又準時來了。真是一隻沒氣概的鷹，野外獵物有的是，怎麼成了一隻偷雞吃的狐狸？紅隼一見我，就飛走了，烏鶖乘勢在後頭追擊。（十一月二十日，頁323-324）

今天下午紅隼似乎沒有來，或許牠在別處得了手。（十一月二十二日，頁328）

下午四點許，紅隼又來了，看來牠不得手似不肯罷休，真是令人頭痛。好在烏鶖老是護衛著，不然難免遭受荼毒。只怕烏鶖一時不在，或是給牠覷出了罅隙。而且雛雞的活動範圍總是要逐日擴展的，萬一在空田中，準措手不及。……我一直想不出有什麼好法子對付。（十一月二十四日，頁335）

四點許時，紅隼又來了，真是一隻執著的鳥。整個下午我都在家，我一聽見壁鐘敲四下，就趕緊跑出屋外，趕到牛滌邊。沒過幾分鐘，牠就來了。原來牠是從西面來的，不曉得為何這樣準時？牠一見我，就曉得沒指望，便在空田中緩緩地打圈，烏鶖就在後面追擊；但牠不像老鷹，牠一點兒也不驚惶，慢條斯理地，循原路向西飛去。（十一月二十五日，頁338）

下午四時過後，那隻紅隼又來了。貪看了兩行書，待聽見強力的拍翼聲纔趕出去，卻見大公雞正跟紅隼對打。紅隼在地面上飛掠，公雞奮力攻擊。這隻紅隼著了魔不是？怎麼這樣鍥而不捨！我站在庭中看，紅隼見公雞勢猛，知難而退；一盤上空，又被烏鶖追逐。（十一月二十七日，頁347）

沒留意聽壁鐘，也許我耽讀了。忽聽見母雞異常的淒厲長叫，急趕了出去。只見紅隼左右腳爪各抓著一隻小雞，正要飛離牛滌，母雞在下面追，仍淒厲地叫著。我趕忙奔過去，到了牛滌邊，順手抽出了一枝長竹竿。紅隼一下子挾了兩隻小雞，有些負荷不起，飛得並不快，而且只維持著人腰的高度。可是牠還是領先了一步，我把長竹竿儘向前直伸，企圖夠到牠，反而妨礙了腳步。母雞見我手拿竹竿，早驚嚇閃到一旁。我追了一程，以為追不及了，那知紅隼也支持不住，漸漸回下地來，終於落在地上。紅隼一落地，先是顧慮地看了我一眼，大概像人類一樣，陷在兩難中，不曉得走好不走好？但牠猶豫的時間很

短，就下定決心，要先撕一塊肉吃。我見牠要低下頭去撕小雞，急奮
了一個大步，竿頭正好夠到，便毫不躊躇的往橫裏一掃。我的本意原
是要嚇唬牠，逼牠放棄。誰知這一竿揮過去，竟就打中了牠的頭殼。
只見牠在地上一翻，一聲也未出，抽搐了幾下，就不動了。待我過去
看時，紅隼已經死了，兩隻小雞也因單薄的小身軀被紅隼的利爪直刺
入臟腑，早已斷了氣。（十一月二十八日，頁350-351）

老鷹和紅隼都是猛禽，所以陳冠學拿牠們來比較：

老鷹也是天天來的，但牠飛得高，待牠俯衝下來，雞雛早到安全之地
了。這紅隼，飛得纔有兩丈高，且能夠停在空中，危險性實在大。
（十一月二十四日，頁335）

第二天，紅隼一見人類，雖然就放棄攻擊小雞，但並沒有馬上飛遠，而是在
空田中緩緩地轉圈。即使烏鶖在後面追擊，也不慌狂，只是慢慢地循原路向
西飛去。陳冠學在這裏的描寫，輕輕地加了一句：「牠不像老鷹」。老鷹不是
主角，只是拿來跟主角紅隼對比的配角，牠不叫「厲鶪」，而叫做「老鷹」。
　　在半個月的整個過程中，陳冠學從紅隼身上，對於飢餓有許多的反思。
紅隼第一次出現的時候，對於趕不走的紅隼，陳冠學推測：「大概飢餓正煎
迫著牠，而食物卻正在眼前，怪不得牠賴著不走。」於是有所感而發了一段
議論：

不見人類財富纏腰越發耽著於財富，權力在握越發耽著於權力；掠奪
一地的自然資源，搾取一方的人力，以不仁致富；民主業已成風，竟
能反堯舜，家天下，為軍閥之敗行。這紅隼為飢餓所逼，情有可原，
像那些財閥與軍閥，實在令人不齒。（十一月十五日，頁307）

從晚秋中旬到下旬，紅隼的狩獵依舊失敗。陳冠學又再感慨：

飢餓確實一直煎熬著一切生物，但一切生物都未曾變成邪惡，而人類卻因之成了存有界唯一的惡魔。若不是還有少數的善良人、志士、詩人、哲人和農人，老天這番創造就完全失敗了。（十一月二十五日，頁343）

幾天後，由於耽於閱讀，終至未能及時阻止紅隼獵殺小雞得手，情急之下，又誤打死了紅隼。事情竟如此收場，使得作家十分懊惱：

將小雞和紅隼給分別埋了，心裏面很覺得懊恨，失了兩隻可愛的小雞，又誤殺了一隻鳥。（十一月二十八日，頁351）

在紅隼事件中，整個過程的場景在「牛滌」，這也是個臺語詞。〈九月四日〉音注：

牛棚、牛屋。滌，國音ㄊㄧㄠˊ，臺音ㄅㄧㄠˇ。《禮記》〈郊特牲〉：「帝牛必在滌三月。」（頁30）

「牛滌」臺語音為gû-tiâu。用國語上聲的ㄅㄧㄠˇ來模擬臺語陽平調的tiâu，其實並不準確。國語的全上是降升調，而臺語的陽平是低升調，調形並不相同。即使忽略國語上聲前半下降的部分，只看後半上的升調，音高也比臺語的陽平來得高。這也是用國語聲調來類比臺語聲調時，先天的局限之處。

（三）石鷝

〈九月九日〉音注：

鷝，國音ㄅㄧˋ，臺音ㄆㄧㄚ（帶k收音）讀下入聲，如用彈弓打鳥。（頁49）

「臺音ㄆㄧㄚ（帶k收音）讀下入聲」用臺羅拼音是phiak。使用國語注音符號標注入聲的時候，由於國語沒有入聲，就只能標寫舒聲再加上入聲韻尾的說明。如果標音為「ㄆㄧㄚㄍ」，一般讀者可能更難理解，為什麼聲母ㄍ會放到音節的末尾。韻尾收音用羅馬字k來寫會比較容易理解。因為注音符號與臺語之間的隔閡，為了解釋清楚，所以再加上說明：像是「用彈弓打鳥」的聲音。這樣大費周章，可見如果不使用一套合宜的標音系統，要描述語音有多麼的滯礙。

石鷺只在〈初秋篇〉登場過一次：

> 在田頭上割了四總草，天色漸暗，日已落，殘霞黃金也似的，格外耀眼。陣陣的燕鴒，在高空上ki-lit ki-lit鳴著，向東飛去，山崖上大概有牠們的巢窠，牠們的本地名因此叫做石鷺。牠們原本是海鳥，已進化為陸鳥，腳爪邊至今遺留有一小片的蹼。田園的一天在燕鴒聲中開始，也在燕鴒聲中結束。（九月九日，p.48）

對鳥叫聲的描寫，石鷺是「ki-lit ki-lit」，跟前面烏嘴臺雛索食的「siuh siuh」聲，都是用羅馬字來狀聲。

文中「四總草」的「總」是量詞，〈九月四日〉音注：

> 總，綑。總，臺音ㄗㄤˋ。

《臺日大辭典》「tsáng（總）」有「束」的意思，例子是「一總草」[17]，漢字也是用「總」字。

---

17 《臺日大辭典》，頁624，〈https://taigi.fhl.net/dict/gm.php?fn=A/A0682.png〉。

（四）膴橛

〈九月十一日〉音注：

> 膴橛：國音ㄅㄨˋㄐㄩㄝˊ，臺音・ㄅㄨ（輕讀）ㄎㄧ（帶t收音，乞
> 讀日的聲調）。（頁60）

照音注的說明，用臺羅寫為puh-khit。puh是第四聲，本書用國音輕聲來標注
臺音陰入調。khit的收音-t國音沒有，也無法用國語注音直接模擬。「帶t收音」
的說明又恐一般讀者不解，所以再加上「乞讀日的聲調」。

膴橛是美麗而有禮貌的鳥，也是愛唱歌的鳥，〈初秋篇〉說這種鳥差不
多都在中秋節的時候到：

> 一早打開門，出去給牛放草，新奇地看見一隻膴橛鳥（藍磯鶇），停
> 在牛滌上，見了向我敬禮；不細察就知道是雌的，果然腹下沒有赤狐
> 色。此鳥據往年的觀察，差不多都在中秋節的時候到，且是雌的先
> 到，雄的總要遲上十天八天。牠們是很有禮貌的鳥，任何時都可看到
> 牠們在向四周圍鞠躬，母的全身灰色鱗羽，微帶藍色；公的腹下有顯
> 眼的赤狐色，頭背粉藍鱗羽。美洲種的，公的像亞洲種的雌鳥，腹下
> 沒有赤狐色；雌的全身斑褐鱗羽。還是亞洲種好看。此鳥性最近人，
> 喜歡人家屋頂，夜間即在人家屋簷或屋角橫木上棲息，差不多棲息在
> 固定的一家。天還沒亮，東方剛透出一點兒魚肚白，就在簷下窗前撲
> 食早蚊。往往搞得窗格子卡卡響。農婦們被打醒，正好趕上煮早飯，
> 因此視為司晨鳥，而懷著很大的好感。白天裏，農夫在犁田，牠就停
> 在附近木橛上，活像從木橛上暴出來的，故叫牠膴橛。農夫犁出了蟲
> 類，牠就飛過來啄，再回到原位，吃下了蟲，不停地鞠躬向農夫致
> 敬。母的倒不怎麼惹眼，公的那一身粉藍加上腹下顯眼的赤，委實不
> 能不叫人喜愛。膴橛的歌唱很美，只嫌太細。要知道牠們是多禮的

鳥，牠們一方面想唱給人聽，又怕打擾了人家，因此只在嘴裏低吟淺唱。果真有一天，讓牠們引吭高歌，大概沒有一種鳥唱得過牠們。牠們不分雌雄，都能唱。（九月十一日，頁58-59）

「鷂䴔」這個名稱的由來，是因為牠們「停在附近木槲上，活像從木槲上暴出來的」。「puh」這個詞，《臺日大辭典》的漢字用「窋」，解釋是「突破外皮突出來」[18]。陳冠學解釋為「暴出來」跟《臺日大辭典》吻合。教育部《臺灣閩南語常用詞辭典》用「發」字，puh是「發」字的白話音，「發」是本字。

陳冠學筆下的鷂䴔，是美麗而有禮貌的鳥，且歌唱很美，是「低吟淺唱」的美。在〈仲秋篇〉則用「輕盈」來形容牠的歌聲：

繞走回庭來，又聽見鷂䴔當頭歌唱。擡頭看時，只見那隻雌鷂䴔正在我的頭頂上盤旋著，襯著有絲暈的薄白雲的藍天，緩緩的，就像漂著一般，身影和歌聲一樣的輕盈。牠這樣盤旋著，大約有五分鐘之久。我知道牠今天心情格外地好，因此對準著我這個好鄰居，從天上散下祝福的美妙的歌聲。（十月六日，頁147）

鷂䴔的歌聲是祝福美妙的歌聲，也是歡喜快樂的歌聲：

上午大晴，是接著昨夜一直晴下來的。鷂䴔跟昨日一樣，興致洋溢的在晴空中漂唱著，看牠這樣快樂，我自然也跟著快樂起來；何況濕潤的大地之上是碧藍無盡的晴天，有什麼更好的條件令農人滿心歡喜的呢？（十月七日，頁152）

鷂䴔飛翔的姿態則像雲雀：

---

18 〈臺語辭典（臺日大辭典臺語譯本）查詢2019〉，編號49197，〈https://taigi.fhl.net/dict/search.php?graph=1&skey=puh〉。

這連日來，每當上半晡陽光將藍天晾透，將綠地晞鬆，那隻鷦鷯就漂起在半空中歌唱。今天熟睹牠的飛鳴，令我吃驚，牠簡直就是雲雀，漂浮像雲雀，翅羽的寬葉和顫動全像雲雀，鳴聲也像雲雀，斂翅突降更像雲雀。也許牠在這雲雀之鄉待久了，不覺就習成了雲雀的模樣。從今天起，牠應贏得另一個新名，該叫牠藍雲雀了！（十月十日，頁164）

如同把一種草鶡鴒命名為「陶使」，陳冠學又替鷦鷯取了「藍雲雀」的別名。替事物另命新名是作家的一種權力。

雖然鷦鷯飛翔的姿態和鳴聲都像雲雀，但是低吟淺唱的歌聲雖美，在跟雲雀同臺演出時，卻只能被雲雀的音量掩蓋：

我原本是偷看的書，此時這幾隻雲雀聚攏在屋頂上空，似乎唱著說：這樣美麗的天色、陽光、草色和空氣，你還偷看書嗎？還不出來嗎？於是我急急把書本闔了，走了出去。果然有四隻雲雀，環著平屋，相去各約十數弓遠，正好東西南北各一隻。怎麼說好呢？該一一向牠們敬禮纔是！一回頭，卻見那隻鷦鷯停在屋頂上，正在向我鞠躬。又是該怎麼說好呢？我向牠舉了舉手。鷦鷯又鞠了一次躬，就飄起來了，正飄過我頭頂，我看見牠在唱歌，但聽不見牠的歌聲，牠的歌聲被雲雀的歌聲掩蓋住了。（十一月二十二日，頁327）

鷦鷯的歌唱聲像雲雀，陳冠學認為是模仿的緣故：

下午剛走出庭，便聽見桂花樹中有鷦鷯的歌聲，聲音很細。那是不可能的事，鷦鷯從來不進入繁枝密葉中。行近去看，又看不見鳥，聽音質，分明是青苔鳥。一會兒，果然飛出了一隻青苔鳥。少小所熟悉，從來沒聽見過牠唱歌，沒想到牠還會學舌。可見各種鳥之間會互相模仿，鷦鷯模仿雲雀，青苔鳥又模仿鷦鷯。（十一月二十三日，頁331）

不但鵟鴂模仿雲雀，青苔鳥也模仿鵟鴂，不同品種的鳥鳴會互相模仿。這是
十分有趣的觀察。也只有每天與各色鳴鳥為伴，才能發現天地萬物互相依存
為伴的道理。隔了一天，陳冠學又發現，不只青苔鳥模仿鵟鴂，連伯勞也模
仿鵟鴂吟唱：

> 下午見到伯勞在老楊桃樹表上學鵟鴂吟唱，只隔一天，那隻鵟鴂便又
> 教牠的另一個學生出來證明牠的勤唱收到了什麼樣的效果？從這一件
> 事上，可以窺見那隻鵟鴂在平屋四周圍留下了多少歌聲？牠的歌唱勤
> 到了什麼樣的程度？自從牠回來之後，幾乎無日不唱。我想，在這一
> 帶來去的各種鳥兒，對於鵟鴂的歌，必定都已耳熟能詳。能夠琅琅上
> 口的，恐怕不止前天那一隻青苔鳥，今天這一隻伯勞？這事教我這業
> 餘田園生物觀察家興奮，更教我感到滑稽發笑。說不定那一天連我都
> 會不自覺地學牠哼哼唱唱，吊起嗓子來！我想這鵟鴂該再給牠另一個
> 新名，就叫牠樂師鳥罷！在鳥類中，牠這本事要算第一了罷！（十月
> 二十五日，頁337-338）

繼十月十日將鵟鴂命名為「藍雲雀」之後，事隔十五天又替牠們取了一個
「樂師鳥」的新名。
　　有禮貌愛歌唱的鵟鴂，卻有強烈的地盤觀念：

> 鵟鴂有強烈的地盤觀念，牠的地盤不准別人闖進。牠每年去了又來，
> 都回到固定的老地方。初回來時，往往有新鳥會闖入，據我的觀察，
> 一旦有別的鳥闖入，驅逐的行動就即刻開始。往往看見牠們一前一
> 後，高速地繞著圈子飛。闖入者也驚人地執著，寧願被追逐，不肯放
> 棄。有時要纏上好幾天，最後當然是闖入者撤去。雙方都執著，而地
> 主則更執著。（十月六日，頁147）

另一種也有強烈地盤觀念的鳥是烏鶖：

> 烏鶖的嗓門很好，音質宛似片鋼琴，尤其吹口哨，可以說天下無雙。
> 而牠那強烈的地盤觀念，不允許有體積比牠大的外客侵入，倒成了小
> 鳥們的天然護衛，為一方重鎮，真教人起敬！因了這樣的性格，喜
> 鵲、烏鴉、鳶鷹（北方人叫老鷹），往往成了牠猛烈攻擊的對象，農
> 人因此視牠為益鳥，百般優寵，從不加害。（九月四日，頁23）

地盤觀念使得烏鶖猛烈驅趕體積比自己大的外客，成為小鳥的護衛，也成為
農人眼中的益鳥，為自己贏得不受加害的待遇。

（五）草鶺鴒

〈九月二十四日〉音注：

> 草鶺鴒：鳥書叫鶺鴒。日本沒有鶯（黃鶯），以報春鳥為鶯，剖葦科
> 叫鶯科。臺灣學界援用日名，造出不倫不類的鶺鶯一辭。（頁101）

音注只是在批評鳥書中的命名不當，而沒有注音。《臺日大辭典》有收「鶺
鴒」，音為tsik-lîng或tsit-lîng，意思是鳥名，就是牛屎鳥仔（gû-sái-tsiáu-á）。[19]
　　草鶺鴒是不怕人的鳥，人很容易親近牠，也可以跟牠有比較多的互動，
而不只是保持距離遠觀。〈初秋篇〉有一段人與鳥的互動：

> 一隻草鶺鴒向我抗議，儘對著我疾鳴，還跟了我一段路。大概那片地
> 是牠玩耍找蟲吃的好地方罷！也許牠並非對我抗議什麼，只是在展現
> 歌聲，試覓知音罷了！當然，我是牠最熱烈誠摯的知音了。可是我總
> 覺得人類就是再怎樣地克制，對於別的生類，一向是侵占者，甚至是

19　〈臺語辭典（臺日大辭典臺語譯本）查詢2019〉，編號12766，〈https://taigi.fhl.net/dict/
　　search.php?DETAIL=1&LIMIT=id=12766&dbname=dica&graph=2〉；編號5176，〈https://
　　taigi.fhl.net/dict/search.php?DETAIL=1&LIMIT=id=5176&dbname=dica&graph=2〉。

迫害者。草鵒鴒熱烈的歌唱，反使我自感歉疚，有了抗議的想法，但
願我是過分敏感！我向牠舉手致敬說：你的歌唱真好，你是這一帶最
出色的歌手！草鵒鴒是這一帶最可愛的鳥，很親近人，見人不畏怯，
筆頭大小的身軀，舉著一把更長的尾羽，永遠抽動著，多半時間尾羽
都是垂直地舉著，跟小身軀形成一個直角，灰綠帶褐，和青草枯葉的
混合色是一致的，草鵒鴒也叫裁縫鳥，鳥巢大多縫合兩片樹葉而成，
宛如婦女穿針引線，將兩塊布綴成一個袋子一般。（九月二十四日，
頁100-101）

作者詳細描繪草鵒鴒的歌舞，稱讚牠是「最可愛的鳥」。在人與鳥的互動中
流露出《田園之秋》不時浮現的主題：人類不該為自身的私欲而對美好的大
自然侵略迫害。這裏並且提供了草鵒鴒的別名：裁縫鳥。作家對於名稱總是
特別關心。

草鵒鴒是善歌舞的鳥，〈初秋篇〉有幾處對於牠的歌聲和舞姿的描寫：

一隻草鵒鴒在草尖上抽動著牠的長尾，脊令脊令聯珠似的鳴囀著。
（九月一日，頁13）

只聽見草鵒鴒連珠也似的鳴聲，聞其聲不見其人，但我知道牠準是在
不停地抽動著尾羽，認為天地間只有牠一個。（九月十日，頁51）

草鵒鴒是這裏最好的歌手，牠們載歌載舞，從這株草翻到那株草，不
足半兩重的身軀，有時居然會把一枝狗尾草壓得垂到地面。（九月十
五日，頁69）

草鵒鴒不只是這一帶最可愛的鳥，也是這片田園裏最好的歌手，總是載歌載
舞，一邊舞蹈著長長的尾羽，一邊連珠似的高歌。牠歌唱的聲音是「脊令脊
令」，用漢字來書寫擬聲，不同於用羅馬字來狀聲的石鷺「ki-lit ki-lit」鳴，

和鳥嘴翯雛索食的「siuh siuh」聲。「脊令」的字形正是「鶺鴒」二字的聲旁，這也就是《山海經》中的「其名自叫」。例如〈西次二經〉：「名曰鳧徯，其名自叫也。」[20]、〈北山經〉：「名曰鵁，其鳴自呼。」[21]、〈北次三經〉：「名曰精衛，其名自詨。」[22]這些鳥的名字就是用牠的鳴叫聲來命名。

〈仲秋篇〉的日記中，作者坐在廚房矮凳上削番薯皮，朝陽的光影投射在他的腳和腳邊的番薯上。正在欣賞自然的光影構成的，「比見過的攝影作品更有深深的構成感」的奇異畫面，一對草鶺鴒闖入這幀光影構成的作品：

> 一對草鶺鴒追逐著飛過窗前，影子一前一後在地上光幅裏掠過，後面的一隻還「執」（chip）「執」（chip）叫著。好嘹亮的鳴聲突然的入耳，纔只有五、六尺的距離，我整個人像一枝火柴棒，一下子被擦亮了，說我從來沒這麼快樂過，誰都不能相信。這一對草鶺鴒也不知道為著什麼事兒爭執著，繞著屋子追逐了好幾圈，那後面的一隻一直「執」「執」鳴著。在這樣的明光下，在這樣的朝氣中，在這樣心無一事的當兒，那鳴聲一聲聲的將我擦亮又擦亮，擦得心花不由得不怒放！原本是恬愉怡悅的心，這田園裏的任一動靜形色隨時都可能使之綻開喜悅的心花呵！（十月十六日，頁182）

草鶺鴒嘹亮的鳴聲和爭執的追逐，劃破了安靜的攝影作品。朝陽的「明光」、草鶺鴒鳴聲的「嘹亮」，將作者的心「擦亮」。光線的明（亮）與暗是與攝影的精髓，攝影就是用光繪畫。發明攝影術的塔伯特，偏好photogenic drawing（光繪法）這個名稱[23]，後來通行的photography一詞，意思也一樣是用光繪畫。

20　馬昌儀：《古本山海經圖說》（臺北：蓋亞文化，2009），上卷，頁163。

21　馬昌儀：《古本山海經圖說》（臺北：蓋亞文化，2009），上卷，頁334。

22　馬昌儀：《古本山海經圖說》（臺北：蓋亞文化，2009），上卷，頁432。

23　亨利‧希金斯（Henry Hitchings）著、林俊宏譯：《英語的祕密家譜》（新北：大家出版，2012），頁270。

　　突然入耳的聲音的是草鶺鴒「執」「執」的鳴叫，狀聲和〈初秋篇〉的「脊令脊令」不同。或許這裏的「執」「執」叫是「這一對草鶺鴒也不知道為著什麼事兒爭執著」的「執」，而〈初秋篇〉「脊令脊令」則是「其名自叫」，在不同的情境用不同的狀聲。用「執」「執」來況草鶺鴒的叫聲，出現第一次的時候，並加注了羅馬字「chip」來說明這個漢字是臺語發音而不是國語發音。

　　有一種形似草鶺鴒的鳥，但是叫聲不一樣。陳冠學再度使用作家的權力，將這種鳥命名為「陶使」：

　　　　一隻陶使不偏不倚的正飛來停在本棵樹的頂端，一面高聲鳴唱。這陶
　　　　使是另一種草鶺鴒，形狀跟脊令脊令囀的草鶺鴒幾乎完全一樣，只是
　　　　裝束有點兒分別：頭頂黛灰色，眼上沒有白眉，腋下柑橘色，全身毛
　　　　羽十分整飭，尾羽顯得更長；沒有脊令脊令囀的草鶺鴒親近人，平時
　　　　最愛登高高唱，十分的是草原之聲，近聽時聲音多變化，不可比況，
　　　　遠聽時總聽得牠唱著：歸去來噢！歸去來噢！因此我叫牠陶使。這兩
　　　　種草鶺鴒都令我心醉，田園裏若沒有牠們，就要大大失色了。（十月
　　　　一日，頁122）

　　　　滿心愉快地提著小竹籃走回家。斑鳩筆直的從身前飛掠而過，草鶺鴒
　　　　就在近身脊令脊令的鳴囀著，遠遠的聽見陶使在高唱歸去來噢！村裏
　　　　傳來母牛喚犢聲，大約是牧童們正趕起牛群出了庭，要向草原上放牧
　　　　去。（十月八日，頁156）

稱這種愛登高高唱的鳥為「陶使」，想必是在「歸去來噢」的鳴聲中聽到了陶淵明的「田園將蕪胡不歸」，所以聽得令人心醉，令人滿心愉快。如同作者自己在田地收成時所說：「農夫似我，快何如之！」[24]

---

24 陳冠學：《田園之秋》（臺北：前衛出版社，2018），頁23。

〈十月一日〉音注：

　　陶使：使，國音ㄕㄟˋ，臺音賽。

「陶使」臺羅拼音為Tô-sài。「使」是陰去調，沒有可以類比的國音調值，所以用直音法來標注臺音。

（六）伯勞貍

〈十月十六日〉音注：

　　伯勞貍：臺音筆勞痲。（頁186）

「筆勞痲」用臺羅拼音是pit-lô-bâ。「伯勞」在《臺日大辭典》中的音是pik-lô[25]。但是教育部《臺灣閩南語常用詞辭典》所提供的方言，第一個音節都是pit。這是因為音節尾的 -k受到後一個音節首的l-同化，而產生-t>-k的語音變化。

　　「伯勞貍」和「伯勞」，在《田園之秋》中是兩種不同的鳥，〈十一月十八日〉記錄的鳥唱中，上午有伯勞貍，黃昏有伯勞，最後並注明「以上不重出[26]」，可見兩者被視為不同品類。伯勞在《田園之秋》中頗為常見，陳冠學在《田園之秋》中第一次說話的對象，就是一隻伯勞，而不是人類。他對一隻停在果園邊籬柱上的伯勞說：

　　嘿！這兒挺不錯嘛！是不是？別再往南去！何必呢？這裏是世界上最美最好的過冬地啊！（九月一日，頁13）

---

25 〈臺語辭典（臺日大辭典臺語譯本）查詢2019〉，編號45519，〈https://taigi.fhl.net/dict/search.php?DETAIL=1&LIMIT=id=45519&dbname=dica&graph=2〉。

26 陳冠學：《田園之秋》（臺北：前衛出版社，2018年），頁314。

但是到了晚秋，候鳥終究是要遷徙：

> 鳥兒隨季節遷徙是大家周知的事，但並不是所有的鳥兒都有遷徙性。
> 近日水田區水稻正熟，正在採收，木麻黃列樹上刺竹部上的麻雀早晚
> 出入，顯得格外有精神。……我忽思想著，假若麻雀也有遷徙性，一
> 年裏將有多少晨昏，我將落索得像一株枯木，雖即這些麻雀不是在我
> 身上棲息的，我將會像一株被麻雀棲息慣了的樹木，思念得落盡青
> 葉，黯然失卻生氣。這裏不遷徙的鳥兒，麻雀、白頭翁、青苔鳥、草
> 鷸鴒、陶使、烏嘴觱、斑鳩、雉雞、鵪鶉、雲雀。啊！你們是我的好
> 兄弟，是我親密的一家人啊！鵟槲和伯勞北返後，我總惦掛著牠們
> 倆，禱祝牠們一路平安的到達家鄉，又一路平安的回到比牠們家鄉還
> 住得長久的此地。（十一月二十六日，頁344-345）

而關於伯勞貍的描述，則僅在〈仲秋篇〉中一見：

> 灌木叢上停著一隻粉頭大伯勞，本地名叫伯勞貍，是臺灣的特有種，
> 也轉著眼珠兒傾耳對著草鷸鴒。這草鷸鴒可真有觀客啊！一忽兒，伯
> 勞貍騰空而起，對著牠騰起的方向看去，見有一隻昆蟲飛著。這同時
> 一隻烏鶖也自木棉樹上飛出，兩隻鳥幾乎同時到達目標，但烏鶖居高
> 臨下得了優勢，伯勞貍失之喙尖間，只好又飛回原處。烏鶖回到木棉
> 樹上，一口就將獵獲物吞下肚去了。草鷸鴒似乎什麼都沒看見，只顧
> 唱牠的歌。（十月十六日，頁183-184）

這隻伯勞貍先是傾聽草鷸鴒唱歌，接著跟烏鶖爭搶獵物，但是失之毫釐，鎩
羽而歸。

（七）鷸鴗

〈十一月二十三日〉音注：

> 臺音家探（探的ㄊ改為ㄅ唸）。即英語battern；日本人寫做鴗。（頁332）

依照說明，用臺羅書寫是ka-tàm。這種鳥只在〈晚秋篇〉有看見：

> 今天下午走出去，看見鶴鶉、三趾鶉、鷸鴗；也看見樹鸚，樹鸚是有聲的，但太細，幾乎聽不見。（十一月十八日，頁314）

這天只是看見，和其他鳥名一起羅列出來，並沒有任何描寫。唯一一次對鷸鴗描寫是著眼於牠的樣子很怪：

> 看著鷸鴗飛，多輕飄啊！在蔗田間行走，時常可以碰見。此鳥通常都是嘴尖朝天，一動不動地站著，樣子很怪，飛起來時也輕緩得出奇。我極喜愛此鳥。（十一月二十三日，頁331）

雖說「時常可以碰見」，而且作家「極喜愛此鳥」，但是卻極少記入日記。

四　結論

臺語的文學近年越來越見蓬勃，除了全臺語的作品外，許多作家採用敘述用華語，對話用臺語的方式來書寫小說。《田園之秋》是華語的散文，只是使用了一些臺語的詞彙，這些詞彙進入的條件是美。例如〈九月二十日〉音注：

　　鹽露：鹽滷，臺語叫鹽露，很美。

吳守禮《國臺對照活用辭典》漢字為「鹽鹵」，音iâm-lōo，義為「熬鹽時剩下的黑色液體。味苦，有毒。也叫：鹵水。簡稱：鹵。[27]」又如搖鼓（iô-kóo）一詞，《田園之秋》作「銚鼓」，〈九月二十日〉音注：

　　銚：音搖。漢儒鄭玄用䩾字，讀陶，讀陶是大鼓。

《臺日大辭典》「搖皷」（iô-kóo）、「搖皷擔」（iô-kóo-tànn）、「搖皷蠻」（iô-kóo-long）漢字都是用「搖皷」[28]。《田園之秋》選用「鹽露」而棄「鹽滷（鹵）」，選用「銚鼓」而棄「搖鼓（皷）」，正顯示了陳冠學對於古雅的品味。

　　　雅化除了選擇使用古雅的字眼，還有一種策略是省略小稱詞尾á「仔」。這個詞尾具有很高的方言辨識度，但「方言」有時被污名為俗氣。臺語中帶有「仔」詞尾的詞，陳冠學一律將「仔」省略，以減少「方言」的氣息。例如「烏嘴筆仔」（oo-tshuì-pit-á）寫作「烏嘴觜」，除了把「仔」省去，還把「筆」寫成一個罕見的「觜」字，顯得更為古雅。而「青苔仔」（tshenn-thî-á）則把「仔」改為類名「鳥」，稱之為「青苔鳥」。「嶺枚果」是番石榴，一般所說的都有小稱詞尾「仔」，陳冠學使用「嶺枚果」，以類名取代「仔」。蔡培火的字典，番石榴可以說nâ-á-puát、nâ-á-pút（林仔拔）不帶「仔」，馬來西亞南部福建話說niá-pút，也沒有「仔」。因此「嶺枚果」，不一定是省去詞尾「仔」，可能只是加上類名「果」字。

27　吳守禮：《國臺對照活用辭典》（臺北：遠流出版公司，2000），頁760。

28　《臺日大辭典》，頁85，〈https://taigi.fhl.net/dict/gm.php?fn=A/A0143.png〉。

參考文獻

一 專書

王育德著，陳恆嘉譯：《臺灣語常用語彙》，臺北：前衛出版社，2002年。

亨利・希金斯（Henry Hitchings）著，林俊宏譯：《英語的祕密家譜》，新北：大家出版，2012年。

吳守禮：《國臺對照活用辭典》，臺北：遠流出版公司，2000年。

馬昌儀：《古本山海經圖說》，臺北：蓋亞文化，2009年。

陳冠學：《臺語之古老與古典》，高雄：第一出版社，1984年。

陳冠學：《高階標準臺語字典（上）》，臺北：前衛出版社，2010年修訂版。

陳冠學：《田園之秋》，臺北：前衛出版社，2018年四版。

董同龢、趙榮琅、藍亞秀：《記臺灣的一種閩南話》，臺北：中央研究院歷史語言研究所，1967年。

二 學位論文

陳慕真：《白話字的起源與在臺灣的發展》，臺北：國立臺灣師範大學臺灣語文學系博士論文，2015年12月。

三 網路資料

中央研究院語言學研究所「閩客語典藏」計畫2019：〈臺語辭典（臺日大辭典臺語譯本）查詢2019〉，網址：〈https://taigi.fhl.net/dict〉，讀取日期：2020年9月1日。

教育部2011：《臺灣閩南語常用詞辭典》，網址：〈https://twblg.dict.edu.tw/holodict_new〉，讀取日期：2020年9月1日。

International Phonetic Association 2015: "The International Phonetic Alphabet and the IPA Chart"，網址：〈https://www.internationalphoneticassociation.org/content/ipa-chart〉，讀取日期：2020年9月1日。

東亞地方文學的交流和研究

朴南用[*]

摘　要

　　本文將對臺灣現代詩在韓國的翻譯、介紹以及研究情況進行考察。進而把握韓國和臺灣之間的文學交流和研究。韓國和臺灣不僅在政治、經濟、文化上具有相似的特點，而且在文學上也出現了現實主義、現代主義、後現代主義等多種文化現象。在這些文學現象中，通過現代詩的比較研究，了解雙方地域文學的特性，探索今後文學交流的可能性。

關鍵詞： 東亞，韓國，臺灣，現代詩，地方文學，翻譯和研究，文學交流

---

[*]　韓國外國語大學大學院中語中文學科。

一　前言

　　在東亞地區社會，由於地域和文化認同的相似，文學的發展也經常出現類似的現象。2000年代以後，隨著社會經濟的變化，韓國和臺灣的現代詩呈現出新的發展趨勢——從以中央為中心逐漸向地方擴展。從以中央為中心的文學地形圖發展到以地方為中心的文學創作和消費，這種轉變為目前文壇的發展注入了新的活力。同時，這一變化削弱了中央文壇的權力，確立了地方文學的新地位，也建構了文學的邊緣性、地方性、世界性等新的文化認同。即，最民族的是世界性的，最地方性的就是最核心的，最周邊的才是更本質的。從這個角度來看，在韓國和臺灣的地方文學、地方詩歌相互比較的過程中，可以發現文學的邊緣性和地方性，可以理解臺灣文學中內在的各原住民族的族群意識和文學認同。因此，本文將以韓國和臺灣的地方文學、地方詩歌為中心，闡述新的文學理論，並對各地方的創作和特點、邊緣性和地方性、民族性和世界性等進行考察。

　　在東亞社會，韓國和臺灣在歷史、政治、經濟、文化方面有著很多相似的特徵。與此同時，韓國和臺灣的現代文學也是伴隨兩地經濟的發展而成，且形成了多樣的文化認同。本文著重比較韓國和臺灣的地方文學和地方詩歌，進而把握東亞現代詩的問題所在，並進一步探討今後的翻譯、介紹和交流方案。1945年韓國解放後，在與臺灣的長期交流中，相對於中國而言，韓國與臺灣的政治、經濟、文化往來更加密切，對臺灣也更加了解和熟悉。韓國和臺灣面積小、人口少、擁有共同的日本殖民地經驗，且分裂的政治狀況也非常相似。不僅如此，在1960、1970年代資本主義的高速發展中，城市發展速度和社會文化氛圍也具有很多相似的特徵。自上世紀六十年代開始，韓國的中國學研究者們陸續在臺灣留學，學成歸來後教授後輩學者，培養出很多留學生，為韓國的中國學研究奠定了堅實的基礎。直至今日，韓國和臺灣的學術、文學交流仍在持續展開，並保持著深厚的友誼。

　　本論文將對韓國和臺灣共享殖民地記憶、克服殖民地經驗、新現代社會中的社會變化、多種地理文化景觀、族群意識和認同等進行比較，分析其共

同點和差異點。希望通過這項研究，讓韓國和臺灣的現代詩比較研究得到進一步的發展，也希望詩人間的交流、作品交流和學術討論能更加活躍。

二　臺灣文學在韓國的研究概況

在韓國，學術界對臺灣文學的關注始於1992年。1992年10月9日至10日，臺灣文學國際學術大會在首爾召開，來自韓國、臺灣、日本等地學者參與其中，韓國代表有尹永春、許世旭、金時俊、柳仲夏、金炡旭、金炅南等，臺灣學者有陳映真、呂正惠、林瑞明等，還有日本學者松永正義和中國延邊大學的金宗洙等。會上發表了10餘篇論文，全面闡述了臺灣現代文學的概況和研究意義。該國際學術研討會是韓國和臺灣首次舉辦的國際學術研討會，也是集中關注和研究臺灣現代文學的開始。此後，對臺灣文學的翻譯、介紹和研究在韓國持續展開。

臺灣文學的翻譯、介紹和研究大致從以下五個方面進行：一是針對臺灣殖民地文學經驗和遺產；二是尋找臺灣認同的鄉土小說和外省人小說；三是關於臺灣現代主義和鄉愁意識的現代詩；四是臺灣女性文學；五是臺灣電影或大眾文化現象等。有幾篇類似於臺灣文學研究綜述的論文，從中可以了解臺灣文學研究的整體情況。最具代表性的是首爾大學教授金時俊撰寫的〈臺灣現代文學概況與研究意義〉（1992年）、〈臺灣現代文學的歷史與動向〉（1993年）、韓國外國語大學教授朴宰雨撰寫的〈韓國的臺灣文學研究的歷史與特點〉（2005年）、韓國外國語大學教授林大根撰寫的〈臺灣文學研究在韓國——主體位置的設定與克服臺灣內部矛盾的可能性〉（2015年）、臺灣修平科技大學的韓國人教授金尚浩撰寫的〈臺灣文學韓文翻譯與翻譯研究在韓國〉（2015年）等。通過這4篇論文，可以了解臺灣文學在韓國的翻譯、介紹及其研究情況。大體上來看，在1945年韓國獨立解放之前，雖然有介紹臺灣文學的文章，但沒有正式出版臺灣文學作品。在韓國翻譯出版的主要成果有1964年翻譯出版的謝冰瑩的《紅豆》、1975年翻譯的黃春明的《莎喲娜拉‧再見》、1978年翻譯出版的白先勇的《臺北人》等。以這些翻譯出版為開

端，各種小說作品開始被翻譯出版。20世紀80年代和90年代，臺灣的小說作品陸續介紹到了韓國，約有17種。值得一提的是，這一時期介紹臺灣現代詩的並不多，大概有3種，林煥彰的《林煥彰詩選》（金泰成譯，1986年）、周夢蝶等人的《中國現代名詩選（1），（2）》（許世旭譯，1990年）、林煥彰的《孤獨的時刻》（金泰成譯，1997年）等。2000年代以後，除文學作品之外，被稱為臺灣文學研究著作的柳書琴的《殖民地文學的生態系》（宋承錫譯，2012年）也被翻譯出版。同時，葉石濤的《臺灣文學史綱》（金尚浩譯，2013年）這本可以全面了解臺灣文學的著作也得到了翻譯出版。

隨著與臺灣現代文學相關的文學史、作品、研究著作等的翻譯出版，從事臺灣文學研究的學者逐漸增加，普通讀者也更容易接觸和了解臺灣文學。儘管如此，韓國的臺灣文學研究與中國文學研究相比，在數量和質量方面仍有很大的差距。多數從事中國現代文學研究的韓國學者，他們的關注點更傾倒於中國的現代文學。當然，也有不少主攻臺灣現代文學且持續發表研究成果的學者，如金泰成、金良守、金尚浩、宋承石、金順珍、林大根、李淑娟、黃善美等，筆者也是諸位學者之一。同時，在全球化以及東亞各國文化交流日益密切的21世紀，韓國外國語大學意識到「臺灣研究」的重要性，為了深入的研究和文化交流，並以此奠定學術文學基礎，在臺灣教育部、駐臺北代表部的贊助下，於2011年設立了臺灣研究中心（Institute for Taiwan Studies, HUFS），旨在從事與臺灣社會、歷史、文學、文化、藝術、經濟、政治、兩岸交流等相關的研究，並定期發行學術期刊《臺灣研究》。臺灣研究中心的設立和學術期刊的發行，既是促進韓國和臺灣學術交流的重要基地，也會為臺灣文學研究發揮重要作用。

三 引進與形成期：臺灣現代詩在韓國的翻譯與介紹

在韓國，對臺灣現代詩的翻譯、介紹及研究，正如韓國外國語大學教授林大根所指出的那樣，目前還無法說研究了很多，因此今後有必要研究主要作家和作品的流向。他在〈臺灣文學研究在韓國──主體位置的設定與克服臺

灣內部矛盾的可能性〉（2015）一文中指出，「在韓國學界對臺灣文學的關注中，在體裁方面研究成果最多的領域可以說是詩歌方面。對臺灣詩的研究主要由居住在臺灣的研究者金尚浩主導。從21世紀初開始正式發表的他的研究大致可分為介紹臺灣詩的潮流和具體個別詩人的成果，以及對韓國和臺灣詩的比較研究。」林大根教授列舉了金尚浩教授在臺灣詩歌研究領域的主要研究成果，但事實上，臺灣詩歌的研究早在以前就開始了。自20世紀70年代中期起，尹永春、河正玉、許世旭、柳晟俊等教授開始翻譯和研究臺灣詩歌。

　　韓國學術界把1948年以後的中國文學稱為「中共文學」，臺灣文學稱為「自由中國文學」。按照國民黨和共產黨政權，分為中國和臺灣。在與中國建交之前，韓國實質上是與臺灣建立的外交關係，在政治、經濟、文化等方面展開了交流。在這種背景下，韓國開始撰寫現代中國文學史，出版與中國現代文學相關的文學理論著作以及介紹臺灣文學。

　　1974年7月，尹永春在瑞文堂出版社出版《現代中國文學史》，直接介紹了現代中國文學。尹永春於1912年出生在間島明洞，畢業於日本大學法文學部和美國普林斯頓研究生院英文系，主修英文學和中國文學，曾任中華民國臺南國立成功大學邀請教授，並擔任慶熙大學教授。此外，尹永春還翻譯了《林語堂全集》、《論語》、《莊子》、《韓非子》等。早在1947年，青年社出版社就出版了《現代中國詩選》，尹永春選取了胡適、朱自清、徐玉諾、俞平伯、郭沫若、朱湘、郭紹虞、葉紹鈞、劉廷陵、鄭振鐸、謝永心、徐志摩、王獨清、汪靜之、劉大白、趙景深等16位詩人的主要作品進行了翻譯和介紹。他還在《現代中國文學史》的〈序文〉指出，書寫現代中國文學史是一項重大課題，「民國以來的新文學和上古時代一樣，歷史不長，也不太複雜，所以幾年前推出這本書後，由於大學生和一般讀者的喜愛，翻版了6、7次，其間中國的情況也發生了很大變化。」尹永春表示，隨著中國語文學科和中文系專業的增加，有必要在與中國關係密切的韓國介紹現代中國文學發展的足跡。他在該書中不僅敘述了新文學的文學革命、大眾文學、革命文學、大陸文學傳統、文學革命到革命文學等，還在書的末尾概述了自由大陸文學的詩和小說。當時在韓國，接觸臺灣文學的機會並不多，因此這樣的文

學史敘述值得高度重視。他特別強調，國民黨政府自遷都臺灣之後，播種自由大陸文藝，開展了激發反共意識、民族意識、戰鬥意識的新文藝運動。書中涉及的代表作家和詩作，有上官予的〈祖國在呼喚〉，鍾雷的〈無題〉和〈春日與飢餓〉，鍾鼎文的〈蚊子〉、〈山的群〉、〈島外的島嶼〉和〈夏天在光明裏〉，羅門的〈教會堂〉和〈曙光〉，紀弦的〈妻·母·女〉和〈飲酒詩〉，余光中的〈杞人的悲歌〉，葛賢寧的〈金門歌〉等。尹永春翻譯了上官予、鍾雷、鍾鼎文、羅門、紀弦、余光中、葛賢寧等7位詩人的14篇詩作，這些作品是1970年代臺灣文學的代表作家的代表作品。尹永春的翻譯和介紹很有意義，為韓國讀者了解臺灣詩起到了先導作用。

1975年，河正玉的《現代中國詩選》由民音出版社出版，劉半農的〈相隔一層紙〉、康白情的〈窗外〉、劉大白的〈賣布謠〉、沈玄盧的〈十五娘〉、胡適的〈一笑〉、朱自清的〈黑暗〉、李金髮的〈希望與憐憫〉、徐志摩的〈再別康橋〉、聞一多的〈死水〉、朱湘的〈有憶〉、焦菊陰的〈夜哭〉、戴望舒的〈雨巷〉、臧克家的〈老馬〉、王亞平的〈孩子的疑問〉、程兆翔的〈白骨草〉等作品得到了翻譯和介紹。

1976年，乙酉文化社出版了許世旭教授翻譯的《中國現代詩選》詩選集，該書收錄了1945年以前的代表詩人劉大白、胡適、沈尹默、劉復、徐志摩、朱自清、聞一多、劉延陵、李金髮、朱湘、戴望舒等11位詩人的作品，以及28位臺灣詩人的詩作，具體如下：

覃子豪의〈병（瓶）〉，〈해바라기〉。紀弦의〈배（船）〉，〈이리처럼〉，〈화장（火葬）〉，〈거리의 탄식〉。鍾鼎文의〈군산（군山）〉，〈웃음〉。吳瀛濤의〈잃어버린 구석〉，〈바람〉，〈계열（系列）〉。周夢蝶의〈수（囚）〉，〈수（樹）〉。林亨泰의〈그（其）一〉，〈그（其）三〉，〈학대（虐待）〉。余光中의〈종유석（鐘乳石）〉，〈나는 무료한 사람〉，〈향수（鄉愁）〉。蓉子의〈파랑새〉，〈내 경대（鏡臺）는 고양이〉，〈늦가을 향수（鄉愁）〉。洛夫의〈영하（靈河）〉，〈연통（煙筒）〉，〈투영（投影）〉。羅門의〈맥킨리

공묘（公墓）〉，〈등옥（燈屋）〉。楊喚의〈나는 나쁜 사람〉，〈향수
（鄉愁）〉，〈여름〉，〈황혼（黃昏）〉。管管의〈과객（過客）〉，〈쪽빛
사공〉，〈태양족（太陽族）〉。商禽의〈목이 긴 사슴〉，〈소화기（消
火器）〉，〈성（醒）〉。吳望堯의〈광부（鑛夫）〉，〈사격수（射擊手）〉，
〈우울해부학（憂鬱解剖學）〉。張默의〈자색（紫色）의 둘레〉，
〈바람 속에 나는〉。楚戈의〈안개〉，〈연대（年代）〉。朱沈冬의
〈영원한 양광（陽光）〉，〈역계（域界）〉，〈네 등（燈）〉。辛鬱의
〈시간（時間）〉，〈무지개를 잡는 낭인（浪人）〉，〈목동（牧童）의
오후〉。瘂弦의〈심연（深淵）〉，〈빨간 옥수수〉。鄭愁予의〈착오
（錯誤）〉，〈향음（鄉音）〉，〈목롯집〉。梅新의〈중국의 위치〉，〈연
（蓮）〉。葉維廉의〈부격（賦格）〉，〈누종（漏鍾）〉。白萩의〈하늘〉，
〈선장인（仙人掌）〉，〈가을〉。戴天의〈나는 한 마리 새〉，〈화디
아오（花雕）〉。林煥彰의〈비둘기와 함정（陷阱）〉，〈청명（清明）〉，
〈황혼（黃昏）〉。葉珊의〈물가〉，〈노숙자（露宿者）〉，〈겨울비〉，
슝홍（형虹）의〈나는 그대 곁으로〉，〈스케이터〉。王潤華의〈좁은
문〉，〈천벌（天伐）（其一）〉。羅青의〈꿈의 연습（練習）〉，〈수박의
철학（哲學）〉，〈찻잔（茶盞）의 정리（定理）（其一）〉等。

綜上所述，韓國從1970年代中期開始正式翻譯和介紹臺灣現代詩，而中國當代詩人的作品在當時還沒有被翻譯，直到1980、1990年代以後，中國當代詩人的作品才開始被翻譯。

較為正式介紹臺灣文學的學者可以說是韓國外國語大學的許世旭教授。許世旭教授畢業於韓國外國語大學中國語系，在國立臺灣師範大學文學攻讀碩士和博士，並於1968年獲得了文學博士學位。回國之後，在韓國外國語大學和高麗大學任教，為中國文學的研究和交流做出了巨大的貢獻。特別是他與韓國、中國、臺灣、香港、新加坡、東南亞國家等眾多詩人交流，親自創作中文詩作，是華文文學創作的良好典範。他在韓國外國語大學教中國文學期間，親自翻譯現代詩，出版了與臺灣現代詩人的交流和研究成果。1970年

起，許教授在各類報紙和雜誌上發表文章，這些文章於1982年彙編成《中國現代文學論》，並由文學藝術出版社出版。書中收錄了幾篇關於臺灣文學和臺灣詩的論文，如〈自由中國的現代文學特質論——以1950、1960年代為中心〉（1972年）、〈紀弦——抒情的現代旗手〉（1974年）、〈鍾鼎文——憂國之行吟者〉（1972年）、〈趙滋蕃——浪人們的證言者〉（1978年）、〈白先勇——舊大陸和新大陸之間的走者〉（1978年）、〈周夢蝶——矜持的「獨孤國」〉（1976年）、〈陳若曦——追求祖國與自由的人〉（1979年）等。許世旭教授在臺灣留學期間，不僅用中文創作詩歌，還與臺灣詩人密切交流，對臺臺灣詩壇可謂十分了解。他對臺灣詩人及其作品的介紹，為韓國讀者了解臺灣文學提供了的契機。

此外，許教授於1992年在明文堂出版社出版了《中國現代詩研究》。該書系統地研究了中國現代詩，對中國現代詩人及其作品世界進行了詳盡的考察。第一部分對現代詩歌史進行了研究，根據時代對詩歌流派作了分類，分為大陸新詩、湖畔派、象徵派、新月派、現代派、中國抗戰詩、七月派、九葉派、臺灣詩30年、創世紀派、中國地下詩、今川派、第三代、反體制政治抒情詩等。第二部分作了比較研究，如中國分裂以來兩岸詩的比較，韓中早期新詩的比較研究等。進行第三部分對詩人進行了研究，如郭沫若、徐志摩、聞一多、朱湘、卞之琳、艾青、北島等中國當代詩人，還有〈檳榔樹的詩人——紀弦〉、〈鍾鼎文的《雨季》——憂國之行吟者〉、〈周夢蝶——矜持的『孤獨國』〉等臺灣詩人的詩作。此外，他的《新詩論》一書還在臺灣三民書局出版。這本書是用中文寫的，分析了中國現代詩人的作品世界，研究了現代詩論。這本書後來被外大研究生院中文系當做教材，為後學們提供了很多關於大陸和臺灣現代詩的資訊。

此外，還有韓國外國語大學教授、畢業於國立臺灣師範大學的博士柳晟俊老師的《中國現代詩與詩人》（新雅社，2007年）。在這本書中，柳晟俊教授不僅對聞一多文學思想、朱湘的詩歌和繪畫藝術、艾青詩歌的純潔性與生動感、海子的死亡葛藤和詩歌的烏托邦意識等進行了研究，還對臺灣詩壇的5位詩人及其詩歌的獨有性進行了考察。在研究臺灣詩的時候，對60年代的

超現實意識、70年代的龍族精神、80年代的現實為主、90年代的自我發現等進行了闡述，並介紹了蘇紹連、簡政珍、向陽、苦苓、劉克襄等的詩歌世界。在臺灣現代詩歌翻譯和研究非常不足的情況下，柳教授的介紹和研究是非常有價值的。

在臺灣詩的引進和形成時期，儘管研究者不多，但同時研究中國和臺灣現代文學、留學臺灣體驗臺灣社會和文化現實的學者發揮了重要的作用。他們在研究中國古典文學的同時，也研究中國和臺灣的現代文學，在詩歌研究方面取得了卓越的成績。他們在韓國外國語大學教授後學，培養了很多研究中國和臺灣現代文學的學者，這一點也值得高度評價。

四　發展期：2000年代以後臺灣現代詩在韓國的譯介情況

在許世旭、金時俊等第一代教授的努力下，各種國際學術大會得以召開，中國現代文學的相關研究也由此展開，而臺灣現代文學也是在他們的推動下得到了介紹和研究。1992年韓中建交之後，臺灣文學繼續被翻譯和介紹，並不斷被研究。但是，很多研究者把留學目的地由臺灣轉到了中國。去臺灣留學的人逐漸減少，而到中國北京大學、清華大學、南京大學、復旦大學留學的人越來越多。尤其是中國現代文學研究以大陸文學為主展開，對臺灣文學的關注相對減少。即便如此，21世紀以後，臺灣現代文學仍舊在韓國得到了介紹、翻譯和研究，主要研究者有周幸嬉、金泰成、金尚浩、金良守、李淑娟、宋承錫、金順珍、林大根、黃善美等。其中，小說方面取得了顯著成果的是周幸嬉、金良守、李淑娟、金順珍等，詩歌方面則是金泰成、金尚浩、尹銀廷與筆者等學者。

2000年前後，金夏林和尹銀廷對臺灣詩歌進行了介紹和研究。朝鮮大學的金河林教授在德溪（號）許世旭教授還曆紀念論文集——《中國現代詩與詩論》（1994）中發表了〈臺灣現代詩中出現的鄉愁意識的一斷面〉。這篇論文分為「紀弦，現實否定的歸巢意識」、「余光中，對立的世界及其意味認

識」、「吳明興，鄉愁和否定」、「自我和世界認識的三個側面和歸巢意識的鄉愁」等四個部分，分析了臺灣現代詩人的鄉愁意識。韓國外國語大學的研究者尹銀廷曾寫過有關戴望舒的論文，獲得碩士學位後開始從事研究活動，並有3篇關於臺灣詩歌的論文，如〈余光中詩中的中國意識〉（《中國學研究》，34輯，大陸學研究會，2005）、〈在臺灣中國人的詩文學中的文化認同感——1950-60年代以鄉愁詩言為中心〉（《世界文學比較研究》，18輯，世界文學比較學會，2007）、〈論余光中在美詩作的文化歸屬〉（《韓中言語文化研究》，16輯，韓國中國言語文化研究會，2008）等。尹銀廷曾寫過一篇關於余光中的詩，還對余光中的鄉愁詩進行了翻譯和研究。

正式研究並翻譯臺灣文學和臺灣詩的是金泰成和金尚浩兩位教授。文學研究者兼中國文學翻譯家金泰成教授於2011年憑藉學位論文《臺灣文學的脫殖民・後現代論爭：1987年戒嚴解除以後為中心》獲得了韓國外國語大學的博士學位。儘管博士學位取得得比較晚，但金教授對中國文學的研究早在1980年代便開始了，不僅如此，他還翻譯了多部中國文學作品，成為了韓國最優秀的翻譯家。他翻譯了林煥彰和羅青等詩人的詩集，還翻譯了大量的臺灣現代詩。1986年，金泰成教授翻譯出版了《林煥彰詩選》，1997年，金教授在漢聲文化研究所翻譯出版了林煥彰的《孤獨的時刻（Lonely Moments）》等作品集。此後，還翻譯出版了羅青的詩集《吃西瓜的六種方法：臺灣後現代主義詩人羅青的詩和詩論》（首爾，實踐文學社，2000年）。特別值得一提的是，在詩歌專門報紙《詩評》，金教授和筆者、臺灣的顏艾琳、林煥彰等一起擔任外國文學企劃委員，翻譯並介紹了臺灣現代詩。如在2012年秋季號《詩評》（第49號）中，翻譯介紹了臺灣女詩人隱匿的〈충분한 죽음〉、〈불면전투부대〉、〈시 쓰는 사람의 과제〉和紫鵑的〈아침〉、〈달콤한 순간〉、〈목면꽃〉、〈만남〉等作品。這本《詩評》雜誌翻譯介紹了韓國、中國、臺灣、香港、新加坡等國家和地區的著名詩人及其作品，為東亞地區的詩人和詩歌交流做出了巨大貢獻。

此外，韓國外國語大學碩士研究生鄭美華發表了題為《臺灣林煥彰詩研究》（韓國外國語大學碩士學位論文，2011.8）的論文。鄭美華在文中研究

了林煥彰的詩歌世界，分析了林煥彰的生平和詩論、林煥彰詩的內容特徵、林煥彰詩的修辭特徵等。詩人林煥彰在韓國發表了〈藝術的兒童文學和大眾化的兒童文學〉（韓國兒童文學研究，7號，1997年）和〈21世紀臺灣兒童文學〉（韓國兒童文學學會學術大會，1990年）兩篇論文。另外，筆者也在《泰國華文小詩的想象力研究》（《中國研究》，韓國外語大學中國研究所，68輯，2016）中，對泰國華文創作集團「小詩磨坊」的小詩的想象力進行了研究，還介紹了與泰國華文詩人進行交流的臺灣詩人林煥彰和泰國詩人博夫的小詩世界，在文學雜誌《亞細亞文藝》（2016年秋季號）中介紹了他們的作品。

　　第二位要介紹的研究者是臺灣修平科技大學的教授金尚浩。自許世旭老師之後，在臺灣詩歌方面，金尚浩教授可以說是從事臺灣詩文學研究最多的學者。他居住在臺灣，從事臺灣現代詩研究，並翻譯成韓文出版臺灣現代詩人的詩集。自2008年起，金教授開始從事臺灣詩歌、小說文學研究，發表了研究余光中、楊逵（小說）、巫永福、鄭清文（小說）、賴和（小說）、商禽、周夢蝶、鍾肇政（小說）、路寒袖、柏楊、杜國清等臺灣詩歌和臺灣小說的論文，其臺灣詩歌研究目錄如下。

金尚浩，〈論余光中《夢與地理》裡所呈現的現實意識及其界限〉，《韓中言語文化研究》，16輯，韓國中國言語文化研究會，2008。

金尚浩，〈楊逵與張赫宙普羅小說之比較研究〉，《中國現代文學》，30輯，韓國中國現代文學學會，2004。

金尚浩，〈戰後現代詩人的臺灣想像與現實〉，《中國現代文學》，34輯，韓國中國現代文學學會，2005。

金尚浩，〈論巫永福的詩：從祖國意識談起〉，《中國現代文學》，38輯，韓國中國現代文學學會，2006。

金尚浩，〈論鄭清文小說裡的悲劇性〉，11輯，《東亞人文學》，東亞人文學會，2007。

金尚浩，〈賴和與朝鮮「詩僧」韓龍雲民族意識新詩之比較研究〉，13輯，《東亞人文學》，東亞人文學會，2008。

金尚浩，〈想像的美學：新詩呈現的民間故事意象〉，16輯，《東亞人文學》，東亞人文學會，2009。

金尚浩，〈存在和時空的意象：論商禽50、60年代超現實主義的詩〉，《韓中言語文化研究》，24輯，韓國中國言語文化研究會，2010。

金尚浩，〈孤獨與想像的美學——論周夢蝶的詩集《孤獨國》〉，20輯，《東亞人文學》，東亞人文學會，2011。

金尚浩，〈苦楚中的默示錄：柏楊詩的受難記〉，《韓中言語文化研究》，31輯，韓國中國言語文化研究會，2013。

金尚浩，〈臺灣文學韓文翻譯與臺灣研究在韓國〉，30輯，《東亞人文學》，東亞人文學會，2015。

金尚浩，〈韓國人眼中的鍾肇政小說——以韓譯作品《沈淪》、《魯冰花》、〈白翎鷥之歌〉為中心〉，33輯，《東亞人文學》，東亞人文學會，2015。

金尚浩，〈觀照的歲月與深情的婉約——路寒袖詩所呈現的孤獨的自我〉，41輯，《東亞人文學》，東亞人文學會，2017。

金尚浩，〈互補而非對立的兩個世界——從杜國清的愛情與譏諷詩談起〉，51輯，《東亞人文學》，東亞人文學會，2020。

　　金尚浩的臺灣詩和臺灣小說研究從2008年開始一直持續到了2020年，在韓國發表的研究論文約有14篇。如果加上在臺灣發表的論文，估計還有更多的研究成果。除了對臺灣詩和臺灣小說的研究外，他還翻譯了很多臺灣詩和臺灣小說，特別是詩歌方面，有趙天儀、李魁賢、吳晟、賴欣、方明、杜國清、莫渝、鄭烱明、黃騰輝、李敏勇、余光中、白萩、巫永福、陳黎等14部詩集，分別在韓國的바움커뮤니케이션（Bäum communications）出版社、草葉文學社、黃金卵出版社出版，具體目錄如下。

番號	書名	著者	出版社	年度	備考
1	나의 조국（我的祖國）	巫永福	푸른사상（青思想）	2006	
2	타이완을 위한 기도（為臺灣祈禱）	趙天儀	풀잎문학사（草葉文學社）	2007	
3	편지없는 세월（歲月無言）	方　明	Bäum communications	2009	
4	삼중주（三重奏）	鄭烱明	Bäum communications	2010	
5	아! 중국이여! 타이완이여！（啊！中國呀，臺灣呀！）	余光中	Bäum communications	2011	
6	자백서（自白書）	李敏勇	Bäum communications	2012	
7	해안에 부딪치는 천 번의 파도（千濤拍岸）	莫　渝	Bäum communications	2012	
8	겨울날의 세월（冬日歲月）	黃騰輝	Bäum communications	2012	
9	흩어진 낙엽（散去落葉）	白　萩	Bäum communications	2012	
10	인생보고서（生平報告）	吳　晟	Bäum communications	2014	
11	노스탤지어（望鄉）	杜國清	Bäum communications	2014	
12	노을이 질 때（黃昏時刻）	李魁賢	Bäum communications	2016	
13	타이완 의사의 서약（臺灣醫生的誓言）	賴　欣	Bäum communications	2017	
14	섬나라 타이완（島／國）	陳　黎	황금알（黃金卵）	2019	

從金尚浩的研究和翻譯來看，雖然也有一些小說作品的翻譯，但主要還是集中在臺灣詩歌上。他主要翻譯介紹《笠》和《創世記》的詩人及其作品，並大量介紹臺中和臺南的詩人。他不僅親自寫詩，還曾擔任《亞細亞文藝》的編輯委員，主導韓國和臺灣的詩歌交流，並做出了巨大貢獻。從2018年春季號到2020年秋季號，他陸續翻譯和介紹了杜國清、李魁賢、陳黎、白萩、蔡秀菊、莫渝等臺灣詩人的作品。另外，他每年還與綜合文學雜誌《亞細亞文藝》的詩人和參與者一起促進臺中和臺南詩人之間的相互交流。2017年《亞細亞文藝》（通卷第47號）冬季號作為「第5屆亞細亞詩感想祝祭」特輯，翻

譯收錄了路寒袖、黃騰輝、趙天儀、岩上、賴欣、楊風等33位詩人的作品。
2018年《亞細亞文藝》（通卷51號）冬季號作為「第6屆亞細亞詩感想祝祭」
特輯，翻譯收錄了邱若山、蔡秀菊、袖子、章惠芳、江昀、苗飼、梁玉蘭等
7位詩人的作品。2019年《亞細亞文藝》（通卷55號）冬季號作為「第7屆亞
細亞詩感想祝祭」特輯，翻譯收錄了17位臺灣詩人和一位日本詩人的詩歌作
品，如邱若山、永井（日本）、賴欣、李益美、鄭烔明、謝安通、周淑慧、
鄭明彰、畢修、蔡秀菊、吳櫻、蔡榮勇、江昀、章惠芳、葉宣哲、袖子、柯
七、瑀璇等。可見，與臺灣詩人進行交流，翻譯和研究臺灣詩，這些工作具
有重大意義，為韓國讀者提供了一個了解臺灣文學的窗口。

　　筆者從2012年到2020年擔任《亞細亞文藝》的編輯委員，翻譯和介紹了
中國和臺灣、香港、澳門、新加坡、馬來西亞、泰國、美國、加拿大、比利
時等華人詩人的作品。如中國女性詩人傅天琳和藍藍、沈從文、芒克、比利
時華文詩人章平、廣東的清遠詩社、新加坡的詩人林得楠、佟暖、淡瑩、吳
小芬、王潤華、馬來西亞詩人劉思、澳門詩人汪浩瀚、江思揚、韓牧、陶
里、懿靈、雲力、高戈、東南亞汶萊（Brunei）華人詩選等。同時，筆者還
對詩人及其作品進行了研究。除中國現當代詩和詩人之外，還研究華人華
文詩，主要研究東南亞外美洲華人華文詩。在這些研究中，從超越民族和國
家的全球角度考察詩歌，對多種華文詩歌、華文文學和離散文學作了介紹。

　　此外，2005年梨花女子大學出版部出版了一部由李鍾振、鄭聖恩、李庚
夏等翻譯的《中國現代愛情詩選集》。作品中收錄的詩作由1920年代愛情詩的
誕生和發展、20世紀30年代愛情詩的成熟、20世紀40年代以後愛情詩的停滯
和復興、臺灣的愛情詩等組成。特別是臺灣愛情詩部分，收錄了臺灣詩人紀
弦的〈你的名字〉、余光中的〈祈禱〉和〈等你，在雨中〉、洛夫的〈石榴
樹〉、鄭愁予的〈相思〉、席慕蓉的〈一棵開花的樹〉、樊忠慰的〈我愛你〉等
作品。這種對抒情和愛情詩的探索可以說是追求詩的本質和美學的重要問題。
另外，高贊敬於2005年憑藉《顧城前期詩研究》獲得東亞大學碩士學位，在
2011年翻譯出版了臺灣代表詩人葉維廉的《葉維廉詩選》（知製知出版）。

五　今後東亞現代詩歌的研究、交流和發展

　　2010年以後，臺灣文學在韓國的翻譯、介紹和研究在詩歌和小說方面有了很大的發展。這使中國文學研究變得多元，不僅關注中國現代文學，也關注中國當代文學，並在中國小說和電影研究上有了較大的發展。與此同時，臺灣、香港也備受關注，就連被稱為世界華人華文文學的東南亞、美國、加拿大等地的華僑文學、新移民文學、離散（diaspora）文學等也開始受到廣泛的關注和翻譯。這意味著東亞文學超越國家、民族、地區，從全球化的角度出發，對超越民族、地區、性別的新文化認同展開了研究。因此，今後應該探索東亞文學的發展可能性，探索韓國和臺灣進行現代詩交流的新的可能性。

　　從2010年到2020年臺灣文學在韓國的翻譯、介紹和研究中可以看出，臺灣文學的發展非常多樣化。不僅出版了很多能夠全面理解臺灣文學的著作，從2006年韓國外國語大學朴宰雨的《從邊緣部意識到主體意識——臺灣文學與香港文學》（《中國現代文學的相遇》，韓國中國現代文學學會編，東邊）開始，陸續發表了易於理解臺灣文學的文章。此後，翻譯出版了陳萬益、莊萬壽、施懿琳、陳建忠等人的《臺灣文學大綱》（金苑譯，學古房，2007）、葉石濤的《臺灣文學史綱》（金尚浩譯，바움커뮤니케이션（Bäum communications），2013）、須文蔚主編的《文學@臺灣》（金順珍・朴南用譯，亦樂，2014）、陳芳明的《臺灣新文學史》（上）、（下）（金惠俊譯，學古房，2019）等。隨著臺灣文學相關著作的翻譯出版，為韓國研究者和讀者全面了解臺灣文學提供了參考。此外，還出版了能夠了解殖民地時期臺灣文學整體輪廓的書，如柳書琴撰寫的《殖民地文學的生態系——二種語言體制下的臺灣文學》、崔末順主編的《臺灣近代文學》（1）、（2）、（3）（張東天譯，召命出版（somyung），2013）、彭瑞金撰寫的《臺灣新文學運動40年》（金尚浩譯，Bäum communications, 2016年）、崔末順的《殖民與冷戰下的臺灣文學》（글누림（gulnurim），2019年）等。通過這些書籍，可以全面了解日本殖民地時期的臺灣文學，理解新文學時期的臺灣文學的整體性，並開啟了韓國和臺灣殖民地比較文學的可能性。

　　這些與臺灣文學相關的書籍的出版，為廣泛了解臺灣文學提供了可能。
但是，在臺灣詩的相關領域，被翻譯成多種版本並出版的研究論文仍然非常
少，值得關注的成果有全南大學嚴英旭教授和王英麗教授共同翻譯的白靈
（莊祖煌）的《세상의 멀지 않은 곳（就在距離世界不遠的地方）》（全南
大學校出版部，2015年）（白靈著，《五行詩及其手稿》，秀威資訊，2010
年）。詩人白靈是創作小詩的臺北科學技術大學的教授兼詩人，曾參加過在
全南大學舉行的國際學術研討會，與筆者討論過小詩的創作和想象力等問
題。他極富詩情畫意，從其創作的生態詩歌中不難發現這一點。此外，還有
1995年出版的席慕蓉詩集《사랑의 계절에 너를 만나（在愛情的季節遇見
你）》（金學松譯，書和夢想，1995年）。席慕蓉的愛情詩分為春夏秋冬篇，
由中國朝鮮族延邊作家協會的作家金鶴松翻譯出版。

六　結語

　　本文對臺灣詩在韓國的翻譯和研究情況進行了考察。首爾大學的金時俊
教授在1992年發表的《臺灣現代文學概況與研究意義》中提出了看待臺灣文
學的觀點。他在結論中表示：「對臺灣文學的研究應該採取什麼基本觀點，
這個問題只能依靠觀察者和研究者的個人看法。臺灣現代文學作為東亞文學
的組成部分，它與中國文學的發展脈絡不同，這一事實值得關注。」這一觀
點直到今天仍然有效。

　　什麼是臺灣文學？臺灣文學是指所有發生在臺灣地區的創作文學。無論
是臺灣人，還是生活在臺灣的外國人，甚至包括生活在臺灣後移居到外國的
華人作家。因此，在考察今天的臺灣文學和臺灣詩時，需要有幾個觀點。筆
者將其分為地方文學、邊緣文學、女性文學和生態文學。

　　第一，通過文學地理學觀點重新發現地方文學。最近關於文學的空間和
場所的思考越來越多，臺灣文學也需要在空間和場所問題上進行重新思考。
在過去日本殖民地時期的抵抗和同化文學、反共文學和現代主義文學、鄉土
文學和現實主義文學等潮流中，大部分文學是以臺北為中心展開的。但是，

由於中央文壇的屬性權力和資本，以及各種文學雜誌和報紙的發行等相互關聯，地方文學相對停滯。隨著全球資本主義文化和網絡文化的發展，中央和地方、中心和周邊相互解體，地方和周邊開始尋找新文學的可能性。韓國的情況也跟臺灣差不多，2020年下半年，《作家》（韓國作家會議出版）以「地域的新文學」為特輯，分析「從外部看到的濟州文學」。這種文學認識的基礎是地方文學的存在理由，即作為生活具體場所的地區和具體生活體驗的形象化。藉著濟州島相關歷史和文化以及神話般的想象力，共同體和家族史的獨特文化與自然混合，重新誕生了新的想象力的空間和場所。2000年代以後，地方文學作為韓國文學中除首爾以外的文學空間得到大幅發展，並創刊了濟州文學、全羅文學、慶尚文學、忠清文學、江原文學等各種文藝雜誌，為作家們提供了發表空間。例如，濟州文學的《濟州文學》、全羅文學的《詩與人》、慶尚文學的《詩與反詩》、忠清文學的《시에（詩，Si-e）》、《忠清文學》等。通過這些地方文學雜誌的創辦和發行，給廣大作家提供了發表作品的空間。因此，作家們將各地的自然和歷史、文化綜合地形象化，創造出獨特的審美空間。與此相同，臺灣文學也應該重新認識地方文學的重要性，同時進一步探索臺中、臺南、臺東、屏東地區的文學可能性。這是試圖對過去殖民地時期的作家、作品以及各種文藝雜誌進行重新評價，重新認識近代化以後的臺灣文學的認同，展望新未來的文學可能性。這將成為探索地方的獨特自然景觀和人文景觀相結合，混合表現自然、歷史、文化的特色文學。

第二，作為邊緣文學的原住民（族）文學的再認識。中國除漢族以外，還有55個少數民族，中國邊緣地區大多數保留著少數民族和少數民族文化。筆者研究過中國藏族的阿來、彝族的吉狄馬加、雲南的詩人于堅、雷平陽、海男等，翻譯過中國少數民族的詩，對邊緣文學和文化的認同進行過考察。同時，對臺灣原住民族文學也十分感興趣。因此，研究了臺灣原住民文學作家中的瓦歷斯・諾幹、莫那能、董恕明等，又研究了臺灣原住民詩歌中的族群想象和認同，如〈臺灣原住民詩歌中的族群想象和認同感研究〉（《世界文學比較研究》，62輯，世界文學比較學會，2017）和〈瓦歷斯・諾幹《想念

族人》中出現的種族想象和原住民認同感〉（《中國人文科學》，69輯，中國人文學會，2018）等。在韓國，像這樣研究臺灣原住民文學的還有全北大學的李淑娟教授，相關論文大約有十五篇，對「跨語言，跨文學的對話」、「原住民女性作家的敘述策略與書寫主題」、「臺灣原住民知識分子的文化建構策略」、「夏曼·藍波安的書寫」、「原住民的靈性傳統與敘事美學」、「作為鏡像的原住民」等問題進行了探討。這些針對原住民文學的研究是很有先導性的，開闢了在韓國根本不受關注的文學領域，提供了重要的研究資料。2016年2月，韓國外國語大學的韓國、臺灣、香港、海外華文文化研究會舉辦了「大陸少數民族文學與臺灣原住民文學：探索與互動」國際學術研討會。參加者大致如下：朴宰雨（韓國外大，韓國臺灣香港海外華文研究會會長），徐希平（西南民族大學），李癸雲（臺灣清華大學臺文研究所所長），范銘如（臺灣政治大學臺文所所長），王敏（中國新疆大學），彭超（中國西南民族大學），涂鴻（中國西南民族大學），李瑛（中國雲南民族大學），蔡佩含（臺灣政治大學），蕭怡姍（臺灣政治大學），蔡佩家（臺灣清華大學）……等（16位、16篇論文發表）。筆者發表了〈臺灣原住民文學的族群想像和女性書寫——以利格拉樂·阿𡠄的《祖靈遺忘的孩子》為中心〉。由此可見，韓國也越來越關注中國少數民族和臺灣原住民文學，並舉辦國際學術研討會，促進對該領域的關注和研究。可惜的是，相關研究至今還未有進展。因此，今後東亞地區的研究者應該聚在一起討論少數民族或原住民文學，研究地方文學的發展可能性。

第三，要積極開展對地方文學中的環境、生態、女性、離散文學的交流和研究。研究地方文學，與對迄今為止未被重視的環境、生態、女性、離散文學的關心自然相關，也是因東亞社會受資本主義化、產業化、城市化等影響而產生的問題。進入21世紀後，東亞社會內部環境、生態以及女性的問題仍然非常重要。在資本主義社會，社會厭惡、歧視、排斥現象蔓延，人性逐漸喪失的社會現象頻繁發生。因此，應該通過地方文學告發並批判這些社會問題，尋找新的文學發展可能性。而且還要包容在政治壓迫和差別待遇下，超越民族和國家，漂泊在世界各地的東亞地區離散者的文學。在這種情況

下，東亞文學的新發展可能性將會進一步擴大。

　　本文對東亞地區地方文學的翻譯和介紹、交流和研究情況進行了考察。東亞地區在政治、經濟上具有舉足輕重的地位，對世界政治、經濟、文化的影響也很大。因此，東亞地區的和平與穩定是非常重要的問題。在這種社會現實下，韓國和臺灣的詩文學交流和研究非常重要。為了克服東亞殖民地經驗、走向未來和平的文學，韓國和臺灣的詩文學交流和研究是非常必要的。雙方應該對地方文學、邊緣文學、原住民文學、少數文學、女性文學、環境生態文學、離散文學等進行比較研究。為此，希望超越東亞地區的民族和國家，聚集更多研究者，一起解決東亞文學中存在的多種文學課題。

參考文獻

金尚浩：〈孤獨與想像的美學──論周夢蝶的詩集《孤獨國》〉，《東亞人文學》20輯，東亞人文學會，2011。

金尚浩：〈苦楚中的默示錄：柏楊詩的受難記〉，《韓中言語文化研究》31輯，韓國中國言語文化研究會，2013。

金尚浩：〈觀照的歲月與深情的婉約──路寒袖詩所呈現的孤獨的自我〉，《東亞人文學》41輯，東亞人文學會，2017。

金尚浩：〈臺灣文學韓文翻譯與臺灣研究在韓國〉，《東亞人文學》30輯，東亞人文學會，2015。

金尚浩：〈論巫永福的詩：從祖國意識談起〉，《中國現代文學》38輯，韓國中國現代文學學會，2006。

金尚浩：〈論余光中《夢與地理》裡所呈現的現實意識及其界限〉，《韓中言語文化研究》16輯，韓國中國言語文化研究會，2008。

金尚浩：〈論鄭清文小說裡的悲劇性〉，《東亞人文學》11輯，東亞人文學會，2007。

金尚浩：〈賴和與朝鮮「詩僧」韓龍雲民族意識新詩之比較研究〉，《東亞人文學》13輯，東亞人文學會，2008。

金尚浩：〈想像的美學：新詩呈現的民間故事意象〉，《東亞人文學》16輯，東亞人文學會，2009。

金尚浩：〈楊逵與張赫宙普羅小說之比較研究〉，《中國現代文學》30輯，韓國中國現代文學學會，2004。

金尚浩：〈戰後現代詩人的台灣想像與現實〉，《中國現代文學》34輯，韓國中國現代文學學會，2005。

金尚浩：〈存在和時空的意象：論商禽50、60年代超現實主義的詩〉，《韓中言語文化研究》24輯，韓國中國言語文化研究會，2010。

金尚浩：〈韓國人眼中的鍾肇政小說──以韓譯作品《沈淪》、《魯冰花》、

〈白翎鷥之歌〉為中心〉,《東亞人文學》33輯,東亞人文學會,
2015。

金尚浩:〈互補而非對立的兩個世界──從杜國清的愛情與譏諷詩談起〉,
《東亞人文學》51輯,東亞人文學會,2020。

金時俊:〈臺灣現代文學的歷史與動向〉,《中國現代文學》第7號,韓國中國
現代文學學會,1992。

柳書琴,宋承石譯:《殖民地文學的生態系──二種語言體制下的臺灣文
學》,亦樂,2012。

柳晟俊:《半世紀臺灣詩文學的潮流》,圖書出版　가온(gaon),2007。

柳晟俊:《中國現代詩和詩人》,首爾:新雅社,2007。

林大根:〈臺灣文學研究在韓國──主體位置的設定與克服臺灣內部矛盾的
可能性〉,《中國現代文學》第73號,韓國中國現代文學學會,
2015。

朴南用:〈瓦歷斯・諾幹《想念族人》中出現的種族想象和原住民認同感〉,
《中國人文科學》69輯,中國人文學會,2018。

朴南用:〈中國現代詩的接收和翻飜譯〉,《中國學報》56輯,韓國中國學會
2007。

朴南用:〈幾米作品中的都市認識和想像力研究〉,《世界文學比較研究》41
輯,世界文學比較學會,2012。

朴南用:〈臺灣原住民詩歌中的族群想象和認同感研究〉,《世界文學比較研
究》62卷,世界文學比較學會,2017。

朴南用:〈香港梁秉鈞詩歌中的都市文化和香港認同〉,《外國文學研究》34
輯,韓國外國語大學校外國文學研究所,2009。

朴宰雨:〈韓國的臺灣文學研究的歷史與特點〉,《中國現代文學》第32號,
韓國中國現代文學學會,2005。

白　靈(莊祖煌)著,嚴英旭、王英麗譯:《就在距離世界不遠的地方》,全
南大學校出版部,2015。

席慕蓉著,金學松譯:《在愛的季節遇見你》,首爾:冊和夢想出版社,
1995。

須文蔚主編，金順真、朴南用譯：《文學@臺灣》，首爾：亦樂出版社，
　　　2014。

艾　青著，許世旭譯：《現代代表詩人選集》，首爾：中央日報社，1989。

葉石濤著，金尚浩譯：《臺灣文學史》，Bäum communications，2013。

葉維廉著，高贊敬譯：《葉維廉詩選》，首爾：지식을 만드는 지식（知製
　　　知），2011。

尹永春：《現代中國文學史》，首爾：瑞文堂，1974。

夏曼・藍波安著，李珠魯譯：《冷海情探》，首爾：語文學社，2013。

林大根、陳國偉編：《臺灣文學》，首爾：韓國外國語大學・知識出版院，
　　　2017。

陳萬益、莊萬壽、施懿琳、陳建忠等著，金苑譯：《臺灣文學大綱》，首爾：
　　　學古房，2007。

陳芳明著，張東天譯，崔末順主編：《臺灣近代文學》（3冊），首爾：召命出
　　　版，2013。

陳芳明著，金惠俊譯：《臺灣新文學史》（上）、（下），首爾：學古房，
　　　2019。

崔末順：《殖民與冷戰下的臺灣文學》，글누림（gulnurim），2019。

彭瑞金著，金尚浩譯：《臺灣新文學運動40年》，Bäum communications，
　　　2016。

韓國作家會議：《作家》，下半期77號，首爾：韓國作家會議出版，2020。

許世旭：《中國現代詩選》，首爾：乙酉文化社，1976。

許世旭：《中國現代詩研究》，首爾：明文堂，1992。

戰後初期（1945-1970）
屏東兒童文學史芻議

楊政源*

摘　要

　　兒童文學是十分特殊的文體，雖是「文學」，但在許多文學史中並不論及。本文為國立屏東大學《屏東文學史・屏東兒童文學史》之一部，因篇幅之故，僅及戰後初期，未得兼顧其他。《屏東文學史・屏東兒童文學史》初步將屏東兒童文學史粗分為日治以前、日治時期、戰後初期、戰後第二期、戰後第三期等，而囿於計畫，全文不逾25,000字，故需刪汰許多次要史料、文獻。為此之故，本文以戰後初期為限，將計畫中囿於字數限制而刪汰的史料、文獻擇要呈現。[1]

　　本文重點在於彼時屏東（甚至臺灣）地區最重要的國小校刊《幼苗》以及黃基博早期的兒童文學創作與兒童文學教育──前者以童話為主，後者主要表現在仙吉國小校刊。此外，還有同時期幾位屏東地區重要的兒童文學推手介紹。

關鍵詞： 屏東兒童文學、兒童文學、屏東文學、黃基博、仙吉國小

---

* 慈惠醫護管理專科學校講師。

[1] 筆者有關屏東兒童文學史的第一篇細部辨正為〈屏東兒童文學史的兩個節點──《幼苗》與「屏東縣兒童語文研究會」的介紹與分析〉，草稿發表於「2020年第一屆屏東學學術研討會暨第十六屆南臺灣社會發展學術研討會：地方議題與跨領域對話」（屏東：國立屏東大學人文社會學院，2020.12.04-05）。

一　前言

　　兒童文學是十分特別的次文類，它與一般成年人的文學一樣，也包含了小說、詩歌、散文、戲劇等各種文類，但又與之不同。從詞語結構而言，兒童文學包括「兒童」與「文學」這兩個不容易界義的字詞。「文學」暫且不論，「兒童」的定義，就我國《兒童及少年福利與權益保障法》而言，是指「未滿十二歲之人」[2]，但衡諸洪文瓊、邱各容與林文寶等人所著之《臺灣兒童文學史》，又納入適合12-18歲閱讀的「少年文學」。[3]職是，在進入正文之前，我們需先為本文討論的範疇進行說明。本文採用林文寶的界定再配合《兒童及少年福利與權益保障法》，將「兒童文學」略分成兩個層次：幼兒文學（3-5歲／幼兒園）、童年文學（6-12歲／小學）。[4]亦即，本文所述之兒童文學，是指專為3-12歲間兒童所閱讀而創作的文學作品。

　　續前，我們又可概分兩類：一是成人作家，專為兒童閱讀而創作的文學作品；二是兒童所創作的文學作品。前者的優勢為文字掌握度高、結構縝密而內容較厚實，但其優點也可能轉化為缺點，例如文字使用過於成熟而缺乏童趣，太過注重邏輯而少了天馬行空的想像力；反之，後者的缺點也許是文字掌握度不足，但同時卻可從不合文法的文字中透顯出童趣。

2　見《兒童及少年福利與權益保障法》第2條，取自全國法規資料庫：〈https://law.moj.gov.tw/LawClass/LawAll.aspx?pcode=D0050001〉，檢索時間：2019.07.09。

3　參見洪文瓊：《臺灣兒童文學史》（臺北：傳文，1994）、邱各容：《臺灣兒童文學史》（臺北：五南，2005）與林文寶、邱各容合著：《臺灣兒童文學史》（臺北：萬卷樓，2018）等。

4　林文寶：〈說說兒童文學〉（收入程鵬升編：《純真童心》，臺南：國立臺灣文學館，2016.05，頁12-14）一文，將兒童文學分成五期，除了正文所列兩期，還包括嬰兒文學（0-2歲／托嬰）、少年文學（13-15歲／國中）、青少年文學（16-18歲／高中）。依林氏的分期除了過於瑣碎，例如（1）在0-2歲進入符號系統之前，是否適用「文學」，或說，2歲之前的「文學」（口語文學，如歌謠、口述故事等）和嚴謹定義文學間的差異；以及（2）13-15歲與16-18歲之間適合的文學是否有明顯差異外，又，目前國內普遍對「少年」、「青少年」與「青年」的使用，定義仍有許多分歧。為了避免節外生枝，本文即採用到12歲的童年文學為止。

本文為國立屏東大學「屏東文學史編纂計畫」之「屏東兒童文學史」初
稿之一部，聚焦於戰後初期。以政權轉換為文學分期其來有自，諸多文學史
概以此為分期所據，而臺灣在戰前／戰後之政權又有民族、文化、語言……
之不同，形成涇渭迴異的文學特色更是難免。是以，筆者於撰寫「屏東兒童
文學史」時，自然將戰前／戰後裁分為兩個階段。

而本文以黃基博開始指導學童創作童詩，發表成果之前結束。蓋在此
前，臺灣教育界、兒童文學界普遍不認為兒童能夠寫詩，兒童即使有創作的
能力，也僅止於散文、童話。黃基博在1960年代後期嘗試於仙吉國小內推動
童詩創作教學，終於在1971年06月出版的校刊《作文的樹》第十四期中首次
刊載該校學童六年級蔡雅麗等創作的九首童詩，代表屏東／臺灣兒童文學發
展進入另一里程碑，本文遂以1970年做為戰後初期的句點。

二 屏東兒童文學最早的刊物：《幼苗》

1945年終戰後一直到1949年國府撤遷來臺，無論是一般的文學界甚或兒
童文學界、屏東地區甚或臺灣地區，都陷入一個轉型適應的過渡階段，屏東
區域兒童文學的創作，在此時並未見表現。

目前屏東地區可見最早的一本兒童文學刊物是潮州國小校刊《幼苗》。
徐守濤說《幼苗》月刊是屏東縣第一本兒童文學刊物，[5] 邱各容《臺灣兒童
文學史》則補充說：[6]

> 該刊不但是屏東縣最早期的兒童文學刊物，甚至較宜蘭縣羅東鎮各國
> 小聯合刊物《青苗》早五年誕生。

5　徐守濤：〈屏東縣兒童文學概況〉，收入林文寶主編：《臺灣區域兒童文學概述》（臺
　　東：國立臺東師院兒童文學研究所，1999.06），頁214。

6　邱各容：《臺灣兒童文學史》，頁227。

因此，《幼苗》也可能是臺灣地區最早的一本校園發行的兒童校刊。因為兒童文學一直以來並未受到重視，《幼苗》並未受到中央、地方各大小圖書館收錄、館藏，如前行學者岑澎維所言：[8]

> 《幼苗月刊》係屏東縣最早的兒童
> 文學刊物，發行的潮州國小，也在
> 數度人事變遷後，不見蹤影。（兒童
> 文學）史料的收集與整理，其重要
> 性與困難性由此可見。

圖一　潮州國小校刊《幼苗》創刊三週年紀念封面[7]

本文撰寫基礎為仙吉國小「兒童文藝資料室」收藏（共有第37、41、48-58等13期），及對該刊編輯之一黃基博老師[9]之訪談。

　　《幼苗》創刊於1959年10月1日，共發行一百多期。由彼時的潮州校長張啟寬擔任發行人，該校柯文仁老師負責實際編務，潮州中學莊世和老師協助美編、仙吉國小黃基博老師協助文編。雖是校刊，但事實上初期稿源主要由前述三位編輯提供，再慢慢接受全國各地讀者投稿，並設有「小作家」專欄提供國小學童發表，形成一本廣納各地稿源的「校刊」。該刊訂有價目表：零售每冊1.5元，半年六冊8元，全年十二冊14元，但據黃基博回憶，對外販售的數量十分有限，泰半還是贈閱學校學生、登稿人、校內同仁及文友。

　　柯文仁，屏東師範學校畢業，先分發至潮州國小任教，後轉任潮州國中服務。晚年篤信佛法，並編輯佛教刊物《慈訊》。

7　圖片來源：《幼苗》，屏東：幼苗月刊社，1962。

8　岑澎維：《黃基博童話研究》（臺東：國立臺東大學兒童文學研究所碩士論文，2005.01），頁3。

9　為潔文故，下文稱謂省略，未有不敬之意，請文中諸前輩寬諒！

　　莊世和，1923年出生於臺南，幼年隨父舉家遷居屏東；2020年於屏東辭世，享耆壽98歲，屏東縣當代知名藝術家，被譽為「臺灣前衛藝術先驅」、「臺灣抽象藝術的先行者」。1938年赴日學畫，1946年返臺後曾短暫北上任職，1957年起即長時任教於潮州中學，同年發起屏東地區第一個美術團體「綠舍美術研究會」，對於推動屏東縣美術風氣卓有功績。

　　以今日回顧60多年前的兒童刊物，頗能一窺彼時的社會現況與國家處境。例如第55期仙吉國校[10]六甲龔綠珉〈響應「空飄汽球慰問大陸同胞」〉[11]一文，端看題目就頗能體會當時的社會氛圍。同期臺北市中山國校四和蕭博夫的〈晚餐〉在描述家中豐盛溫馨的晚餐後，不忘帶上：

> 回想到大陸上的同胞們，如今在共匪「人民公社」的制度下，吃不飽，穿不暖，食、衣、住、行都不自由，過著人間地獄一般的生活，是多麼可憐！我們應該在蔣總統英明的領導下，早日反攻大陸，拯救在水深火熱的苦難同胞們。[12]

是彼時作文「政治正確」的標準範本。在《幼苗》中，這類充斥大人口吻的作品頗多，如：同第37期裡的〈路〉[13]以光明與黑暗的道路比喻人生道路，最後說：「我現在好像走進了黑暗的路，因我平時不用功，老師總是勉勵我求上進，但我都把它當作耳邊風了。」〈美與醜〉[14]則以村子裡兩位女孩當對比：外表美麗的女孩好吃懶做，而外表醜陋的女孩卻勤奮向上。〈星月對

10　1968年實施九年國民義務教育之前，小學正式名稱為「國民學校」，彼時社會一般簡稱「國校」，中學又分「初中」、「高中」；實施九年國民義務教育後，始改稱「國小」、「國中」和「高中」。本文行文依目前通用稱法，引文依文獻內用詞。除「國校」外，尚有「屏師」的演進。

11　仙吉國校六甲龔綠珉：〈響應「空飄汽球慰問大陸同胞」〉，《幼苗》55，1964.04，頁18。

12　中山國校四和蕭博夫：〈晚餐〉，《幼苗》55，1964.04，頁18。

13　仙吉國校六五（筆者註：原文如此，疑為「丙」之誤植）吳秀琴：〈路〉，《幼苗》37，1962.10，頁16。

14　仙吉國校六年許金霞：〈美與醜〉，《幼苗》37，1962.10，頁17。

我的鼓勵〉則描述某日星星鼓勵愛觀星的作者，於是我「從此就開始努力用功，立志做一個偉大的科學家。」[15]……等等。頗似1950年代反共戰鬥文學的翻版，也符合我們對1960年代學校作文的刻版印象。

除了這些樣版文章外，《幼苗》也不乏今日讀來仍深富童趣的佳作，簡擇一篇《幼苗》中屏東新園國校五乙陳文聰的〈看布袋戲〉，一窺彼時兒童寫作之管豹：[16]

> 今天欣賞本地大拜拜。晚上媽祖廟前的廣場，正在上演布袋戲，我和弟弟把功課做好後，便一道去瞧熱鬧。
>
> 因為布袋戲是鄉下人最愛看的戲，尤其是小孩子，所以觀眾特別多。雖然戲還沒開演，可是臺下已是人山人海，擠得水洩不通了，甚至有許許多多的野孩子，爬上了廟旁的那棵老榕樹，目不轉眼地凝視著臺上那些傀儡的巧妙動作。
>
> 戲臺旁邊，擺設著許多賣點心的小攤，不時伸長脖子向觀眾叫賣。我們兄弟倆，聽到叫賣聲，都心不由主地走近攤位，不約而同地買最愛吃的東西。
>
> 吃著，吃著，不消片刻時間，兄弟倆口袋裡的錢，已全部花個盡光，於是乾脆戲也不看了，手拉著手，大搖大擺，哼著歌兒，凱旋回家了。

啟承轉合皆符合寫作規制，而主旨雖是「看布袋戲」，最後卻是在吃完小攤子點心後，戲也不看地和弟弟手拉手回家了，十分富有童趣，就內容與技巧而言，不輸也無殊於日後的兒童創作。

幼苗月刊社除了出版屏東第一份兒童文學刊物外，也出版了許多屏東區域的兒童文學作品，是此期屏東地區最重要的兒童文學出版社，在《幼苗》月刊底頁刊有「幼苗叢刊」的廣告，除《黃基博童話》、《我教你作文》，尚

---

15 潮州國校四己劉仲萬：〈星月對我的鼓勵〉，《幼苗》37，1962.10，頁16-17。
16 屏東新園國校五乙陳文聰：〈布袋戲〉，《幼苗》37，1962.10，頁17。

有《孩子們與我》、《古今中外名人趣事》、《木馬歷險記》等；另據蘇愛琳〈兒童詩教學的拓荒者——黃基博專訪〉[17]文末整理的黃基博「著作目錄（兒童書部分）」，由幼苗月刊社出版的尚有《永遠的回憶》、《別》等；據岑澎維〈黃基博童話研究〉[18]中，另有黃基博主編的《玉梅的心》與《花神》兩書，顯見幼苗月刊社在1960年代對於屏東兒童文學出版工作的意義。

自來，論及臺灣戰後初期的兒童文學史每每不能忽略黃基博，除了黃基博本身質量均優的創作外，他在推動兒童文學教育上也成果卓著。而他本省人的身分，處在1950、1960年代臺灣兒童文學界眾多外省籍作家中，也顯得十分特殊。

三　屏東兒童文學的深耕者：黃基博

黃基博，1935年生於屏東縣潮州鎮（日治時期的高雄州潮州街），父親黃連發（1913-1944）被譽為「日治時期唯一一位專注於『兒童文化』的臺灣民俗工作者」。[19]黃基博幼時罹患小兒麻痺症，使他背稍駝，個子稍矮。1954年從屏東師範學校學校畢業後，先到琉球國小白沙分校、潮州鎮泗林國小服務，隨後於1958年進入新園鄉仙吉國小任教，以40餘年的時間將仙吉國小打造為「兒童詩的原鄉」，也把屏東推升為「出產兒童詩最多、最好的地方。」[20]黃基博遂被譽為臺灣童詩教育的開創者。

黃基博的兒童文學創作是從童話開始，其處女作〈可憐的小鳥〉發表於1954年11月《兒童日報》；兒童文學教育則起於兒童散文，應是與他的教育

17　蘇愛琳：〈兒童詩教學的拓荒者——黃基博專訪〉，收入林文寶主編：《兒童文學工作者訪問稿》（臺北：萬卷樓，2001），頁329-356。

18　岑澎維：〈黃基博童話研究〉，頁173。

19　林文寶、邱各容：《臺灣兒童文學史》，頁94。據《潮州鎮誌》（李常吉等編撰，屏東：屏東縣潮州鎮公所，1998，頁643-644）載黃連發在以蒐集記錄臺灣本島民俗資料著稱的《民俗臺灣》中，共發表18篇文章，多數與兒童文學、文化有關。

20　邱各容：《臺灣兒童文學史》，頁143。

生涯平行，但推動童詩教育是約於1960年代後半才開始的。[21]

　　黃基博自陳，[22]初始，他的興趣是繪畫，會踏入兒童文學創作的領域，有主客觀條件的推助：除了前述受同學柯文仁請託協助《幼苗》的編務，以及自己在仙吉國小校內創辦《可愛的孩子》，推動兒童文學教育外，任教之初，年紀與小朋友差距不大，下課時間常有小朋友要他說故事。而當時，坊間兒童書籍的特色是「創作較少，翻譯較多；兒童讀物較少，兒童知識讀物較多；低年級的讀物較少，高年級的讀物較多」，[23]為此，黃基博遂開始自己創作童話故事，1954年在《國語日報》發表處女作〈可憐的小鳥〉，1961年集結後出版他的第一本童話集——《黃基博童話》（屏東：幼苗月刊社），是省籍作家出版童話集的前行者。[24]

　　　　洪汛濤先生在《臺灣兒童文學》一書中提到黃基博老師的作品很有孩

---

21 參見洪文瓊主編：《兒童文學大事記要》（臺北：中華民國兒童文學學會，1991）頁39。邱各容《臺灣兒童文學年表》「黃基博開始推動童詩教學」更明確指出是1970年9月。但據林煥彰編《童詩百首》（臺北：爾雅，1983）頁2載「兒童寫詩，大概從民國五十八、五十九年間，黃基博在屏東他所服務的仙吉國小，指導學生寫詩開始。」在岑澎維〈黃基博童話研究〉中引用《我愛新園鄉》一書則提到「民國五十八學年度，新園鄉小學的老師已經開始指導兒童寫詩了。」（頁158）民國五十八學年度從1969.08.01-1970.07.31。筆者親訪黃基博，黃老師則對於何時「正式」開始童詩教育不甚了了。故本文僅以「學童創作童詩正式刊載」為本期句點，而非以黃基博開始指導學童創作童詩為句點。

22 本文有關黃基博創作史之介紹，除親與作家訪談外，也參考岑澎維〈黃基博童話研究〉。

23 邱各容：《臺灣兒童文學史》，頁40。

24 關於《黃基博童話》出版時間，包括洪文瓊主編《兒童文學大事記要》（臺北：中華民國兒童文學學會，1991）、林文寶、邱各容《臺灣兒童文學史》皆做1961年；黃王來《屏東縣藝文資源調查報告書（下）》（屏東：屏東縣政府，2000.10）、蘇愛琳〈兒童詩教學的拓荒者——黃基博專訪〉（收入林文寶主編《兒童文學工作者訪問稿》）、邱各容《臺灣兒童文學史》則題為1967年。經向黃基博再次確認，黃基博找出《黃基博童話》出版時，與母親黃林錦榮、莊世和、柯文仁的合影為證；且查《幼苗》月刊，於1963.02.01出版的41期底頁，已有刊登「幼苗叢書」《黃基博童話集（一）》售價5元的廣告，確實在1967年已出版，故應為1961年無誤。

子氣，在孩子中間通得過，受到孩子的喜愛。而黃基博老師的童話有個很大的特點：大都是寫孩子的心靈。如果童話要分門別類，黃基博老師的童話似可稱之「心理童話」。[25]

除了《黃基博童話》，黃基博還出版《玉梅的心》、《兩顆紅心》……等童話集。[26]因篇幅故，本文僅能摘錄〈玉梅的心〉一小部分為例：[27]

上課了，玉梅坐在靠窗的座位。老師正在講授社會，玉梅卻沒心上課，不知在呆想什麼。

玉梅的心跳出胸口，站在桌上，抬起頭對玉梅說：

「玉梅，我的好主人，這樣上課太苦悶了，我想出去散散步，好嗎？」

玉梅起先不答應，後來不忍心傷它，就點點頭默許了。於是玉梅的心悄悄的離開教室，來到小花園裡。

玫瑰花問它說：「玉梅的心呀！現在是上課的時間，你為什麼出來玩呢？」

「屋子裡沒有溫暖、可愛的陽光嘛！」

玉梅的心噘著嘴回答。

「你是一顆貪玩的心！」

大理花譏笑說。

25　蘇愛琳：〈兒童詩教學的拓荒者——黃基博專訪〉。

26　黃基博童話創作可參閱岑澎維〈黃基博童話研究〉。

27　黃基博：〈玉梅的心〉，收入《兩個我》（高雄：百盛文化，1999），頁1-3。

　　據黃王來《屏東縣藝文資源調查報告書（下）》中作家自己填寫的資源調查表中《玉梅的心》是1968年國語日報社出版，但實際查訪，國語日報社出版的《玉梅的心》第一版則是遲至1973年才出版。但《玉梅的心》是黃基博應國語日報社邀請，將此前發表的童話集結成冊與其他九位作家作品共同推出「兒童創作選集」，所以〈玉梅的心〉發表時間更早，筆者親訪黃基博未能取得確切時間，目前可見最早是由黃基博主編、幼苗出版社於1966.04出版的《玉梅的心》（見岑澎維：〈黃基博童話研究〉，頁175）一書，以此，仍將〈玉梅的心〉納入本期（戰後初期）。

「哼！我不跟你玩兒就是了。」

心很不高興地回答。

玫瑰花、大理花和孤挺花看到它那麼稚氣，不禁哈哈大笑起來。

牽牛花說：「玉梅的心呀！校長來了，還不趕緊跑回教室？」

心連忙跳進花叢裡躲藏起來，屏住了呼吸。

　　據黃基博自述，這則童話源於小朋友上課分了心，他問小朋友心跑去哪兒了，所產生的靈感。從節選的文字中，可以看出黃基博的童話源自於身邊的日常生活，但充滿了想像與童趣，即使數十年後的今日，小讀者的接受度仍很高。

　　黃基博的兒童文學教育可從其任教的仙吉國小校刊一窺端倪。

　　黃基博在調任仙吉國小不久，除協助柯文仁編輯《幼苗》月刊外，同年（1959）10月25日也創辦《可愛的孩子》，也就是仙吉國小校刊的濫觴。據岑澎維整理，仙吉國小校刊約莫有下述幾段時期：[28]

（一）《可愛的孩子》（1959）：共三期。八開單張報紙型，內容以學校新
　　　聞、兒童作文、書信、師長的話為主。

（二）《仙吉校刊》（1960）：共七期。型制與內容與《可愛的孩子》相
　　　同。

（三）《仙吉之聲》（1962）：共兩期。教務主任黃昌臨更名之。

（四）《新園兒童》（1962）：共七期。屏東縣新園鄉內五所國小聯合校
　　　刊，三十二開本，五十頁左右。

（五）《作文的樹》（1964-1972）：共15期。脫離與鄉內小學聯合關係，成
　　　為第一本單行本的校刊。三十二開本，一百頁左右，彩色封面，內
　　　文全部注音，美觀大方。[29]

---

28 岑澎維：〈黃基博童話研究‧黃基博主編仙吉國小校刊表〉，頁173-175。

29 該表於《新園兒童》與《作文的樹》之間尚列有《永遠的回憶》（1962）、《別》

（六）《仙吉兒童》（1977-1981）：共八期，唯期別延續《作文的樹》。有
　　　幾位老師認為《作文的樹》太玄奧，建議更刊名。

（七）《仙吉兒童文學》（1981）：共六期，唯期別延續《仙吉兒童》。自民
　　　國七十一年七月起，改以專集編印成書，每期的書名都不同。

（八）《仙吉國小特色》（1984、1985）：共兩期。

（九）自1985年後，以專集編印，唯不再標注校刊名稱，迄至2001年共
　　　發行32冊。

　　從1959年到2001年，四十多年幾經更迭，可以想見此中必有許多不足為外人道的甘苦味，而黃基博仍能堅持編輯、出版，足見他對兒童文學教育的誠衷。[30]

　　據岑澎維訪談黃基博表示，「50年代所主編的單張報紙型的刊物，在幾經搬遷後，已無所存。」[31]筆者所見最早的仙吉國小校刊是該校「兒童文藝資料室」收藏的《作文的樹》。

　　《作文的樹》已可算是十分成熟的國小校刊，除內容達100頁外，持續發行達八年、15期，在1964-1972當

圖二　《作文的樹》第一期封面[32]

(1963)與《回憶之窗》(1964)三本畢業生特刊。唯此三冊是幼苗月刊社發行，非仙吉國小發行。

30 這一路走來並非一路順送，「1972.09-1976.12之間，黃基博因『體力、精神久（原文如此，疑為「欠」字誤植）佳，熱情退燒，出版經費又困難之故，於是卸下了編輯工作的重擔，懶散的休息起來。』」（岑澎維：〈黃基博童話研究‧黃基博主編仙吉國小校刊表〉，頁174。）

31 岑澎維：〈黃基博童話研究〉，頁3。

32 圖片來源：《作文的樹》1，屏東：屏東縣仙吉國民小學，1964.10。

時確實不容易！以《作文的樹》第一期為例，共分（一）嫩芽：收入國小一、二年級小朋友作品；（二）綠葉：收入國小三、四年級小朋友作品；（三）花朵：收入國小五、六年級小朋友作品，等三部分。第二期起多了（四）甜果：收入校友、師長文章，以及歌曲、漫畫……等，內容含蓋了全校師生各類優秀文藝作品。本文簡擇第一期裡五年級陳美珍所寫的〈路〉以一窺彼時學童作品：[33]

> 我們為了互相往來，修築了很多路，交通就很便利了，同時也促進了人們的感情，以及文化的提高。
>
> 路有泥土路、柏油路、石子路、縱貫、橫貫公路等，它每天躺在那裡，讓人們在它的身上踩過，被車子軋過，可是它從來沒有說一句怨言，真是人們的好朋友。城市的道路很闊寬，像蜘蛛網一樣，鄉村裡的路卻很小。
>
> 開路是很困難的，可是都被優秀的工程師所克服了。建築路要用勞力和努力，才能完成。我們求學也要和建築路的工人一樣的努力，才會成功。小朋友，努力吧！前途是很光明的。

　　文分三段，第一段開門見山，說明道路的功能；第二段從第一段宕開，除說明道路的材質外，更有趣的是以擬人法來形容道路「無怨無悔」地執行任務；最後一段則再從道路的現實功能拓展開，把道路與人生結合，由實轉虛，說明只要努力「人生道路」必是一片光明，也算是彼時的作文樣板，可與前述《幼苗》雜誌37期中，同為仙吉國小的吳秀琴〈路〉比照。

　　1960年後期（最晚不逾1970年，見註18）黃基博嘗試在國小中推動小朋友童詩創作，事實上，這在1970年代之前文學界、教育界可說是聞所未聞。林鍾隆〈兒童詩〉一文對此現象說之甚詳：[34]

---

33 五乙陳美珍：〈路〉，《作文的樹》1，1964.10，頁59。

34 林鍾隆：〈兒童詩〉，《作文的樹》15，1972.06，頁55。

> 一般的觀念是：成人都不見得會寫詩，兒童怎麼會寫詩？許多很會寫
> 文章的成人都寫不好詩，還不會寫文章的兒童，怎麼能寫詩？詩的了
> 解欣賞，成人都不容易，兒童哪能體會？理由非常充分，懷疑全是事實。

但黃基博用事實、成果打破社會大眾錮舊的成見，1971年06月出版的《作文的樹》第十四期中首次刊載六年級蔡雅麗等小朋友創作的九首童詩，代表屏東／臺灣兒童文學發展進入另一里程碑，並在1970年代後成果逐漸茁壯。

在本期結束前，詩人林清泉（1939-）於1969年以劇本〈仁慈的報酬〉短劇參加縣兒童戲劇比賽，得編劇獎。而這只是起頭，在1970年代，詩人數度獲得包括教育部兒童劇本獎等數個兒童劇本獎項，甚而在日後也跨足童詩的創作。

1960年代另一影響屏東兒童文學的大事是臺灣省立屏東師範學校改制為臺灣省立屏東師範專科學校。從三年制改成五年制，課程安排也隨之更易，其中，師專國校師資語文組開始設置「兒童文學」課程。就學生而言，語文組學生需接受兒童文學的教學訓練，並在畢業後將兒童文學的種子帶進國小校園，在下一階段（戰後第二期）裡，我們就可以看到包括曾妙容等師專學生在兒童文學創作上的傑出表現；就教師而言，因應備課與研究，也生產出兒童文學的教材與論文。長期擔任屏東師專相關課程的教師是徐守濤與李慕如兩位教師，兩位師長也在日後將教學心得、成果發表：徐守濤曾出版《兒童詩論》（1979）及數十篇兒童文學論文及譯作；李慕如則曾出版《兒童文學綜論》（1983），以及和羅雪瑤合著《幼兒文學》（1999）與《兒童文學》（2000）。

四　結語

本文以屏東文學為研究客體，以戰後初期為時限，始於二戰結束（1945），終於黃基博指導國小學童創作童詩開始刊出為止（1970）。這樣的裁切並非暗示這25年的時間裡，屏東兒童文學有異於前後期的文學風貌，畢

竟歷史的演進是漸進式、光譜式的，一刀切的方式只是為了研究、教學時論述的便宜之舉。

　　整體而言，戰後初期屏東兒童文學無論在創作或教學上的表現，完全不輸領政經文化牛耳的臺北市：包括臺灣第一本校園兒童刊物《幼苗》月刊的發行，以及日後的兒童文學巨人黃基博在仙吉國小優異的兒童文學創作與教學表現。

　　以此，本文置重點於《幼苗》月刊與《幼苗》編輯柯文仁、莊世和、黃基博，以及仙吉國小校刊的介紹。

　　1959年開始，共發行一百多期的《幼苗》，雖然是屏東、甚至是臺灣最早的一本校園兒童刊物，但今天卻難以再窺見全豹。從僅有的數期中，我們可以看到1960年代國小學童寫作的樣貌、內容，儘管多數是彼時的樣板文章，但仍有部分流露出純真的童趣。

　　與《幼苗》命運相仿，仙吉國小校刊也無法完整保存，目前可見最早的已是1964年的《作文的樹》，在此之前五年的作品皆已佚失，殊為可惜。在1971年開始刊登童詩前，《作文的樹》內容仍以「作文」為主，間有歌曲、漫畫，而作文樣貌與《幼苗》類似——這與散文在結構要求較緊實，而散文特性也比詩更要求現實有關。

　　黃基博是此期屏東地區兒童文學最重要的創作者，此一時期他的創作集中在童話上；同時，他也出版了數冊兒童作文教學著作，對於屏東地區兒童的寫作指導提供參考。

　　這個時期，三年制的師範學校改制為五年制的師專，在多出的學分中，讓兒童文學從選修成為必修，也促使教師與師專生在兒童文學投入更多精力，但這個改變無法立竿見影，成效則需於下一時期才逐漸顯現。

參考文獻

一　期刊

《幼苗》第37、41、48-58等13期，屏東：幼苗月刊社。

《作文的樹》第1-15期，屏東：屏東縣仙吉國民小學。

二　專書

岑澎維：〈黃基博童話研究〉，臺東：國立臺東大學兒童文學研究所碩士論
　　　文，2005。

李常吉等編撰：《潮州鎮誌》，屏東：屏東縣潮州鎮公所，1998。

林文寶：〈說說兒童文學〉，收入程鵬升編《純真童心》，臺南：國立臺灣文
　　　學館，2016。

林文寶主編：《台灣區域兒童文學概述》，臺東：國立臺東師院兒童文學研究
　　　所，1999。

林文寶、邱各容：《臺灣兒童文學史》，臺北：萬卷樓，2018。

林煥彰編：《童詩百首》，臺北：爾雅，1983。

邱各容：《臺灣兒童文學史》，臺北：五南，2005。

邱各容：《臺灣兒童文學年表》，臺北：五南，2007。

洪文瓊：《臺灣兒童文學史》，臺北：傳文，1994。

洪文瓊主編：《兒童文學大事紀要1945-1990》，臺北：中華民國兒童文學學
　　　會，1991。

徐守濤：〈屏東縣兒童文學概況〉，收入林文寶主編《台灣區域兒童文學概
　　　述》，臺東：國立臺東師院兒童文學研究所，1999。

黃壬來：《屏東縣藝文資源調查報告書（下）》，屏東：屏東縣政府，2000。

黃基博：《兩個我》，高雄：百盛文化，1999。

蘇愛琳：〈兒童詩教學的拓荒者──黃基博專訪〉，收入林文寶主編《兒童文
　　　學工作者訪問稿》，臺北：萬卷樓，2001。

三 網路資料

《兒童及少年福利與權益保障法》第2條，取自全國法規資料庫：〈https://law.
moj.gov.tw/LawClass/LawAll.aspx?pcode=D0050001〉，檢索時間：
2019.07.09。

承先啟後的渡海書家：

陳福蔭與屏東書法文化

朱書萱*、李易勳**

摘　要

　　本文以屏東地區書法發展作為研究渡海書家陳福蔭在屏東傳承書法的背景，概說由十七世紀明清時期，經過日本時代到二十一世紀的書家人物與作品風格；介紹屏東主要的書法社團，以陳福蔭墨緣軒為代表，探究其書法教學理念和具體之技法傳授，略訪其門弟子執教現況，以論述其對屏東地區書法教育發展與文化的貢獻。墨緣軒屬於典型的師門型書法社團，受業弟子來自高屏兩地，採特殊的一對一教學，從篆體入手。在學習觀念和取法與教材擇選方面都有師門特點，並受傳統思想影響甚深。重視德行，不以書法為干名求利之工具，學重次第，貴有恆，與當時臺灣其他師門型書法社團有共通點，亦相當注重自我面貌的養成。墨緣軒師門型社團的書學傳授具有現今體制內書法教育所缺乏的師生之誼，與長時間浸淫濡染於一藝一道，對傳統文化核心價值的堅守。此外，陳福蔭以祖父遺留下來的雞毛筆創造出獨特的書風，也成為師門特色，而其所使用的工具對屏東書法文化與毛筆產業的影響，也值得當地書法愛好者關注，本文作了簡單的訪談記錄。[1]

關鍵詞：屏東書法，陳福蔭，墨緣軒，雞毛筆，雞毫

---

* 　國立屏東大學中國文學系副教授。
** 國立臺灣師範大學國文研究所碩士生。
1 　本文使用陳福蔭之著作手稿、講義作品等，由陳俊光老師提供；尚友筆莊潘師父仉儷口述寶貴資料，在此一併申謝。

一　屏東地區書法歷史概況

　　自明鄭取代荷蘭獲得統治權後，閩粵移民逐漸定居與增加，除了促進農業發展之外，同時帶動文化活動的興起，其中以陳永華貢獻卓著。其不僅廣設學校，甚至研擬出考選制度。科舉考試著重書法，在此時空背景下士子多能書。中原文化因先民開墾傳入蓬島，屏東自不例外。當時屏東屯墾據點為瑯瑀（今恆春一帶）。荷據時期原住民於此種植穀物，禁止漢人拓墾，直至明鄭實行屯田制，才有漢人開墾記錄。而與高屏地區關係較密切之書家有沈光文（1612-1688）及朱術桂（1618-1683）。沈光文被譽為「臺灣文獻初祖」，鄭成功以禮待之。然自鄭經繼位後，改變父親所立之人事、制度，沈光文作賦嘲諷，二人因此有了嫌隙，遂隱居於羅漢門山中。[2]沈光文傳世墨跡不多，目前較為可信之作為1670年所書行草，線條夾有飛白之勢，風格蒼勁老練。朱術桂活躍於鄭經治臺時期，晚年定居於今高雄市路竹區。其多為廟宇書寫匾額，較具代表性的書跡為臺南北極殿「威靈赫奕」楷書匾額，呈現寓歐於柳之風貌。[3]當時受開墾地緣之限，文士活動範圍多集中於臺南，高屏地區被視為邊陲地帶。因此，較少書畫家在高屏一代活動。整體而言，明鄭時期，傳統文化藝術對臺灣後來的書法發展具有劃時代的影響。

2　參青侖：〈臺灣書法故事1〉，《中華書道》第76期，2012年，頁1。

3　參青侖：〈臺灣書法故事2〉，《中華書道》第78期，2012年，頁27。

圖一　沈光文行草書[4]　　　　　圖二　朱術桂「威靈赫奕」匾額[5]

　　清代後期，由於棄臺與保臺的衝突，使得大清政府並未重視臺灣的建設，加上初期人民受渡臺禁令所限，渡臺後許多經濟能力匱乏，亦無家族勢力得以支撐的「羅漢腳」充斥於社會街頭。大陸傳統文人書畫的鑑賞與收藏，僅限於社會地位較高的仕紳階級。這些仕紳為了凸顯文化的風雅，標榜社會身分地位，往往興建園林或詩社，成為文人雅集與書畫應酬的據點。此對臺灣早期的學術風氣及書畫風格發展與貢獻，都發揮了不少作用。較具代表性的有新竹鄭用錫的北郭園，福建畫家陳邦選、書法家楊浚曾活動於此；板橋林本源的園邸，有呂世宜、謝琯樵等人寓居、遊蹤，可見文人雅集之盛況。早期屏東地區的拓墾多仰賴渡臺的粵民，客家人在屏東的墾殖路線分為北、中、南三線，康熙年間朱一貴作亂時，此處客家人協助平亂，獲朝廷嘉勉，六堆的布署也逐漸形成，進而發展出六堆文化，其中即有傳統詩社，

4　圖片來源：侯中一編：《沈光文斯庵先生專集》（臺北：文海出版社，1980年），頁2。
5　圖片來源：典藏臺灣〈https://catalog.digitalarchives.tw/item/00/32/ee/e0.html〉，檢索日期：2020年9月28日。

如：六和吟社、美友吟社。[6]相較於文學發展，書法則相對沉寂，但亦不乏一些地區性代表，如陳炳樞、宋連登、曾寶琛、曾作霖等人，傳世書跡雖甚少，現仍可見於寺廟或宗祠的牌匾、楹聯之中。陳炳樞楹聯存見於高樹鄉慈雲寺，內埔鄉天后宮有宋連登所書，曾寶琛、曾作霖二人之作見於屏東市宗聖公祠，尤以曾作霖的書藝竹葉字具有特色，頗富工匠巧思。

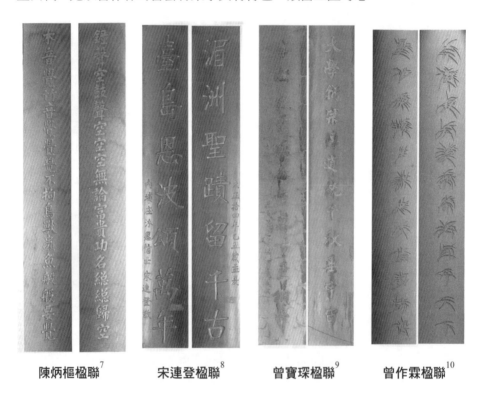

陳炳樞楹聯[7]　　　宋連登楹聯[8]　　　曾寶琛楹聯[9]　　　曾作霖楹聯[10]

圖三　地區代表性楹聯

6　黎鴻彥、曾純純：《Hakka客家六堆鄉賢書法名家選輯》（屏東：禾印堂股份有限公司，2007年），頁e。

7　圖片來源：黎鴻彥、曾純純：《Hakka客家六堆鄉賢書法名家選輯》，頁10。

8　圖片來源：黎鴻彥、曾純純：《Hakka客家六堆鄉賢書法名家選輯》，頁12。

9　圖片來源：黎鴻彥、曾純純：《Hakka客家六堆鄉賢書法名家選輯》，頁16。

10　圖片來源：黎鴻彥、曾純純：《Hakka客家六堆鄉賢書法名家選輯》，頁18。

　　乾隆時期，鳳山縣總人口數激增，亦使得內地的傳統文化藝術得以傳入高屏地區。當時活動於鳳山縣邑的書畫家，根據黃冬富的考察，有藍廷珍、施世榜、楊二酉、林朝英、曹瑾、王霖、沈葆楨、袁文柝、吳鴻賓等九位[11]。其中，林朝英（1739-1816）的書藝成就較為顯著。林朝英雖籍屬臺南，不過其於乾隆末申請拓墾下淡水溪（今高屏溪）下游地區，並在下林仔邊（今屏東林邊鄉林邊村）設置公館號東美館，從事開墾招佃事業，足見林氏與屏東的淵源。[12]其「竹葉體」以竹葉似的紋理線條表現行草。另外，里港雙慈宮有一「光被四海」的匾額，便是林朝英手筆。林氏除書法外，繪畫、雕刻亦是在行。清代流寓來臺的官員，因職務調動之故，難以在高屏地區深耕。加上高屏地區開發晚於臺南府城，人民必須先滿足生活需求，才能進一步從事書畫創作、鑒藏等活動，使得文化藝術水平稍嫌落後於其他地區。

圖四　林朝英竹葉體書法[13]　　　　圖五　林朝英「光被四海」匾額[14]

11　黃冬富：《臺灣美術地方發展史全集屏東地區》（臺北：日創社文化，2005年），頁46。

12　參見謝忠恆：《乾嘉之際臺灣林朝英之文人畫與世俗化進程研究》（新北：國立臺灣藝術大學書畫藝術學系博士論文，2015年），頁115。

13　圖片來源：黃冬富：《臺灣美術地方發展史全集屏東地區》，頁47。

14　圖片來源：文化資源地理資訊系統〈http://crgis.rchss.sinica.edu.tw/temples/PingtungCounty/ligang/1309002-SCG〉，檢索日期：2020年9月28日。

　　日本時期，「臺展」的出現被視為新舊美術主流交替的象徵。以繪畫為例，在臺展以前仍以傳統文人畫為主；臺展出現後，由於評審的審美取向，多以膠彩畫為主[15]。值得注意的是，書法並未遭受政府抑制。在中小學的正式課程中設有書法課，稱為「習字科」，師範院校亦有書道課程。習字科老師需要經過日本文部省習字科教師檢定始得任教，為培養書法教育師資的重要管道。此外，由於日本書家與大陸書家往來未受限制，使得臺灣書家得以吸收日、中書法風格。加上書法叢書及法帖的引進，臺灣學書的風氣更加興盛，各類書法社團林立，名家輩出。此時期活動於屏東地區者包含六堆鄉賢黃丁郎、東港地區黃景淵家族、屏東市區的徐道慶、潮州的鄞德樫及吳冬家等[16]，其中以鄞德樫（1914-1997）較具代表性。鄞氏於1930年於臺南師範就讀，與「啟南書道會」社長陳丁奇交往密切，並獲書法教師伊藤喜內指導。在1941年通過日本文部省中學書法教師檢定[17]，成為檢定及格的三位臺籍老師之一。先後於屏東師範附小、高雄商職、潮洲國中等學校任教。鄞氏雖一度離開硯池轉入金融界，但後來仍積極參與中日書法交流。1970年代於高雄成立「廷憲書會」，持續培育書法界新血，對臺灣書法教育貢獻良多。[18]

15　參見黃冬富：《臺灣美術地方發展史全集屏東地區》，頁70。

16　參見黃冬富：《臺灣美術地方發展史全集屏東地區》，頁71。

17　日本文部省中等學校習字科教師考試檢定自1916年起調整為三關：共同科目、專業科目預備試、專業科目本試。共同科目考「教育大意」與「國民道德要項」。專業科目預備試考「自運、臨帖、筆答」。專業科目本試於日本舉行，考科除預備試三項外，另有「口試」一項。此部分可參見李郁周《臺灣書家書事論集》（臺北：蕙風堂，2002年），頁101-102。

18　李郁周：《臺灣書家書事論集》，頁98-107。

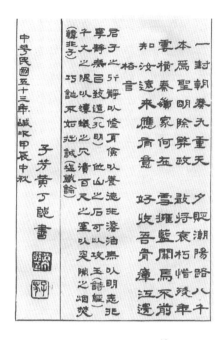

圖六　黃丁郎墨跡[19]　　　　　　　　圖七　鄞德樺墨跡[20]

　　1949年，國民政府遷臺，以臺灣作為反共復國要塞，因處於戒嚴時期，思想、創作皆多所限制，美術界亦不能倖免。直至大陸文化大革命爆發，政府將臺灣定位為「中華文化復興基地」，隨國民政府渡臺的書法名家如：于右任（1879-1964）、丁治磐（1893-1988）、溥心畬（1896-1963）、朱玖瑩（1898-1996）、臺靜農（1902-1990）等人，身分多為政府官員、學者，對書法的傳播影響深遠，像是于右任、丁治磐曾參與大陸書法學會的運作，溥心畬、臺靜農於大學任教，朱玖瑩則開班授課，其中以大陸書法學會的創立最具指標性意義。大陸書法學會成立於1962年，由于右任發起，成為少數戒嚴期間向政府立案的書法團體，帶動臺灣書藝發展功不可沒。最初領導的常務理事馬壽華（1893-1977）、曹秋圃（1895-1993）、李超哉（1906-2003）、

19　圖片來源：黎鴻彥、曾純純：《Hakka客家六堆鄉賢書法名家選輯》，頁56。
20　圖片來源：李郁周：《臺灣書家書事論集》，頁106。

劉延濤（1908-1998）、王壯為（1909-1998）五人，皆為顯赫一時的書家，門下弟子眾多，多具影響性。解嚴後，中青代書家崛起，在先輩的領導與栽培下，許多社團紛紛成立，也象徵臺灣書法發展的薪火相傳。此時期屏東藝術風氣多仰賴學校的美術教育，然美術教師的專長多以西方美術為主，屏東地區的傳統書法教育由中小學的書法課及師門型書法社團擔負。1950年代後活躍於屏東的書家逐漸增多，在這發展的過程中值得一提的為渡海書家陳福蔭。陳福蔭寓臺後任職屏東糖廠，成立書畫研究社，義務教授員工教授，期間適值中華文化復興運動，舉辦書畫篆刻展覽，為屏東地區灌溉藝術活水。退休後開班教授書法，成立「墨緣軒」，繼續培育書法篆刻新血。

要之，屏東書法明清時期以寓臺文人及官員或地方鄉紳為主，日據時代因師範院校有習字課仍不廢書法技能，1949年後仰賴師門型社團以及書家們的集會結社，其中包含渡臺書家與本土書家，延續此藝之推動與發展，而在義務教育中也有些以書法為特色的學校，各自在屏東扮演著積極的文化薪傳角色。

二　屏東地區的書法社團

文人雅集結社，自古即有。林麗娥於〈臺灣師門型書法社團之特色及其典範〉梳理了臺灣書法社團的歷史。師門型社團始於春秋孔子的私塾，在諸子百家爭鳴的時代，思想家紛紛招收弟子以發揚自身的理念。此類聚會透過定期教學、討論、著述的方式使成員們相互學習，近似於今日「學會」的前身。而「雅集」最早可追溯至建安年間曹丕等人的南皮之會，藉由出題、遊戲等方式作詩應答，促成文人間相互切磋彼此的文才。對於後來以詩、書、畫為主題的結社具有相當的影響。[21]

臺灣自明鄭時期已有大量漢人移入，繼承傳統文化，當時文人雅集、結

---

21 林麗娥：〈臺灣師門型書法社團之特色及其典範〉，《中華書道》第39期，2003年，頁37。

社活動亦同大陸，然皆以詩社為主，附帶書畫。據林麗娥考察，日本時期才出現以書法活動為主體的組織，如：臺北書道研究會、聚鷗吟社書畫研究部、善化書畫會等。此時期亦是臺灣書法社團林立之時，像是臺北澹廬書會、新竹書畫益精會、善化書畫會、基隆東壁書畫會等，加上日人也在臺創設相關組織，如：臺灣書道協會、戊辰書道會。這些社團或講學以培育人才、或主辦比賽及展覽會，對於臺灣書法的推廣延續，良有裨益。1949年後國民政府遷臺，僅大陸書法學會、中華民國兒童書法教育學會（今中華民國書法教育協會）、臺灣省硬筆書法協會（今中華民國硬筆書法協會）通過政府核准設立。解嚴之後，不論立案與否，許多書會組織紛紛成立。[22]林麗娥將全國書法社團大致分為以下四類：綜合型書法社團、地方性與全國性立案型書法社團、師門型書法社團、雅集型書法社團。綜合型書法社團不只以書法為單一活動，包含詩文創作、繪畫、篆刻等項目。地方性與全國性立案型書法社團，顧名思義，即於公家機關登記立案的組織。師門型書法社團，指的是以一位書法老師為領導核心，成員則出自於此師門，類似私塾的性質。雅集型書法社團，則是書藝愛好者們透過定期的交流，彼此切磋書藝而形成的組織。[23]這些社團在缺乏資源的條件下，依然持續推動書法。除了服務於社區之外，亦有舉辦大型活動，以及出版相關刊物以發揚書法文化，使臺灣書法傳統得以建立。

屏東書法社團不多，1949年後至今，相關的組織有屏東縣書畫學會、屏東縣大陸書法協會、屏東縣淡溪書法研究會、傳墨書法研究會。屏東縣書畫學會成立背景與中華文化復興運動的推行有關，當時臺灣各地的書畫家紛紛響應此運動，屏東也不例外。由劉子仁、馬國華、陳福蔭等人發起組會，以弘揚中華文化，提升生活品質，改善社會風氣，擁護政府，反共復國為宗旨，與中華文化復興運動的精神相合。學會透過定期的會員作品展、會員書

---

22 林麗娥：〈臺灣師門型書法社團之特色及其典範〉，《中華書道》第39期，2003年，頁38-39。

23 林麗娥：〈臺灣書法社團之調查研究〉，行政院國家科學委員會專題研究計畫，2005年，頁7。

畫研究會、與高雄臺南書畫界合作交流展覽以弘揚中華文化。[24]屏東縣大陸
書法協會原本是大陸書法協會屏東分會，雖然名為「分會」，但組織採獨立
運作的形式。創立宗旨在於提倡大陸書法，發揚民族文化。透過每年固定的
會員展覽、配合文化中心或其他單位參與展出。同時舉辦書法講座，亦舉辦
全縣「書香獎」以鼓勵書法同好。[25]屏東縣淡溪書法研究會是由崁頂鄉陳德
禎結識日本人阿部翠竹，邀請鄰近鄉鎮的書法同好共同參與。最初是為了參
加大日本書藝院每月所舉辦的書法課題作業，因此日本方以「大日本書藝院
崁頂支部」稱之，且聘請陳丁奇、吳松林、曾人口為作業諮詢老師，1989年
正式立案，以陳朝海（？）為第一屆理事長，持續推動書法風氣。[26]研究會
透過舉辦聯展、參與當眾揮毫活動、舉辦「淡溪盃」書法比賽、發行刊物等
方式推廣書法，成果相當可觀。傳墨書法研究會於2008年成立，由一群愛好
書道的藝術家組成，創立的精神為「發揚固有傳統國粹、促進國際文化交
流。」成員們不少是於學校服務的教育工作者，在教育現場為書法教育默默
耕耘。[27]同時會協辦相關書法比賽、新春揮毫等活動，並出版社團成員的作
品集，以達發揚傳統書法文化的目的。此外，陳福蔭的墨緣軒也影響了高屏
地區的書法傳播。應日僑邀請，陳福蔭開班教授書法，以「墨緣軒」為齋館
名招收學生。雖然以高雄為主要活動的地區，但墨緣軒的門生大多以高屏地
區為主，其中不乏軍公教人員。陳福蔭採一對一教學，從基本筆法教起，並
從一個碑帖的第一字示範至最後一字，使學生臨習[28]，是為典型的師門型書
法社團。

---

24 黃冬富：《臺灣美術地方發展史全集屏東地區》，頁97-98。

25 黃冬富：《臺灣美術地方發展史全集屏東地區》，頁100-101。

26 蔡東源編：《全國書法名家暨淡溪會員書法作品集》（屏東：屏東縣立文化中心，1995
　　年），頁4。

27 韋潤之編：《建國百年：傳墨書法研究會作品集‧壹》（屏東：屏東縣傳墨書法研究
　　會，2011年），頁6。

28 陳俊光：《陳福蔭書法研究》（宜蘭：佛光大學藝術學研究所碩士論文，2009年），頁
　　63-66。

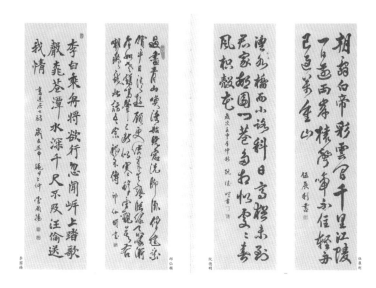

圖八　蔡東源編：《全國書法名家暨淡溪會員書法作品集》內頁[29]

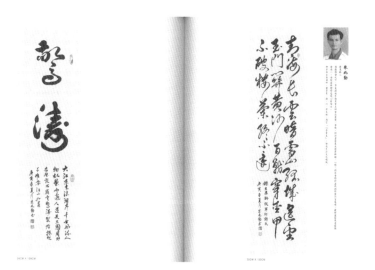

圖九　韋潤之編：《建國百年：傳墨書法研究會作品集·壹》內頁[30]

29　蔡東源：《全國書法名家暨淡溪會員書法作品集》，頁86-87。

30　韋潤之編：《建國百年：傳墨書法研究會作品集·壹》，頁56-57。

　　屏東書法社團的發展在政府提倡中華文化復興運動後漸趨蓬勃，多為雅集型書法社團，即由書法同好集結而成立的組織。各社團以發揚書法文化做為團體的宗旨，並透過展覽、比賽、發行會員作品集、舉辦揮毫活動、出版會刊等方式推廣書法。值得注意的是，這些社團中有些成員同時參與了其他社團的運作，且以高屏地區為主，是否因為如此而使得各社團的異質性較低，目前未知。礙於研究範圍的限制，筆者僅能依據現有的文獻資料將屏東縣書法社團做簡略的概論，若要深究這些組織對於屏東書法發展的貢獻，則需要更進一步的調查來研究。另外，書法社團推廣書法的方式或許差異不大，但各師門的特殊教學理念與藝術觀點，仍值得進一步深入探索。

三　陳福蔭墨緣軒書學傳授理念與綱領

　　陳福蔭（1916-2009）安徽巢縣人，於民國34年（1945）奉「資委會」之命，自四川派遣至臺灣製糖公司管理帳務，而因緣際會定居屏東。經歷大時代的戰亂，履歷險釁，求學艱辛，其文史和書法上的知識基礎，有賴家學和祖父的薰陶，耳濡目染，終身不忘。寓臺期間，與同道的切磋交流，以宗孝忱先生對其影響較為顯著。而早年習書經驗主要是以觀察祖父揮毫運筆的節奏速度，透過身體感官的感知，內化於心，成為其一生執運揮翰的基調。對於其生平與書法的研究，目前學界以陳俊光《陳福蔭書法研究》[31]，論述最為詳實，資料完備，陳氏堪稱其入室弟子，奉師敬謹，每有師字必錄存之，本節擬以墨緣軒之書學理念與傳授為主題，以為屏東地區書法之傳承記錄，並藉此探討渡海書家與正式教育體制之外的書法授課之特色與影響。其書學歷程與藝術風格，不在本文討論範圍，茲不贅述。

　　在墨緣軒成立之前，陳福蔭曾應糖廠員工之請，於民國60年（1971）開班教授書法、篆刻，創立臺糖公司屏東總廠書法、國畫、篆刻研究社，擔任顧問及書法、篆刻指導老師，並於隔年糾集屏東縣境內愛好書畫人士，成立

31　陳俊光：《陳福蔭書法研究》（宜蘭：佛光大學藝術研究所碩士論文，2009年）。

「屏東縣書畫學會」。配合國家政策推行文化復興運動，在1980年代舉辦書篆國畫展覽與觀摩會，之後並獲頒「社教有功獎」與「中華薪傳者獎」。其〈自我簡介與習書經歷〉一文中曾云：

> 自民國六十年，為引導糖廠同仁公餘有正當精神生活，創立書畫研究社，自任書法導師。因之無論在理論、臨習上，需涉獵更廣且深。十年於茲，深獲教學相長之益。[32]

教學相長，自古即為自我充實之不二法門，此段文字說明陳老不僅於技法上精進，亦重視理論文獻的深入釋讀。在糖廠十年的教學經歷，積累成為其後來指導墨緣軒弟子的材料與養分，在其整個書學教育的傳授中有著基礎性的意義。

墨緣二字為陳氏之字，取之用以為齋名，設館授徒，於民國70年（1981），適逢臺灣經濟起飛，社會安定繁榮的時期，起初應日僑荻野泉女士之請，後授課地點為高、屏兩地。從〈墨緣軒跋後〉這段文字，敘明「墨緣」二字的意涵：

> 寶島之南，市廛之中，主人買屋為休憩之所，命室名曰墨緣軒，意與人結筆墨緣也。雖處於塵寰之中，而無喧囂之感，窗明几淨，筆墨精良，壁有字畫，架藏圖書，有陋室之趣。[33]

「墨緣」乃是與人結筆墨之緣，書法作為人與人聯繫溝通的媒介，在現實的世界中承載了整個大陸的文化內涵，不獨於書寫，同時也講究在何種何樣的空間裡從事這種活動。這一段對於環境的描述，十分簡樸，卻有兩個不可忽略的重點，一是視覺聽覺上的清淨愉悅，另一則為物質上的雅致和心靈的無虞匱乏。即無塵雜之感，和能潤澤身心的圖書與能藉以抒發性靈的文房用

---

32 陳福蔭：《墨緣書法瑣談》，1991年，手稿。

33 收錄於《墨緣書法瑣談》，1991年，手稿。

具。這典型的陋室，是醞釀士人道德文藝的理想空間，據黃啟仁〈筆耕談〉載錄，〈陋室銘〉是墨緣軒主人最常書寫的文章之一，裡面所陳述的意境，就是陳老心中所追求的桃花源。[34]宋代大儒歐陽脩肯定蘇子美：「明窗淨几，筆硯紙墨，皆極精良，亦自是人生一樂。」唯「陋室」的意象不僅限於真實的物質條件，尚有濃厚的文化隱喻。

第一批以墨緣軒為館舍的受業弟子主要是日僑，爾後，從遊論學者日益增多，學習的方式除了採一對一的教學之外，尚有定期的雅集。〈墨緣軒跋後〉寫道：

> 相與遊者雖非飽學之士，亦皆雅愛詩文。縱非書畫名家，均能即席揮毫，躊躇滿志。定時雅集、掃塵封、煮苦茗、敲詩論句，與古先賢通聲氣，評點品畫，共古書法家較短長。善畫者偶興來伸紙寫竹，大氣磅礡，滿紙雲煙，懸之壁間，使斗室有幽遠之趣；能書者懸腕作擘窠大字，筆走龍蛇有躍馬中原之勢。

「雅愛詩文」乃是從事書法者的共同興趣，書法本身蘊含的文學性可使習字活動進一步深入到文化的層面，而即席揮毫，互相觀摩，藉此增加師生間彼此的熟悉與認識，破除人我的界線藩籬，凝聚一種心靈的同感，藉由書畫活動展開自我與文化的對話。這其中，批評品鑑的作用在建立審美的共識、欣賞的能力。與古代書家較長短，更是一種不為前人束縛，大膽較量，有著培養自信和新格局的企圖。陳福蔭認為書畫同源，提倡繪畫者一定要善書法，才能使畫的身價更高，寫字的人也要懂得題畫，才不會破壞畫面。[35]「大氣磅礡」、「躍馬中原」是那一代大陸人歷經戰亂後對固有疆域的眷懷和人格氣度的標舉，而書畫與人的關係，自唐宋以後一直成為大陸藝術史中無可分割

---

34 黃啟仁：〈硯田墨耕終不悔——屏東書法藝術家墨緣軒主人陳福蔭老師〉，未刊稿。「筆耕談」為陳福蔭為其文章影本之命名，附記：此為黃啟仁同學之隨堂筆記，即與予對書法之理論實務討論點滴，至為詳妥，祈各同學詳閱後定其研討。墨緣啟。年代未詳。

35 陳福蔭：〈瑣談之七書畫同源〉，《墨緣書法瑣談》，1991年，手稿。

的議題。故而在雅集活動或指導習作之餘，陳福蔭常和門徒弟子「相與敦品勵學，述古聖賢立身處世之道」，自詡「無冬烘先生酸儒腐臭之氣，偶亦評古論今，月旦名家，語屬中肯，無灌夫罵座之態，間作笑謔，亦無傷大雅。」[36]充分表露出一種仰慕賢哲、互相勉勵與崇尚精神生活的追求。

書畫既為藝術的媒材，亦構成人品德行之媒介，陳福蔭於對日僑的教導中發現他們尤其喜愛其以古篆書寫之〈禮運大同篇〉，藉此特別宣講了大陸大同世界的精神，要求學子不獨愛好書法，亦應了解文化中的思想含意。書法的作用，因為有文字的表意，而使人們在形象的感知之外多了一層意義的傳達。這種和樂和諧的課室，是陳福蔭在退休之後所經營的書法教育現場，在「無妒嫉心、無庸俗念、無市僧行，而有朋友之義、手足之愛、師生之誼，更有父女之情的純正融和之氛圍中，令人不能名狀，故而使人有著不知老之將至之感。」（〈墨緣軒跋後〉）足見墨緣軒對暮年將至的書法家有著安定身心，調和人我的重要作用。

墨緣軒的陋室之趣，雅集之樂，在體制中的學校教育或尚可複製，但師生之間相濡以沫，親如父子兄弟手足的情義，已非現代教育體系中學分制的授課方式下所能體現。林麗娥研究臺灣書法社團現象中提到師門型教育方式的特點在於：師門書風明顯，多重傳統根柢與人格修養。[37]這點觀察十分正確。而師門型書法社團與日本時代社團組織的差異，還在於社團領導人多半不具日本文化背景，其所傳授的大陸文化概念相對純粹而富有歷史感，在濃厚的孺慕之情中，尤其重視身心的陶冶。這種特色或被視為具有正統文化色彩，另一方面也被形容成為保守拘泥，但主事者往往能堅守不慕虛名浮利的風骨，只問自身實力的態度，不啻為藝術教育中十分特殊的現象。

陳福蔭於《墨緣軒書法教學綱領》（以下簡稱《綱領》）中明確其傳授書學之「主旨」乃是：為培養良好精神生活。而教學「目標」則定為：取眾家之長，成自己面貌。基本的「原則」有二：一、漸進而不求急功。二、選定

---

36 陳福蔭：〈自我簡介及習書經〉，《墨緣書法瑣談》，1991年，手稿。

37 林麗娥：〈臺灣師門型書法社團之特色及其典範〉，《中華書道》第39期，2003年，頁44。

書體必須能寫到相當水準，能寫出作品。在「觀念」一項，特別強調：各體皆可學，以及「不以之作為干名求利之工具」。[38]「急功近利」素來為書畫家所戒訓，如齊白石（1864-1957）云：「夫畫道者，本寂寞之道。其人要心境清逸，不慕名利，方可從事於畫。」[39]潘伯鷹（1905-1965）《書法雜論》中亦言：

> 寫字必須戒絕兩個惡習，一是浮躁不耐煩，二是啖名好立異。這兩個惡習，仔細考察還只是一個——好名。好名之極，必然走到浮躁虛偽急於求成以欺世的路上去。[40]

「急於求成」容易忽略基本功的鍛鍊，李可染（1907-1989）曾指出當代美術創作上的問題在於青年一代在基本功鍛鍊上不夠踏實，而成年的美術工作者也缺少那種堅毅持久的磨練功夫。他們總是想走捷徑，企求「畢其功於一役」。[41]歸結這種浮躁不耐的心態來自於好名的虛榮，陳子莊（1913-1976）主張學畫要排除名利思想的干擾，尤其最高尚的藝術是從形跡上學不到的，因其全從藝術家人格修養中發出。[42]沈子善（1899-1969）亦嘗言「一個甘於淡泊、心境清虛的人，方可在學習的過程中不受名利的誘惑而獲得較高成就。」[43]藝術的非關功利性在書法教育中顯得特別重要，一方面受書品即人品傳統觀念的影響，另一方面是書法家切身經驗的感悟所獲。綜合了歷史文化思想與自身的實踐所得出的一種被認為是抽象的，不具科學性的概念。自古以來大儒蘇軾曾有：「古之論書者，兼論其生平。苟非其人，雖工不貴

---

38 陳福蔭：《墨緣軒書法教學綱領》，1992年，手稿。

39 齊白石：《論畫散錄》收入《談藝集》（北京：中華書局，2011年）。

40 收入李伏昆編著：《中國書論輯要》，十五〈論書法與人品、修養之關係〉（南京：江蘇美術出版社，1990年），頁571。

41 王琢編：《李可染畫語——日月山畫譚》（上海：上海人民美術出版社，1997年），頁8-9。

42 陳滯冬編著：《陳子莊談藝錄》（鄭州：河南美術出版社，1998年），頁32-33。

43 李伏昆編著：《中國書論輯要》，十五〈論書法與人品、修養之關係〉，頁569。

也。」之說法，南宋姜夔《續書譜》中論及書法的風神，提出：「風神者，一須人品高，二須師法古，三須紙筆佳，四須險勁，五須高明，六須潤澤，七須向背得宜，八須時出新意。」[44]其中為首者，便是對藝術主體內在德行之要求。雖說將書法與人併而觀之，忽略了藝術的表現和技巧的獨立性與個人之天分才情，於今看來顯得具有模糊不定或心理上的聯想成分，然此並非一種全然缺乏客觀依據的批評。蓋自藝術家自身的體驗證明，近代許多書畫大師對此態度相同，諸如潘天壽、李瑞清、黃賓虹、黃秋園、陸維釗、潘伯鷹等，[45]皆不約而同提出內在德行品質與胸懷心境對藝術境界的影響。墨緣軒的書法教學其目標在於成一己面貌，雖非必能達到人人皆為大師的境地，要之，為師者宜先樹立教育的理想，且從觀念上灌輸最根本的核心之道，使能堅持此道的學子不獨於藝術技能獲益，更要緊的是藝術之於其人精神上的轉化與充實之效用。林散之與其弟子桑作楷論學書云：

> 學字就是學做人，字如其人。什麼樣的人，就寫什麼樣的字。學會做人，字也容易寫好。
> 做學問要踏實，不為虛名，不要太早出名。不要忙於應酬，要學點真東西。[46]

林散之將學書與做人聯繫起來，以「人」為藝術的骨幹，注重人品，他認為「無人品不可能有藝品。」「談藝術不是就事論事，而是探索人生。」[47]此與墨緣軒成立宗旨在培養良好的精神生活思想並無二致。

在學習觀念與心態上，墨緣軒以興趣、恆心、智慧為習得一藝之基本要件，選擇範本，排除當代名書法家、當朝權貴，與現代知名人士三種書跡，

---

44 姜夔：《續書譜》，頁9。收入楊家駱主編：《宋元人書學論著》（臺北：世界書局，1983年）。

45 季伏昆編著：《中國書論輯要》，十五〈論書法與人品、修養之關係〉，頁568-572。

46 陸衡整理：《林散之筆談書法》（蘇州：古吳軒出版社，1998年），頁2。

47 同前註，頁3。

乃因陳福蔭有「得盛名者，常受其他因素影響，經過歷史洗鍊方得其真」[48]
之思想觀念。其在師法取材上不拘古今，唯好唯真是求。選擇名碑亦要重視
版本之良窳，陳福蔭對擇取範本的看法是：

> 名碑自會斑駁，如專選極清楚者，那是最壞的東西，因它已經人修飾
> 過。解決此問題，只好請教真正的專家。切莫為省錢在坊間買不入流
> 的範本學習，其後患無窮。[49]

民國80、90年代，臺灣出版字帖質量尚不如日本印刷精良，日本字帖圖錄價
格昂貴，能重視選帖並認知範本對學習的重要性，表明墨緣軒對書藝傳承有
效性之正確掌握，立基點之取徑甚高，視野閎遠。

四 墨緣軒書法教學步驟與弟子承學執教簡記

從教育的立場來看，教師的理念和教學目標的設定是一種綱領和原則，
教師的專業能力決定了課程內容的安排和教材的編選。而學習本身需要有步
驟和循序漸進的開展，就書法而言即是入門選體的考量，這對初學者影響至
關重大。一般私塾型的技法傳授主要以教師本人擅長的書體來啟引後學最為
普遍也最常見。陳福蔭諸體兼善，篆書用功最深，墨緣軒書法教學綱領中教
學程序第一步即為「選體」，陳福蔭於此項目下註明：互相溝通後決定。以
篆、隸、楷三種均可選為始業對象，尊重學生的選擇。民國85年（1996）屏
東文化中心舉辦的書法研習講稿（《書法大觀》）「踏入書法第一步」關於選
體的標準，陳福蔭寫道：「以往無疑的是從楷入手，現今我主張從篆入門」
其理由為：「書法已是純藝術；由難而易；可訓練目測如畫者習素描。」其
對書法功能時代性的變異有相當明智的認知，過去書法與生活日用之關係密

---

48 陳福蔭：《書法大觀》（屏東文化中心八五年度暑期書法研習班講稿），1996年，手稿。
49 同前註。

切，進入以西方為主流的工業科技化時代，毛筆已被原子筆取代，書法的實用性消退。楷書以往作為入門的基礎與其在生活中的應用範圍有關，雖自宋元以後有學書次第之傳統，但客觀環境已經不同，書法的大眾普遍性逐漸弱化，走向純粹的藝術化。就藝術技巧而論，篆書造型方式以對稱均衡為主，有嚴格的分間布白，講究橫平豎直，對初學者認識書法的藝術形式和美感特點有一定的便利性。陳福蔭認為書法要求眼與手的配合，篆書結構毫釐不差的訓練有助於達到此一目標。他並且以為：物以稀為貴，習篆者少，學楷者多，要想出人頭地，似乎篆較容易。[50]

對於書法入門選體，歷代書家雖有約定俗成的意見，但也因時代和教學對象之不同，在教學方法上有所調整。衡量用筆方法，篆書相對簡易，橫平豎直缺乏角度、立體和不規則的空間協調等三維結構需求，所謂由難而易的見解，乃是從其與時代的距離立論。篆體多半使用在篆刻和裝飾性文字一類的場合，辨識度低，字形予人時間的距離感，恐怕學子無堅強毅力遇難即止。[51]素來，教學原理採先易後難原則，墨緣軒反其道，目的在培養學習的恆心與對書法字體發展源流的認識，使學子掌握藝術媒材的演變及其歷史脈絡。鄧散木（1898-1963）曾論「從書體源流來看，自應先學篆、隸。篆隸基礎打定，再寫楷書、行、草就輕而易舉。」[52]足見由篆入草之途徑亦有其理論上的根據。然而，如此的學習需要更長的時間，才能深入一體一家的世界。

當字體確定之後，會先從基本筆法開始摹習，此點極為重要。必須要到得心應手為止，所需時間最少一月以上，甚至兩個月。[53]陳福蔭自製各體基本筆法圖解，如圖十所示，篆書主要由橫、豎、曲三種方向線條組成，基本筆畫涵蓋筆畫的銜接順序與方向，各種轉折，橫豎曲的組合；隸書擇字以橫豎點撇挑等筆畫涵蓋變化式；楷書以永字八法為主。另有行書與蘭亭的筆畫分解示例，簡明繁複併陳。墨緣軒鼎盛時期學員人數多達六七十人，陳福蔭

---

50 陳福蔭：《墨緣書法瑣談》〈瑣談二初學書法究應從何種字體入門〉。

51 同前註。

52 鄧散木：《怎樣臨帖》（北京：人民美術出版社，1991年），頁24。

53 陳福蔭：《墨緣軒書法教學綱領》。

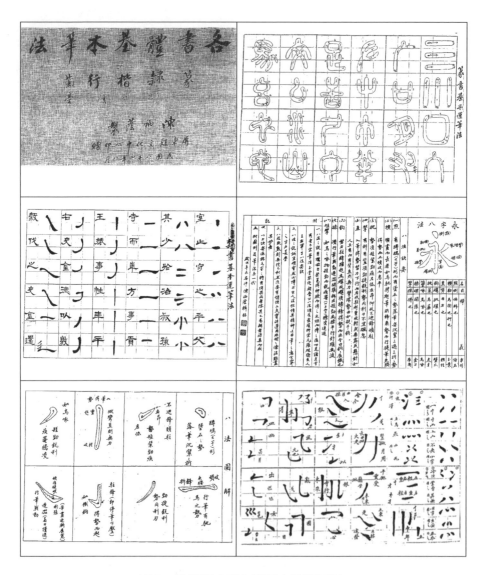

圖十　陳福蔭自製各體基本筆法圖解

堅持個別授課，一對一逐筆逐字逐帖示範，由始至終。臨帖前先教基本筆畫，練習時間因人而異，依個別情況調整，每次上課一人半小時不等，按照到場先後順序，在旁等候作業批改。週一到日，自晨至夕，每天皆有指導。

　　墨緣軒弟子遵循老師的執運，觀察老師的寫作，完全比擬當時陳福蔭看祖父寫字的模式，現場只有老師寫，學生並未執筆操練。老師指定作業，一次篆書八個字，若楷書則十二個字。運筆要求中鋒。[54]

　　選定法帖後的臨摹，學生按照每週進度，時間規定至少要臨三個月以上，次數五至十遍以上，以陳福蔭設計好的宣紙格式臨存一份，老師示範的臨本一份，分別裝訂成冊。如圖十一所示：左為陳福蔭臨孫過庭《書譜》，右為陳俊光臨本。另為作業批改。

左為陳福蔭臨孫過庭《書譜》，右為　　　　　　　　作業批改
陳俊光臨本

圖十一　臨摹示範

　　如此每臨一帖皆留下師、生的課授與所學之記錄，學生同時能學習線裝書的製作。在臨摹到能夠自運的階段，書寫中堂或條幅、集聯等作品，陳福蔭也教導不同形式的作品名稱與完成後應注意的事項。除了重視字間的章法行氣等變化協調，對落款用印也十分講究。欲使整個畫面達到完美，細節絲毫不可遺漏。墨緣軒的教學內容不僅止於書法，陳福蔭對如何學治印也有一套自己的理念。而用來臨摹的各體法帖，據《綱領》迻錄如下：

---

54 墨緣軒教學方式，據陳俊光老師口述。另見陳俊光：《陳福蔭書法精選集》（高雄：佛光緣美術館，2010年），頁49。

篆：嶧山碑、石鼓、毛公鼎、李陽冰謙卦碑、清人篆書、王福庵說文
　　部首。

隸：夏承、禮器、史晨、曹全、石門。

楷：顏真卿大唐中興頌、東方畫贊、多寶塔；蘇軾豐樂亭、歸去來
　　辭、赤壁賦；歐陽詢蘭亭序；李邕雲麾將軍、麓山寺碑、定風
　　碑；鄭文公、張黑女、張猛龍；褚遂良倪寬贊、雁塔聖教序。

小楷：文徵明千字文、玉枕蘭亭。

行書：蘭亭序、王書集字聖教序、心經、祭姪稿、爭座位。

草書：孫過庭書譜、智永千字文。

學習材料實際上關乎教學的成效，其中的次第順序著重於對書法藝術認識的途徑和掌握技巧的門道，也會發展成為未來塑造自我面貌的條件。目前可以確定的是，墨緣軒篆書必從繹山碑開始教，楷書大字寫顏真卿，行書寫蘭亭。其他範帖的先後，可依個人興趣喜好選擇。這些選帖皆為今時所認定之經典書作，泰半法度清晰，適合初學築基，亦有難度較高，在長期學習歷程中，需要再三反覆臨摹才能得其一二者。取法面貌多元，且具互補調和之用。篆書取高古端嚴與流麗圓勁，渾厚與鐵線兼而習之。隸書漢碑選有莊重、典麗、古瘦、逸宕、樸茂風格各種；楷書範帖實為大宗，唐宋、北魏各有模範，墨緣軒重視顏、蘇，蓋其大器沈厚，強調筆畫中的輕靈變化（腰身），因此褚書入列（墨緣軒特重褚摹蘭亭，以其秀逸之故）。並學小楷，陳福蔭本人即大小兼善。行書法二王、顏，草書亦為二王一脈，狂草和章草則欠。在有限的時間和條件下博觀約取，1994年陳福蔭以近杖朝之年完成臨百碑的壯舉，上下千年，小大靡遺，自毛公鼎、散盤以下歷漢、魏、晉、唐、宋、元、明、清之大家巨著，無一不有，學力之勤，涵養之深，為後學立下典範，書壇罕有其匹。其風格中有獨具之蒼莽氣象，即得力於此無畏年邁，不懈精進之自勵奮發，並得以操至柔之雞毫，噴薄出凌風霜而猶健、越古今而彌真的生命內涵，不單在屏東地區獨樹一格，整個臺灣書壇亦無人能出其右。

　　陳福蔭對於書法的諸多見解，散存於其款識題跋之中，蒐羅不易。《墨緣書法瑣談》中收錄二十篇對於教學、成長問題的思考與心得，主要包括師法、臨摹、風格變化、欣賞。亦即由初學門徑到發展自我，不同階段如何持續進步，或可能遇到的瓶頸，名之曰瑣談，看似零散無序，實則中心思想頗為一貫。融會書家個人經驗體悟，出之以明白簡要的記述。大抵秉承傳統，所論觀點有其獨到之處者，為臨帖的形似問題。依據墨緣軒教學與實踐的探索，在似與不似、無我與有我之間取得一種平衡，其要點在於：間架、筆畫粗細長短、行筆頓挫起伏、神韻四者的相似度。可說是寓神於形，不囿於形的概念突破。至於如何欣賞，如何培養對書法美的衡量，在「欣賞」一節中明示：「其方法是要多看多讀多動手」。陳福蔭解釋，多看是廣泛閱覽，多讀是仔細讀帖，即運用了視覺上的泛觀與細察，配合身體手感的實際操作，才能具體領悟書法中的「精微」奧妙，特別是身體的感知，乃是觸探書法「精微」所在的關鍵。這些觀念一再印證了書法與心性、身體的關係，符合古人的實踐之道。墨緣軒的學習目標明確，但摒棄怪異立新，嘩眾取寵。門徒弟子多能恪守師教，謹慎從事，成為屏東在地支撐與維護書道傳統的一股無形力量。

　　2007年陳福蔭因年高體弱停止授課，時已屆高齡九十一，而自1971年以來教學相長，誨人不倦，停課後一直奉承師教的弟子仍所在多有。墨緣軒門人在書學傳承上極盡法古尊師之道，陳福蔭早期在臺糖開辦書法班及後來墨緣軒從學之徒中有卓然成家，享譽書壇的人物以周鳳五、陳俊光為代表。目前執教或活動於各地書法社群與私人聚學，依筆者詢錄陳俊光老師口述，以北部與屏東地區為主。北部門弟子有：李育萱，任南菁書會理事長。洪彩娥，授課於勝大莊筆墨莊書法班。艾和繁（馬英九代筆），擔任和平東路社區活動中心書法教室教師。周鳳五，曾任教書法課於國立臺灣大學，專研上古文字。周鳳五尊翁周介夫為屏東臺糖廠員工，為陳福蔭同僚，兩家素有往來，據筆者親聞其自述，少年時曾受陳福蔭老師指點。父執輩中陶壽伯善書、篆、繪事，大學隨匡仲英習畫，並受孔德成影響，書法篆隸楷行草皆能，篆隸尤其古樸蒼潤，楷師褚孟法師、沈尹默，尤喜沈曾植。隸則史晨、

禮器、張遷、韓能銘、鮮于璜、石門等。教學以基本筆畫開始，課堂示範，不限字體，各自選帖。用筆必求中鋒，下筆必藏鋒，強調變化，主張自然，晚年作書亦喜用雞毫，與陳老所用之雞毫不同，然其各體無不能與用筆風格重趣味、內涵等觀念與少時在屏東所受之薰陶不脫關係。[55]

　墨緣軒弟子教學方式，深深受到老師影響，在筆墨趣味風格上的追求亦然。目前在屏東地區課徒授業的門人主要有陳俊光、謝靖靈、莊孟宗、黃啟仁等人，皆曾親炙於師二十年以上，謦欬相聞，薰習最深。陳俊光為大東文化書道博士班先修生，各體兼善，秉承師教，承繼門風，臨帖超過一百種，並以篆刻名重印林，屏東臺北兩地皆有授課，有團體班及個別指導。團體班上課地點為佛光山寺本山職事進修書法班，屏東講堂及臺北道場人間大學書法篆刻班。另於臺北恆南書院書法班、隱廬，桃園善濡茶文化書法班，屏東自宅等地實施個別課程。團體班進度統一，一週八字，新生與初學者以兩種字帖入門：嶧山碑與說文部首。示範後自行書寫，最後批改作業。個別指導課，同墨緣軒教法，依每人資質進度不同，選帖喜好有異，每字帖要求基本筆法習完後臨帖，與學生研究討論，決定字體。行草需有楷書基礎。

　謝靖靈為屏東高工國文老師，退休後仍義務指導該校學生書法，各體都教，兩週一次，訓練比賽參加全國美展、語文競賽以楷書為主，屢獲佳績，亦鼓勵學生參加日本展覽。黃啟仁曾任廣興、東勢國小校長，在職期間設書法於正式課程中，外聘教師，令三年級開始學習。傳承師法，篆隸法帖逐一教寫，並為學生舉辦展覽，退休後擔任福智文教團體書法教師，繼承絕學。莊孟宗亦為屏東高工教師，專長建築設計，退休後應友人之請，教授兒輩習字於私家宅第，環境清雅，茗香四溢，在閒適怡然的書法空間裡，談藝論道。莊孟宗在校時喜擔任導師，善與年輕人交流，尊重其興趣嗜好，對學書法採不勉強，自然而然的涉獵態度，鼓勵懸腕書寫，要求基本功的鍛鍊。講解書法用筆與欣賞領會之道，結合其自身所長，並融入氣功修練與宗教哲學、身體觀照等知識，寓教於樂，樂此不疲。

---

55 周鳳五先生教學與書畫經歷據林永裕口述。

　　墨緣軒弟子對老師人格修為及文化內涵的景仰，莫逆於心，咸獲益於師門嚴謹扎實的學習與對法帖細膩觀察的訓練，在各自的領域中，推己及人，耕耘奉獻。

五　餘論

　　臺灣自明清時期大量漢人移居，傳承大陸文化，自1895年割讓日本以來，文人結社與書畫活動不曾間斷，日本對書道的重視，在師範院校所設課程中展現出的乃是培養師資與公務員的基本素養。臺灣美術社團的興起，與日本時代的統治有很大的關聯，而具現代組織性社團的產生，也呈現出與傳統地方仕紳結社雅集的方式有別。據林明賢〈聚合·綻放──臺灣美術團體與美術發展〉一文記述：以美術為訴求的現代社團組織，與傳統文人雅集最大差異，在其較為嚴密的組織形式，有共同的宗旨目標，以及為管理之便的章程規定或入會條件等。這些社團，透過展覽、論述、宣傳等機制的連結，從事意見交流，另一方面亦有藉刊物的傳播，拉抬藝術家地位，掌握話語權主導輿論等實質目的。[56]因此，在臺灣美術發展史上，美術性社團具有重要的影響力。這種影響力，自1920年代開始，經過幾個不同的階段，到九十年代逐漸衰退。書法性社團的蓬勃與興衰亦不出此脈絡，而自1949年大量渡海人士加入以後，尤以師門型書法社團深具教育推廣的功能，在80及90年代成立的高峰時期，屏東地區亦有由陳福蔭老師創設的墨緣軒在當地深耕播種，推動書道的傳承。

　　墨緣軒主人並不喜結社，嚴格來說，墨緣軒只是一處私人教授書法的居室，屬於廣義的書法社團，其性質主要是設課教學，雅集文會之用，對內不定期舉辦講座或觀摩，並不鼓勵學生競賽或謀求社會名利，拉抬身價，亦不從事對外交流，鮮少與藝文界應酬，卻無礙其學業傳承與風格自立。由於領

---

56 線上資料，網址：〈https://twfineartsarchive.ntmofa.gov.tw/TW/Literature/fagGrowSummary.aspx〉，檢索日期：2020年10月15日。

導人的社會地位與其自身的學識涵養與進德修業，其書法自成一體，面貌獨具，以此吸引熱愛書法的各界人士投入門下，蔚然成風。完全是憑藉個人實力，與對書道的赤忱熱愛，在藝術道路上不斷自我探求，而斐然成家的例子。門風如此清隱，在臺灣各地雖不多見，卻也並不隱沒於書壇。書法的純粹性與不帶功利色彩，很需要這類團體維護，保守其真心，為後代子孫與民族文化留下真正卓越精彩的作品與風範。

　　書法教育長期以來不受政府重視，處於邊陲或可有可無的狀態，不如鄰近大陸、日本的積極推展，透過義務教育深入社會大眾的心靈與生活，著實可惜。書法相較於其他類別的藝術，承載更多的固有文化內涵，文學性與思想性兼具，屬於文化心靈的展現，因此，傳承書法的地區與人士，總是有著鮮明的東方顏色，和沈靜內斂的品格，這一點與西方藝術強調自我宣揚的表現方式大相徑庭。雖然當今社會是多元融合，文化交流的時代，但知己知彼，不隨俗流，也是十分不易且至關重要的事情。學習書法並不需要排斥新的理念，對西方文化的涉獵，思想的認識，也有助於發展自己的藝術觀，只要不是本末倒置，截長補短，精益求精，相信書道傳承者的胸襟自闊，眼界自開。

　　透過對墨緣軒教學理念與門人傳授的研究，對比現今一般大學院校裡的書法教育，學校課程顯得有追求速成而流於淺薄的弊病，這與學分設計和整體制度息息相關。首先在空間上，並沒有美學的設計，簡陋的教室，陳舊的設備，缺乏美感的建築，鮮少學校為了藝術課程特別準備藝術的空間。藝術中心只是為了展覽陳列，流動的人群駐足於一地感受到空間的力量亦十分有限。墨緣軒雖以「陋室」自嘲，但是學徒對那樣的空間充滿了文雅和敬仰之感，空間對身心的教化力量，不下於知識的吸收與理解。當人們願意停留在某一個空間裡，經過漫長的時間，會產生一種深刻的認同此空間裡所帶給他的一景一物的姿態與神韻。其次是學習時間，一項技能的養成基本功得花三年，書法課頂多一年修習，有些還只有一學期或是選修。淺嚐即止，不利技藝的養成。在沒有充分時間投入的情況之下，學生自然無法收成美好的果實，更遑論教師身言的教誨，人格的陶養，都需要時間的熟成，醞釀一個充

實的心靈，獲得一項終生受用的技能，以區區的幾個學分，面對千年的歷史傳統，不如以十年歲月換取益生的本領。一對一的個別指導，在學校的體制內大概只有音樂系如此。墨緣軒的教學方式，看似缺乏經濟效益，卻能讓學生個別得到充分的關注，在與老師比鄰而習的過程中，培養出如家人一般的莫逆，這種師生之誼相當有利於持續有恆的學習，對學習動機薄弱的學生，是一種助力，對老師而言，也便於因材施教。墨緣軒的教學並不僅止於書法，連帶講究周邊的文房用具、裱褙、裝訂、紙格設計與篆刻用印等等，需要長時間的耕耘，才能獲得這些技能。比較容易成為缺點的，是藝術風格的師門化，保守而面貌相近，或不容易突破窠臼。因為傳統其本身既是一種滋養，也會是一種侷限。固守傳統而不知求變，並非墨緣軒的教導，反而，在陳福蔭的《瑣談》中第一項即談「書法之求變」，其主張鎔鑄出新，這過程卻是相當漫長的。在弟子未發展出新風格之前，很難避免有一家眷屬之感。

　　時代的進步，不一定體現在硬體設備上，科技的發達，無法阻擋人心的墮落。因此，書法對人心的作用，應該被正視，而不僅是當成一項知識或學分來計算。這有賴社會教育的彌補。藝術乃是社會的一環，對社會應有所貢獻，除了可以反映社會的議題，也能擔當安定人心、陶冶性情的媒介。重視藝術教育，不僅為了生活中的美感，而是發現內在的情意與自我存在的價值，提升靈性的境界，增進人我的和諧，領悟宇宙的真實。精通詩、書與太極拳的大師蔡肇祺先生曾經說過：「人本來就必須認真地過活其秒秒人生，而要成一藝、究一道，即所謂臻於登堂入室境界，若非發露很高純度的認真，去努力游於藝，是無法臻及的。當人藉游於藝而把握到認真時，他在處理其日常生活的任何有用、有益於其實際人生般事，皆會認真的。因為，認真一養成，一變成習慣，即會處處時時自自然然地發露出來。且必定只發露在有用、有益於人我之實際人生百般事上，絕不會將其認真，發露在做壞事方面的。因為，藝本身，即是人純真的心的世界的內涵。而人的純真的心的世界之內涵，即其潛在意識中真我、善我的內涵。一般所謂的能陶冶人性情，其真正內容，在此。」墨緣軒等屏東地區的書法教室或社團，在學校教育資源有限的現實中，維繫了傳統藝術學習的生態，實踐了社會教育的功能。

在教育體制內，屏東地區的學子，很幸運地有公館國小將書法當成該校的特色，在李國揚老師的帶領、李校長的支持下，一群熱衷書法教育的師長和行政人員，齊力將學校打造成雲墨小學，結合雲端科技與翰墨書藝，有計畫的設計課程，定期發表雲端墨藝教學成果，帶動其他學校如民生、後莊、餉潭等也重視起書法，自小學向下扎根，讓地處邊陲的國境之南，感受斯文，向傳統與古典學習東方的智慧。同時區域性研習有弘道書會每年舉辦，邀請高屏地區書家或研究者分享所學並傳授經驗。2014年屏東美術館舉辦「書法從屏東出發」特展，向全國展現了屏東書法文化的生命力。書法在屏東，會像明日的朝陽，持續地溫暖，發光發熱，日新又新，萬古長存！

六　附錄：屏東的雞毛筆產業──尚友筆莊訪談記

臺灣目前探討書法產業主要集中於數位化運用及文創設計方面[57]，較未能看見傳統文房用具製作的探討。筆墨紙硯貴為文房四寶，其中「筆」又是最為重要的工具，如果缺少書寫工具來表現文字的線條及結構，幾千年以來的書法傳統便灰飛煙滅。臺灣以製筆聞名的筆墨莊較少，如新北市三重區文山社、屏東縣內埔鄉尚友筆墨莊，其他多屬經銷商。加諸大陸地廣人多，不論筆莊或是製筆師傅相對於臺灣而言更是多到不可勝數。因此，臺灣傳統的製筆產業如何在大環境下生存，便是一項非常重要的課題。

由於陳福蔭以擅用雞毛筆書寫聞名，為追溯其祖父所遺留的雞毛筆，托人至日本大陸等地，遍尋不得，卻在屏東尚友筆莊找到可以製作的師傅，尚友以製作各種獸毫毛筆聞名，趁此機緣訪問這一段歷史，並了解這個產業在

---

[57] 數位化運用的相關研究成果可參陳禹妁：《應用廣告遊戲於書法文化之推廣研究──以遊戲「運墨」為例》（臺北：國立臺北教育大學數位科技設計學系碩士班，2013年）、陳曉萱：《擴增實境導入書法展覽之應用研究》（臺北：國立臺灣大學圖書資訊學研究所碩士論文，2019年）；文創設計方面可見黃芷琳：《書法藝術運用於臺灣節慶創作》（臺中：國立臺中科技大學商業設計系碩士班，2016年）、張騏安：《電影海報中書法藝術應用之研究（以80年代後新電影為主）》（臺中：國立中興大學中國文學系碩士論文，2019年）。

屏東的發展。以下為筆者親自採訪尚友筆莊的潘師傅及廖女士賢伉儷，以了解製作雞毫筆的緣由、毛筆銷售的情形、筆莊未來的經營方向以及屏東筆莊的興衰。為屏東傳統書寫工具產業，做簡單的記錄。

（一）歷史上的雞毫筆

關於雞毫筆的歷史與書寫特色，陳俊光（2009）的碩士論文中已作了歸納。雞毫筆早在唐代已經出現，最先的產地在廣東一帶。[58]劉恂《嶺表錄異》中記載：「番禺地無狐兔，用鹿毛、野貍毛為筆。又昭富春勤等州，則擇雞毛為筆。其為用與兔毫不異，但恨鼠鬚之名，未得見也。」段公路《北戶錄》：「番禺諸郡如隴右多以青羊毫為筆，昭州擇雞毛為筆，其三覆鋒，亦有圓如錐，方如鑿，可抄寫細字者。」[59]可見唐朝時在某些特定區域會就地取材，選擇雞毛來使用。

相傳北宋著名書家黃庭堅亦曾使用雞毫筆，向冰題跋〈松風閣詩帖〉中提到黃庭堅「又嘗在湖湘間用雞毛筆。亦堪作字。蓋前輩能書者。亦有時而乘興。不擇佳筆墨也。」[60]可作為其使用雞毫筆的證據。根據劉麗文（2012）的研究，黃庭堅遭貶謫後生活狀況不佳，因此只能使用與生活情形相對應的簡陋工具來書寫，此工具便是雞毫筆。[61]雞毫筆在當時價格較為低廉，較可能的原因是雞毛容易取得。陳俊光也舉出蘇軾〈黃州寒食帖〉後的黃跋亦是使用雞毫筆寫成，其將「應笑我於無佛處稱尊也」句中的「我」字與陳福蔭老師所書寫的「金」字作對照，可以發現使用雞毫筆時所產生的飛白效果有樸拙、靈動之感。

---

58 陳俊光：《陳福蔭書法研究》，頁150。

59 〔唐〕段公路：《北戶錄》，收錄於張晉主編：《中國風土志叢刊》第62冊（揚州：廣陵書社，2003年），頁53。

60 跋文參見國立故宮博物院書畫典藏資料檢索系統：〈http://painting.npm.gov.tw/Painting_Page.aspx?dep=P&PaintingId=43〉，檢索日期：2021年2月26日。

61 劉麗文：〈黃庭堅被貶荊州、益州時用筆考證〉，《北方文學》2012年第9期，頁155。

雞毫筆的筆趣在於樸拙生動，其原因在於雞毛的特點。當雞毫筆蘸墨之後，剛開始由於含墨量高，書寫的感覺與一般軟毫沒有太大的不同，但隨著筆中的墨量越來越少，羽毛中各部分便會開始產生間隙而相互干擾，因此在走筆時筆毫便會不停翻轉，形成似鋸齒狀的抖動線條，因而產生飛白的效果。

圖十二　〈寒食帖〉黃跋「我」字與陳福蔭所書「金」字比較[62]

（二）尚友製筆

前述已提及筆者親自向尚友筆莊請教製作雞毫筆的原因、店內毛筆販售之情形、筆莊未來的經營方向與屏東地區筆莊的興衰。以下內容均引述自潘師傅及廖女士口述，並分別從這四大面向來說明。

1　雞毫筆的緣起及尚友製筆特色

關於製作雞毫筆的原因，潘師傅是早年看見自己的姊姊家中所養的雞，不僅陳福蔭老師使用雞毫，其弟子亦會購買雞毫筆作為練習之用。陳福蔭老師的所使用的雞毫筆是其祖父留給他的，與尚友筆莊作出來的雞毫基本上一致，差別在於陳福蔭老師拿來的雞毫筆筆毫長短不齊，而筆莊所製作的筆基

---

62 圖片引自陳俊光：《陳福蔭書法研究》，頁147。

本上長度是一致的。

　　尚友所製作的雞毫筆有別於一般市售的雞毫，坊間所找到的雞毫筆多是用土雞的羽毛製作，質地較脆，寫起來不易掌握。尚友的雞毫筆較柔，其原因在於使用不同品種的雞來製作。師傅亦說明由於雞各部位的羽毛含墨量各有不同，因此當初製作的時候也耗費不少心力研究，加上製筆的時節亦會成為雞毫筆是否好寫的關鍵，可見要製作一支雞毫筆除了選擇合適的雞毛之外，還需要天候、環境的配合，如此才能顧及雞毫筆的品質。

　　雞毫筆的製作程序與一般傳統筆的差別不大，唯一的差別在於毛料。傳統筆如狼毫、羊毫等皆為單一毛管；雞羽毛並非如此，除了中間有主要的羽幹之外，旁邊亦有羽毛，且基本上是分岔的，猶如樹木有一主幹，漸漸分支成無數的枝幹。因此，羽毛的構造便增加了製作雞毫筆的難度。一般製筆的程序首先是選毛，將不必要的毛料汰換，以確保筆毫品質。其次需要將毛料泡石灰水，目的在於去除毛料上的油脂，否則毛便不易吸墨。接下來的環節為去蒂頭與雜毛，先將欲製筆的毛料進行初步整理。第四步為齊毛，使毫毛在鋪開時能確保毛料的長度一致。整理好毛料之後，就可以試量尺寸，由於筆管皆有分大小，因此必須掌握好毫毛的大小。量好尺寸後，則視情況混毛。筆毫不見得會使用單一毛料，像一般熟知的兼毫基本上就是由黃鼠狼的毛加上羊毛所製而成。混毛亦須注意毛料的長度及品質，以免參差不齊。之後的步驟便是梳毛，若毫毛的長度不齊就必須減掉多餘的雜毛。整理好後就可以取適當的材料製作筆心，將筆心捲成圓柱狀，完成後再包上筆被，最後將筆頭綁好，始能將筆頭裝入筆管內，上海菜膠定型即可。從以上製筆過程可以看出毛料揀選與整理的重要，若要製作雞毫筆，又要將羽毛整理完善，是一件耗費心力的事情。

　　除了雞毫以外，潘師傅亦製作了不少特殊筆。如果子狸、飛鼠、松鼠、孔雀的筆毫都是師傅的得意之作。師傅亦分享以前有人請他協助製作狗毛筆，光做一次就耗費不少心力。因為狗毛彈性佳，又容易蜷曲，毛很容易糾纏在一起，後來嘗試用熱水煮過才勉強好一些。製作特殊筆算是潘師傅自己想嘗試的，相信不同毛料所製作出來的筆，表現出來的線條必定會有所不

同。另一方面也是為了生存，因為藝術家具備一定程度之後，會想要讓自己的作品有所突破，這時往往需要仰賴一些特殊工具，為了因應這類需求，潘師傅便不斷嘗試使用特殊獸毛製筆，這也是尚友筆莊的最大特色。

2 銷售情形

至於來筆莊購買的族群，潘師傅說以書法老師，學校的校長、主任居多。其次是一般公務人員，因為各單位多少有寫榜書的需求。此外，學生、師父（在此指比丘、比丘尼）或是平時想練字的人都會找上門。基本上這些族群所購買的筆以傳統筆為主，也就是我們熟知的狼毫、羊毫、兼毫之屬，只有書法功力較為深厚的老師會購買特殊筆，師傅也強調因為他們想藉由書寫工具使自己的創作能有所不同，因此特殊筆的詢問度也不低。論及早期以來的銷售量，師傅不禁感慨，以前政府仍重視書法教育的時候，各級學校都會下訂單，許多製作的筆也會藉由中盤商收售，但現在只能靠自己推廣人脈，讓書法同好能夠注意。

3 經營方向

潘師傅說早期由於政府推行書法教育，很多中盤商會收售毛筆，學校也會像筆莊訂購，當時的盛況是現在比不上的。今日他們主要藉由社群軟體的群組及社團發出訊息，只要潘師傅有製作新毛筆，或是其他顧客上門購買時，廖女士都會分享訊息讓書法界的同好知道，這也是目前的經營模式。從製筆到銷售，都是筆莊一條龍負責包辦。有別於大陸的分工經營，由於人多，總負責人會分配底下的人負責專門做某一部分，如此標準化的經營所產出的毛筆量勢必會更多。尚友筆莊礙於人力所限，從毛筆的製作到販售都必須依靠自己，這也是製筆之所以辛苦的原因之一。

4 屏東筆莊的興衰

廖女士說明自己製筆的筆墨莊不多，若是高屏一帶，基本上高雄仍有上海筆莊製筆。以前自己的親人也有經營筆墨莊，但後來因為筆賣不出去而倒

閉。而雖然屏東市有中和筆莊，然其屬於經銷商，並不像尚友是自製毛筆。早期政府在推廣的時候，許多人會嘗試自製毛筆，彼此偏向於競爭關係，誰製作的筆受眾較多誰就能生存，以前自己製作的毛筆甚至還能賣到高雄、嘉義、臺中等地區。不過現在官方未能提倡，加上毛料上漲等諸多原因，許多中盤商關門大吉，製作出來的筆沒有單位來收售，就只能憑藉自己的方式推銷。潘師傅便舉例，大陸毛料價格昂貴，有時一次進就花了一二十萬元，若用這些毛料製成毛筆，沒有下游的客源來購買，等於是虧錢。言及未來的發展，潘師傅說他不願再傳承，因為製筆的過程非常辛苦，不希望讓下一代再走相同的路。

綜覽前述，早期政府仍推動書法教育時，屏東筆莊的發展相對蓬勃。隨著資訊時代的來臨加上政府教育政策的改變，筆莊的經營模式遂依賴網路，購筆的人數也相對減低。尚友筆莊雖然藉由通訊軟體行銷，卻沒有架設相關網站銷售，故較難與臺北、高雄等知名的筆墨莊抗衡，更不用說其他連鎖的經銷商。製筆或許被認為是夕陽產業，但在這時代仍然有人願意投入，甚至研發各種獸毛類的筆毫供顧客使用，實屬不易。

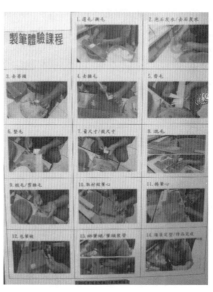

架上陳列的毛筆（筆者親攝）　　　　製筆體驗課程說明（筆者親攝）

製筆過程：將筆頭裝於筆桿　　　雞毫筆及其他特殊筆（尚友筆莊提供）

（筆者親攝）

圖十三　製筆相關照片

參考文獻

一 手稿

陳福蔭：《墨緣書法瑣談》，1991年。

陳福蔭：《墨緣軒書法教學綱領》，1992年。

陳福蔭：《書法大觀》，1996年。

陳福蔭：《墨緣軒篆刻自學辦法草案》，年代未詳。

黃啟仁：《筆耕談》，年代未詳。

二 書籍

〔唐〕段公路：《北戶錄》，收錄於張晉主編：《中國風土志叢刊》第62冊，
　　　　揚州：廣陵書社，2003年。

〔唐〕劉　恂：《嶺表錄異》，收錄於張晉主編：《中國風土志叢刊》第61
　　　　冊，揚州：廣陵書社，2003年。

王　琢編：《李可染畫語——日月山畫譚》，上海：上海人民美術出版社，
　　　　1997年。

李郁周：《臺灣書家書事論集》，臺北：蕙風堂，2002年。

季伏昆編著：《中國書論輯要》，南京：江蘇美術出版社，1990年。

侯中一編：《沈光文斯庵先生專集》，臺北：文海，1980年。

韋潤之編：《建國百年：傳墨書法研究會作品集·壹》，屏東：屏東縣傳墨書
　　　　法研究會，2011年。

陳滯冬編著：《陳子莊談藝錄》，鄭州：河南美術出版社，1998年。

陸　衡整理：《林散之筆談書法》，蘇州：古吳軒出版社，1998年。

黃冬富：《臺灣美術地方發展史全集屏東地區》，臺北：日創社文化，2005年。

齊白石：《論畫散錄》，收入《談藝集》，北京：中華書局，2011年。

蔡東源編：《全國書法名家暨淡溪會員書法作品集》，屏東：屏東縣立文化中
　　　　心，1995年。

鄧散木：《怎樣臨帖》，北京：人民美術出版社，1991年。

黎鴻彥、曾純純：《Hakka客家六堆鄉賢書法名家選輯》，屏東：禾印堂股份
　　　有限公司，2007年。

三　學位論文

陳俊光：《陳福蔭書法研究》，佛光大學藝術學研究所碩士論文，2009年。

四　期刊論文

林麗娥：〈臺灣師門型書法社團之特色及其典範〉，《中華書道》第39期，
　　　2003年，頁37-56。
林麗娥：〈臺灣書法社團之調查研究〉，行政院國家科學委員會專題研究計
　　　畫，2005年。
麥青龠：〈臺灣書法故事1〉，《中華書道》第76期，2012年，頁1-26。
麥青龠：〈臺灣書法故事2〉，《中華書道》第78期，2012年，頁24-42。
劉麗文：〈黃庭堅被貶荊州、益州時用筆考證〉，《北方文學》2012年第9期，
　　　頁155。
林明賢：〈聚合‧綻放──臺灣美術團體與美術發展〉，網址：〈https://twfine
　　　artsarchive.ntmofa.gov.tw/TW/Literature/fagGrowSummary.aspx〉。

從屏東勝利新村故事的收集與
寫作來談眷村的永續保存

林思玲*

摘　要

　　眷村是臺灣一種獨特的居住型式，是為了安置在1945年以後陸續隨著國民政府撤遷來臺灣的軍人與家眷。國民政府遷臺後，全臺灣約有886個列管眷村。在1970年代末期開始，拆遷改建老舊眷村的呼聲開始出現，在1980年代之後陸續拆除，也因此出現了文化保存的運動。目前全臺灣及離島地區的眷村保存案，16個縣市共超過40處眷村進行保存，其中超過30處眷村具有文化資產身分，另有13處是由國防部公告為眷村文化保存區。

　　2008年「國際紀念物與歷史場所委員會」（ICOMOS）於加拿大魁北克所舉辦的第十六屆年會與科學會議提出了「場所精神」的文化遺產保存概念。再者，聯合國在2015年開始發表「2030年可持續發展議程」，明訂17項目標來進行推動地球環境的永續。緊接著國際文化紀念物與歷史場所委員會在2016年2月15日所發表的「文化遺產、聯合國可持續發展目標與新都市議程」，呼應聯合國所發表「2030年可持續發展議程」（The 2030 Agenda for Sustainable Development）內的目標，這是聯合國首次將文化遺產納為可持續發展評估的項目之中。這些均是目前國際間文化遺產保存的重要趨勢。

　　本文透過文獻分析法、觀察研究法與訪談研究法，探討場所精神保存與聯合國永續目標的文化資產保存國際趨勢。再藉由2012年屏東勝利新村《將軍之屋‧故事》徵集的過程與結果，以及目前屏東勝利新村保存之後的發展，進一步探討眷村故事徵集如何能達到場所精神保存與聯合國永續目標。

關鍵詞：眷村、文化資產、文化遺產、永續、場所精神

* 國立屏東大學文化創意產業學系教授。

一 前言

從1970年代末期開始，因為眷舍的老舊問題，拆遷改建老舊眷村的呼聲開始出現。此外，軍眷的第二代與第三代陸續出現，造成部分狹小眷舍不敷使用，眷舍出現許多雜亂的增建現象，造成居住景觀的惡化，成為許多都市發展的阻力。因此，在1996年1月12日立法院三讀通過「國軍老舊眷村改建條例」，國防部列管的眷村在1980年代之後陸續拆除改建，隨之讓部分的眷戶因此獲得補償金改購其他住宅。改建後的眷村大多為大樓集中住宅型式，眷戶之間的生活也出現了許多改變。在此情況下，出現了眷村文化保存的運動，包括了倡議保留原有眷村的建築物。目前由國防部進行文化保存的眷村全臺灣共有13座，其他各縣市還有超過30處大大小小的眷村建築物被指定登錄為文化資產進行保存。因為一個眷村所占的面積通常很大，房舍的數量也很多，眷村的改建與保存通常使得眷村所在都市樣貌產生不小的變化。

在臺灣眷村保存政策施行之後，部分眷村的保存之後，保存政策是必須將原居民搬離眷村，清空建築物後以進行建築物財產清點，再將建築物進行整修，並且給予新的機能後再使用。這樣的眷村保存政策會面臨的問題是，因為原居民的遷離，新機能的引入，造成文化遺產場域內原有的社會脈絡消失。

在聯合國推動永續目標SDGs政策目標之下，教科文組織建議締約國在執行《公約》時應考慮可持續發展的三個方面，即環境可持續性、包容性社會發展和包容性經濟發展，以及促進和平與安全。這些反映了對「地球、人類、繁榮與和平」的關注，這被認為是《2030年聯合國可持續發展議程》中至關重要的領域（UNESCO,2015b:4）。政策文件提到文化可持續性包括促進包容和平等；提高生活質量和福祉；尊重、保護和促進人權；尊重、諮詢和讓原住人民和地方社區參與以及實現性別平等（UNESCO,2015b:6-8）。

本研究採用質性研究的文獻分析法、觀察研究法與訪談研究法。文獻來源主要是關於臺灣眷村相關的出版品與政府研究報告。出版品有眷村相關的書籍、期刊與研討會論文；政府報告主要是國防部眷村保存計畫的輔導訪視

資料。觀察研究法是參與眷村故事收集與寫作，以及全臺灣各地眷村文化資產保存會議中觀察所得的資料。訪談研究法則是訪談民眾對於眷村居住的回憶與保存意見。本文探討場所精神保存與聯合國永續目標的文化資產保存國際趨勢，再藉由2012年屏東勝利新村《將軍之屋・故事》徵集的過程與結果，以及目前屏東勝利新村保存之後的發展，進一步探討眷村故事徵集如何能達到場所精神保存與聯合國永續目標。

二　文獻回顧

（一）眷村的定義

這些眷村隨著時間的演變，軍眷人口的成長造成居住空間逐漸不足，再加上部分眷舍逐漸破舊。為了改建這些從1945年之後軍眷所使用的眷舍，在2007年頒布了《國軍老舊眷村改建條例》。為了區別某些根據1980年頒布的《國軍老舊眷村重建試辦期間作業要點》後所興建並且產權私有化的新軍眷住宅，特在《國軍老舊眷村改建條例》中第3條定義了老舊眷村及原眷戶：「本條例所稱國軍老舊眷村，係指於中華民國六十九年十二月三十一日以前興建完成之軍眷住宅，具下列各款情形之一者：一、政府興建分配者。二、中華婦女反共聯合會（以下簡稱「婦聯會」）捐款興建者。三、政府提供土地由眷戶自費興建者。四、其他經主管機關認定者。本條例所稱原眷戶，係指領有主管機關或其所屬權責機關核發之國軍眷舍居住憑證或公文書之國軍老舊眷村住戶。」因此，就官方的定義而言，眷村是受國防部管理，且住戶必須領有國軍眷舍居住憑證或公文書而才被允許居住。

然而有些學者則認為眷村的定義並非侷限於受國防部管理的眷村才是。若將國防部所管理的眷村稱為列管眷村，另一種則是由軍人自力興建的眷村。國防部列管眷村係指1980年以前興建的眷村，共有四種。第一類是由蔣宋美齡以婦聯會之名於1957到1980年之間向各界募款捐建的房舍，這也是一般社會各界較為熟悉的一種。其他三種分別是政府（各軍種）興建分配者、

政府提供土地由眷戶自費興建者、其他經主管機關認定者（如日治時期日本人遺留的房舍、廠房所改建眷舍）。自力眷村則是指涉存在於各級政府住宅體制之外（如國防部、省政府），以第一代非臺生軍人及其眷屬為主的自發性群居聚落。他們有些是以違章建築的身分存在於臺灣各地，有些出現在列管眷村內外或週邊（公地私建），有些則會夾雜部分私人擁有的合法建物與土地產權的民宅（自地自建）。因此，眷村將不再只限於《國軍老舊眷村改建條例》中所認定，對於許多本省人而言，列管眷村與自力眷村之間的差異並不是那麼明顯，他們認定眷村的標準並不是因為村舍是否具有列管身分或是自治會組織，而是住戶們與臺灣社會之間的各種社會文化差異（如口音、語言、職業、生活習慣等）（李廣均，2013：12-13）。

　　眷村的命名通常有幾種方式：1.以「軍種」為名。陸軍常見的眷村名為「陸光」、「干城」、「忠誠」（代表陸軍忠誠軍風）、「裝甲」、「陸裝」（陸軍裝甲兵）等；海軍常見的眷村名為「海光」；空軍常見的眷村名為「凌雲」（取空軍軍歌：「凌雲」御風去之意）、「藍天」、「空醫」（空軍醫院眷屬）、「大鵬」、「忠勇」（代表空軍軍風）；憲兵常見的眷村名為「憲光」；聯勤常見的眷村名為「明駝」、「四知」（聯勤財務署列管眷村，以「天知、地知、你知、我知」四知命名）。2.前文提到以婦聯會向各商界募款來命名。如「貿商」、「臺貿」（臺灣省進出口貿易商公會捐建）、「影劇」（影劇公會捐建）、「僑愛」（華僑團體捐建）、「果貿」（青果合作社捐建）、「公學」（公立學校教職員捐建）、「婦聯」（婦聯會撥款）、「商協」（商業協會捐建）。或「懷德」、「懷仁」、「慈恩」、「慈光」等名以紀念蔣宋美齡。3.紀念人物或是原部隊駐地命名。如「志開」、「崇誨」（紀念抗戰時空軍烈士周志開、沈崇誨）、「湯山」（陸軍砲兵學校原駐地：南京湯山）。4.以眷村所在地命名。「江陵」（新店江陵里）。5.眷戶自行命名。「自立」、「自強」、「自助」、「篤行」等以表揚愛國情操（郭冠麟主編，2005：27-29）。此外，軍眷需領有居住憑證才能住進眷村（圖1）。

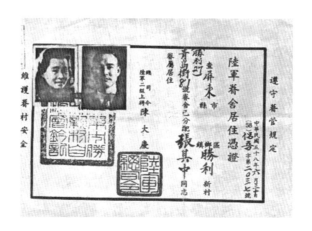

圖1　1969年屏東勝利新村陸軍張其中將軍所領有的居住憑證

（2012年拍攝）

（二）眷村定義與保存運動

　　對於眷村類型分析，根據國防部史政編譯室出版之《從竹籬笆到高樓大廈的故事──國軍眷村發展史》，將眷村定義為「國軍為安定軍心，安頓眷屬所建造的群居聚落」，眷村是由軍方權責單位核定，並設有眷舍業務處理之管理機構負責管理者。並由公款所建，及產權屬於國（公）有，分由各軍種單位管理或指定其所屬單位代管者為限。全臺灣各地國防部列管眷村共計886處。整體而言，列管眷村的住戶只有居住權，沒有建物土地產權，但享有《國軍老舊眷村重建試辦期間作業要點》與《國軍老舊眷村改建條例》保障的購宅身分與相關權益（郭冠麟編：2005：1）。在《國軍眷村發展史》中，亦將眷村發展分為四期，依序是：一、老眷村時期（1945-1956）；二、新眷村時期（1957-1980）；三、舊制改建時期（1980-1996）；四、新制改建時期（1997迄今）。以此可以窺見臺灣眷村在不同時期的形制。

　　李廣均（2015）進一步探討臺灣眷村的歷史形成與社會差異，並從寬廣的歷史脈絡來認識眷村。本文將眷村定義為以第一代大陸來臺的軍人及其眷

屬為主的群居聚落，並且區分為國防部所列管的眷村與軍人自力興建的眷村兩種類型。本文發現，部分大陸來臺的外省籍軍人及其眷屬無法配住進國防部列管眷村，這些沒有住進列管眷村的外省軍人及其眷屬並不是散居各地，而是在國防部列管眷村、國防部營區或是都市空地自力興建房舍，而出現群聚現象。因此李廣均認為，廣義的眷村文化，不應只有探究國防部列管的眷村所產生的文化，還應包括這些軍人自力興建的聚落文化。

　　臺灣對於眷村保存的開始，與「社區總體營造」政策有關。臺灣在1994年推動社區總體營造政策，政府推動相關計畫，促成社區在地文化意識的覺醒，此後臺灣各地興起了社區在地文化保存的相關運動。在眷村則是開始開始推動眷村文學出版、文史調查、影像記錄與影視創作之外，自1996年開始有眷村文化活動與眷村文化節籌辦，以及眷村文物館的設立，2005年8月起全國各地眷村工作團隊開始串連，共同推動相關文化保存工作[1]。

　　針對眷村保存的現象與意義，李廣均（2016）從自由、平等、差異與國族的辯證觀點來檢視多元的不同面向與理論層次，藉此提出可檢驗眷村保存之多元文化意義的分析光譜。他也透過了解眷村起源、拆遷與保存的過程，建構一個可評估眷村保存工作難度的歷史脈絡與結構圖像。最後從田野資料中指出眷村保存的特性，進而檢視眷村保存的現象與意義，反思多元文化的現實意義與理論觀察。在李廣均的研究中發現，目前眷村保存不一定能完整達到延續文化傳統的世代條件與可行性，雖然藍綠雙方在《國軍老舊眷村改建條例》達成和解，但仍然無法解開累積已久的省籍情結與社會對立，反而模糊了眷村的特殊生命歷程與情感經驗。因此研究者認為眷村保存在多元文

1　詳閱董俊仁〈徘徊於《眷改條例》及《文資法》的保存難題——談眷村保存的法令、政策與行動〉：〈https://www.facebook.com/notes/%E8%91%A3%E4%BF%8A%E4%BB%81/%E5%BE%98%E5%BE%8A%E6%96%BC%E7%9C%B7%E6%94%B9%E6%A2%9D%E4%BE%8B%E5%8F%8A%E6%96%87%E8%B3%87%E6%B3%95%E7%9A%84%E4%BF%9D%E5%AD%98%E9%9B%A3%E9%A1%8C-%E8%AB%87%E7%9C%B7%E6%9D%91%E4%BF%9D%E5%AD%98%E7%9A%84%E6%B3%95%E4%BB%A4%E6%94%BF%E7%AD%96%E8%88%87%E8%A1%8C%E5%8B%95/10206207944387436/〉，瀏覽日期：2018年9月25日。

化推動成效的觀察與分析不能脫離歷史脈絡與政經結構，此外，也需要以差異與平等的辯證關係來理解。

馬曉蘭（2010）的研究從國家力介入的生活、私人生活和公共生活進行探究，將眷村的「我們」擴大定義為不只是住在眷村中的外省人，也包含本省人在內。這是一種跨省籍、跨代別、跨性別的緊密關係與情感。就私領域而言，搬入眷村對眷屬是一個穩定的開始，不再是住在部隊中，而是住在「生活空間」。眷屬也可依照自己的喜好經營和擴建自己的住所，眷村的「竹籬笆」更明確劃分了私領域和公領域的界線。但是在眷村中「領域分明，但易跨越」的特色成了互不熟識的眷屬形成「我們」的網絡物質基礎。然而眷村改建後，在公私領域分明且難以跨越的居住空間中，讓「我們」的關係與情感很難運作於每天的日常生活中。

董俊仁（2016）在其碩士論文研究臺灣眷村文化保存實踐與政策研究。董俊仁認為各縣市政府與民間發起「眷村文化保存」工作多朝向「懷舊」，針對「眷村文化保存」的實踐在文化政策上應該以當前臺灣族群與社會的溝通交流，才能產生公共論述與公共空間的意義。因此研究者以實地參與空軍三重一村保存，與推動眷村組織者串連行動經驗，提出了10項研究結論供民間參考：（一）眷村保存使命；（二）多元歷史記憶；（三）相關法令整合；（四）結合民力經營；（五）多元開放原則；（六）保溫滾動併行；（七）全國眷村串聯；（八）眷村社企引擎；（九）開放平臺建構；（十）眷村內外合力。

關於眷村文化的保存與發展，成貴華（2015）從歷史沿革和演變過程了解眷村的文化意涵與保存價值、眷村改建背景與演進、國家文化政策的發展、眷村化政策的興起。並且透過訪談及案例分析了解「眷村文化保存區」執行的成效，並且對未來在文化保存的實務提出適當的建議。本文也提出了三大保存方向的隱憂：（一）如何避免「建築文化的保存觀念，壓過了生活文化的保存」；（二）「中央、地方政府、社區文化團體如何建立有效的合作溝通平臺」；（三）「眷村文化」不能只被視為觀光資源。因此研究者認為「眷村文化保存區」在經營管理層面需要保存維護管理費、文化資產保存領

域人才、專責專業的營運組，這些都必須向民間或私部門尋求協助，唯有透過公私協力、公民參與的方式，才能真正實踐。此外，因此研究者認為保存眷村文化首先必須釐清眷村是一個動態的歷史，不能切割或孤立的態度呈現，應強調「尊重多元文化」的設施與作為。再來是眷村文化保存區是以眷村文化為主體，多元發展才能符合眷村生命週期新時代的意義。

關於勝利新村的活化再利用，林政穎（2017）在其碩士論文中提到公部門對於歷史建築的保存資源不足，加上前後任文化首長對於空間活化再利用的想像有差異，導致政策發展的定位與制度尚未明確。因此研究者提出了六大面向的建議，產品面可投入學校人才，促發文化商品產出的可能性，並且在招商規劃要讓文化結合產業，且不不違背《文化資產保存法》。價格面因為公部門經營館舍不收門票，因此可以利用園區租金收入協助進行眷村的修繕與文化推廣。通路面除了公部門在行銷與觀光的傳播，國立屏東大學文化創意產業學系林思玲教授亦舉辦「文資場域經營行銷」的課程，推廣文化資產保存觀念。促銷面就飲食的部分應嘗試納入眷村料理，吸引眷村子弟的胃口。也可讓原眷戶或文史工作者回來說故事給年輕族群，讓更多人認識屏東飛行文化與眷村文化始末，增加顧客群的多元性，也讓更多消費者接受空間變遷的政策意涵。夥伴面的部分，公部門要與文史工作者、學者、業者等合作討論，也要結合跨域人才，才能創造出文化商品與城市品牌。政策面目前以公私協力的方式，公部門雖然將眷舍委由業者自由經營。但是林政穎認為應思考全球化浪潮下在地化的重要性，而是要扶植經營者將文化元素結合商業模式，讓勝利文化園區有更適當的發展定位與市場。

（三）眷村文學與故事徵集

眷村文學是臺灣文學中的流派之一，也是代表中華民國遷臺後，隨著政府遷徙來的外省人中，文學家所編著的有關眷村大小事的文學。嚴格來說，眷村文學不僅是記述軍眷或其後代生活事蹟，也包含曾經搬遷到眷村居住的閩客族群所留下來文章。眷村文學所記述的文章對象，從老兵、榮民、榮

眷、軍人、農民到與其互動的閩客族群都有，大致是在眷村中和周遭發生的大小事有關。這些文章類形包括詩作、小品文、論文、短篇小說、散文、札記、長篇小說、回憶錄。

關於眷村文學，張汝芳（2010）的碩士論文中以宏觀的角度從眷村文學的界定、源頭、研究現況等不同層面來探討，更透過眷村小說的文本線索，從有形、無形和情感的多重面向歸納出不同類型的聚與散，並且從現實狀況來分析文學的侷限與展望。張汝芳在其研究中提到目前的眷村小說多半以眷村生活的描寫或眷村人物的遭遇為主軸，其他還有回憶眷村生活、召喚族群記憶、為眷村族群發聲等不同的寫作風格。對於這類作品興趣較高的還是以眷村族群較多，因此讀者的小眾是眷村文學的侷限之一。眷村文學的第二個侷限則是因為眷村居民結構的流動性，導致眷村文學出現寫作斷層及世代斷層。因此張汝芳認為以影像方式記錄甚至是透過影劇方式向大眾傳播，都讓小眾的眷村文學有了受大眾注目的機會。然而書寫斷層和世代斷層仍是需要解套的難題。

關於眷村文學的發展，王亞賢（2013）的研究中將眷村文學定義為，只要在文章中曾論及眷村人、事、物、生活型態、文化習慣等點點滴滴，不論用何種方式呈現，都算是眷村文學。此外，也提到眷村文學是在「反共文學」、「軍中文學」、「懷鄉文學」的基礎上發展出特有的風格和內容，在經歷臺灣第二次的鄉土文學論戰後，也讓眷村第二代作家重新思考未來方向及定位。在眷村文學的寫作內容，王亞賢認為前期眷村文學以鄉愁為抒發，後期則偏重眷村生活和土地認同。

劉文君（2015）的研究討論眷村文學中具有代表性的作品之一：朱天心的小說〈想我眷村的兄弟們〉。研究中從小說的敘述方法進行分析，綜述眷村生活的特點，從中理解小說中所寫的眷村子弟身上獨有的烙印，並運用王德威「後遺民」理論分析眷村人的「焦慮與慾望」，並試圖解讀此族群內心深處「無家可歸」的徬徨感。在〈想我眷村的兄弟們〉中描寫的正是眷村第二代，這類「後遺民」複雜的情感結構。在這篇小說中也試圖還原眷村生活場景，召喚眷村子弟，並且希望有更多的人理解他們的焦慮和慾望。因此劉文

君認為在眷村第二代的身上，可以看到他們仍然保留著從父輩所繼承而來的「大大陸」的觀念，雖然這種觀念飄渺且模糊，而與父輩不同，他們對臺灣有更多認同。在種種得失之間，他們的焦慮與慾望有著更多值得探尋之處。

對於眷村故事館的性別展演，江濡因、陳佳利（2011）回顧博物館性別研究文獻，探討博物館的性別偏見常採取何種形式出現、歸納可行之研究方法，並追溯臺灣眷村之發展背景與研究趨勢。他們以龜山眷村故事館為研究個案，嘗試從性別觀點切入，探討眷村故事館的建構歷程、展示敘事手法，以探討其如何展演眷村的性別意象。因此本文認為博物館在展示時可以透過共同策展者或者增加口述史展示，邀請居民成為展示中的「說故事者」，以各種展示手法不斷自我檢視與反省可能忽視的或既有的性別偏見。讓眷村不同世代、性別與族群背景的居民可以發聲，或是自己策劃想展示的議題。這些都是故事館未來可以思考的方向之一。

在黃少瑋（2014）的碩士論文中提到博物館的展示是一種文化詮釋權力的展現，必須透過居民的參與修正權力傾斜的現象。地方居民因為眷村而共處集體記憶的社會框架中，但是居民間會因為看待歷史角度的不同而建構出不同的意涵。因此，研究者認為應鼓勵居民發言，並記錄與回應這些多元性，避免均質化眷村文化的論述。眷村故事館的目標不在於建構一座完全重現過去真實的博物館，因為居民對於過去眷村生活是存在差異性的，重點應放在呈現多元性，由居民的聲音帶領觀眾看見地方文化的多元面貌。

關於戲劇中的眷村女性，王克雍（2016）的研究論文中以《花季未了》、《我妹妹了》、《寶島一村》三齣舞臺作品探討其如何呈現、描寫以及塑造不同省籍的眷村女性形象。在這三齣作品中本省籍女性只有三位，突顯了省籍身分在劇中所隱含的族群意義。相對於外省籍女性的形象塑造，本省籍女性更符合傳統女性的理想樣貌。此外，研究者認為家國想像除了反映在舞臺上眷村生活樣貌的再現，後殖民文化想像與國族打造也時常將女性比喻為國族圖騰的象徵。而且女性因為繁衍、養育及文化傳承與家庭私領域的主要執行者，必須要有理想的美德。又因為臺灣長期以來省籍牽動政治的敏感神經，造成不同省籍眷村女性隱含了國族意義。但是在三個作品中皆缺少了女

性自我的聲音，以及本省籍母親自身文化如何與外省丈夫家融和，甚至是衝突的過程。在呈現上只有女性全盤吸收外省男性家庭的一切，並把女性打造為理想形象，讓女性／本省在男性／外省的家國想像中都只成為理想中美好的大敘事點綴。

三　文化資產保存的國際趨勢

（一）場所精神：歷史空間的有形與無形文化的共同保存

　　「場所精神」（Genius Loci）是2008年「國際紀念物與歷史場所委員會」於加拿大魁北克所舉辦的第十六屆年會與科學會議（the ICOMOS 16th General Assembly and 2008 Scientific Symposium）所關注的重點。會議中所形成的「魁北克場所精神宣言」指出，場所精神被界定為有形的部分，即建築物、場址、景觀、路徑、物件（buildings,sites,landscapes,routes, objects）；與無形的部分，即記憶、口述、書面文件、儀式、慶典、傳統知識、價值、氣味（memories, oral narratives, written documents, rituals, festivals, traditional knowledge, values,odors）。兩者恰為實體與精神成分，能賦予場所意義、價值、情感與神秘。因此，為了能確保有形與無形遺產能夠同時被保存，宣言中鼓勵各種非正式的活動，如口頭敘述、儀式、表演、傳統經驗與習慣等；與正式的活動，如教育計畫、數位資料庫、網站、教具、多媒體簡報等傳播方法以捍衛保存場所精神[2]。

　　魁北克宣言鼓勵歷史空間保存應找回文化遺產物質與非物質之間的脈絡關係，也就是歷史空間的保存不僅是建築物本身，更須著重於建築物相關的記憶、口述、書面文件、儀式、慶典、傳統知識、價值、氣味等無形的部分，因為這些無形的部分能賦予場所特別的意義、價值與脈絡。

2　〈魁北克場所精神宣言〉（The Quebec Declaration on the Spirit of Place），網址：〈http://www.international.icomos.org/quebec2008/quebec_declaration/pdf/GA16_Quebec_Declaration_Final_EN.pdf〉，瀏覽日期：2020年9月14日。

（二）魁北克宣言內幾項對於場所精神保存的建議

場所精神的再思考（Rethinking the Spirit of Place）：

1.了解場所精神由有形（場址、建築物、景觀、路徑、物件），與無形元素（記憶、口頭敘述、書面文件、儀式、慶典、傳統知識、價值、氣味）構成。這些元素不僅對場所的形成有重大貢獻，還賦予它靈魂。我們宣布，無形文化遺產可為整體遺產提供更豐富、更完整的意義，所以，所有文化遺產的相關立法，以及所有紀念物、場域、景觀、路徑與收藏物件的保存與維修計畫，都必須將其列入考慮。

場所精神的威脅（Identifying the Threats to the Spirit of Place）：

4.由於氣候變化、大量觀光、軍事衝突與城市開發，招致社會變遷與瓦解，我們需要更全面地了解這些威脅，預為防範，並提出永續的解決之道。我們建議政府與非政府機構、地方與國家遺址組織，必須發展長期策略性計畫，防範場所精神及其環境惡化。應指導居民與地方當局共同捍衛場所精神，讓他們對變遷的世界所帶來的威脅能有所準備。

7.現代數位科技（數位資料庫、網站）能以低成本、高效率的方式，開發多媒體清單，整合遺產的有形與無形元素。為了讓遺產場所及其精神受到比較完善的保存、散播和提倡，我們強烈建議廣泛運用此類科技。這些科技能加速多樣性發展，確保場所精神文件的持續更新。

9.鑒於當地社會，尤其是傳統文化群體，一般而言最能感受到場所精神，我們主張他們最具資格來捍衛它，且所有保存和傳遞場所精神的努力應與他們密切相關。應鼓勵各種非正式（口頭敘述、儀式、表演、傳統經驗與習慣等）與正式（教育計畫、數位資料庫、網站、教具、多媒體簡報等）傳播方法，因其確保的不僅是場所精神的捍衛，更重要的是群體的永續與社會發展。

魁北克宣言雖然是有形文化遺產保存組織「國際紀念物與歷史場所委員

會」所提出，起始點是從有形文化遺產出發，提醒有形文化遺產中不能缺乏無形文化。反觀，無形文化遺產也需要重視有形文化場域的保存。兩者是相互依存，相輔相成。

（三）聯合國永續環境發展目標的起源與內容

2015年9月25日，聯合國成立70週年之際，世界領袖們齊聚聯合國紐約總部，舉行「聯合國發展高峰會」，基於千禧年發展目標未能達成的部分，發布了《翻轉我們的世界：2030年永續發展方針》。這份方針提出了所有國家都面臨的問題，並基於積極實踐平等與人權，規劃出17項目標（Goals）及169項細項目標（Targets），作為未來15年內（2030年以前），成員國跨國合作的指導原則[3]。此外，這份方針同時兼顧了「經濟成長」、「社會進步」與「環境保護」等三大面向，在在展現了這份新方針的規模與企圖心。17項永續發展目標如下所列：

目標1：消除各地一切形式的貧窮

目標2：消除飢餓，達成糧食安全，改善營養及促進永續農業

目標3：確保健康及促進各年齡層的福祉

目標4：確保有教無類、公平以及高品質的教育，及提倡終身學習

目標5：實現性別平等，並賦予婦女權力

目標6：確保所有人都能享有水及衛生及其永續管理

目標7：確保所有的人都可取得負擔得起、可靠的、永續的，及現代的能源

目標8：促進包容且永續的經濟成長，達到全面且有生產力的就業，讓每一個人都有一份好工作

---

3 詳閱〈聯合國永續發展〉（Transforming our world: the 2030 Agenda for Sustainable Development）：〈https://sdgs.un.org/2030agenda〉，瀏覽日期：2020年9月14日。

目標9：建立具有韌性的基礎建設，促進包容且永續的工業，並加速創新

目標10：減少國內及國家間不平等

目標11：促使城市與人類居住具包容、安全、韌性及永續性

目標12：確保永續消費及生產模式

目標13：採取緊急措施以因應氣候變遷及其影響

目標14：保育及永續利用海洋與海洋資源，以確保永續發展

目標15：保護、維護及促進領地生態系統的永續使用，永續的管理森林，
　　　　對抗沙漠化，終止及逆轉土地劣化，並遏止生物多樣性的喪失

目標16：促進和平且包容的社會，以落實永續發展；提供司法管道給所有
　　　　人；在所有階層建立有效的、負責的且包容的制度

目標17：強化永續發展執行方法及活化永續發展全球夥伴關係

「國際紀念物與歷史場所委員會」（International Council on Monuments and Sites，以下簡稱「ICOMOS」）在2016年2月15日所發表的「文化遺產、聯合國可持續發展目標與新都市議程」（Cultural Heritage, the UN Sustainable Development Goals, and the New Urban Agenda），是由ICOMOS轄下幾個科學委員會所共同準備，是為了呼應聯合國所發表「2030年可持續發展議程」（The 2030 Agenda for Sustainable Development）內的指標。這是聯合國首次將文化遺產納為可持續發展評估的項目之中。在這份可持續發展議程裡明確承認，城市在促進可持續發展方面的重要作用側重於人民和尊重人權，可持續發展目標將在未來15年成為世界各國發展基準[4]。「2030年可持續發展議程」包括17個目標，其中的一個具體目標，即是達成「使城市和人類住區具有包容性、安全、可持續性」，而文化和創意即是達成這目標所採取的重要手段之一。在地方層級上，文化和創意是每天生活所實踐的。因此，它通過刺激文化產業、支持創造、促進公民和文化參與。讓公部門與私部門及民

4　詳閱〈ICOMOS〉網頁：〈http://www.usicomos.org/wp-content/uploads/2016/05/Final-Concept-Note.pdf〉，瀏覽日期：2020年9月14日。

間社會的合作能夠發揮作用，支持更可持續的城市發展並且適合當地居民的實際需要[5]。

因此，ICOMOS在「文化遺產、聯合國可持續發展目標與新都市議程」裡提到，文化遺產保存必須在都市社區可持續發展的目標下來思考策略。在一個城市文化遺產數量越來越多的情況下，經濟面的思考也日益重要。由此可知ICOMOS對於保存經濟的態度。議程主張將文化和文化遺產納入城市發展計畫和政策，以作為提高城市地區可持續性的一種方式。由於當前社會經濟、環境和政治環境中的一些條件、挑戰和機遇，對文化遺產保護和可持續發展的議題已經出現，所有這些都必須納入文化遺產保護的方法。最重要的是確認我們目前的都市化狀況，需要更人文和生態的發展概念模式的新興需求，意味著文化和文化遺產／景觀在實現可持續發展城市這一新的人文和生態模式方面發揮關鍵作用。因此，聯合國認為融合文化遺產的城市發展更具可持續性、更多樣化、更具包容性。這種方法有助於創造綠色經濟，增強可持續性，提供幫助扶貧的就業機會。此外，遺產的再利用和活化有助於促進循環過程，這是可持續發展的關鍵特徵，也是推動向當地「經濟脫碳」（de-carbonization）過渡的下一個「再生」（regenerative）城市經濟。最後，與可持續城市發展相結合的遺產保護，有可能團結人們走向實現社會凝聚力和和平的目標[6]（林思玲，2019：109-110）。

「2030年可持續發展議程」中「聯合國居住可持續發展目標」（UN Habitat's Sustainable Development Goals, SDGs）中的指標11.4.1 World Heritage，評估指標為花費在保護和保護所有文化和自然遺產方面的人均花費（公共和私人）總額，計算方式將顯示遺產類型（文化、自然與複合遺產）、政府級別（國家、地區和地方／市政）、支出類型（經營支出／投資）和私人資金類型（捐贈、私人非營利部門、贊助）。該指標說明了地方、國

5　詳閱〈聯合國教科文組織〉網頁：〈https://en.unesco.org/creative-cities/content/whycreativity-why-cities〉，瀏覽日期：2020年9月14日。

6　詳閱〈ICOMOS〉網頁：〈http://www.usicomos.org/wp-content/uploads/2016/05/FinalConcept-Note.pdf〉，瀏覽日期：2020年9月14日。

家和國際層級、與民間社會組織（civil society organizations, CSO）和私營部門合作，共同為保護世界文化和自然遺產的財務上的努力與行動，會直接影響城市和人類住區的可持續性。這將代表自然與文化資源得到了保障，並用以吸引人們（居民，工人，遊客等）和金融投資，最終提高總支出[7]。這也說明了文化遺產保存再利用與城市經濟發展的關聯性。

因此，這樣的可持續性指標，就衍伸ICOMOS在「文化遺產、聯合國可持續發展目標與新都市議程」所提到的「私人和公共直接支出文化遺產和文化活動占國內生產總值的百分比。」、「從事文化和自然遺產部門活動和服務的人數占總就業人數的比例。」、「在國家層級及歷史城市地區承認聯合國教科文組織的歷史城市景觀方法（the UNESCO Historic Urban Landscape, HUL），並在國家層級之次一級使用歷史城市景觀方法。」、「將遺產保護與城市發展計劃和政策相結合」、「增加指定文化區的數量」、「在規劃政策中承認和保護傳統的街道和開放空間模式」[8]等保護文化遺產的策略（林思玲，2019：113）。目前，聯合國推動各國各項事務都能夠符合SDGs指標的方式，逐步將SDGs政策目標落實[9]。

四　2012年屏東勝利新村《將軍之屋・故事》收集與寫作計畫緣起

屏東縣「勝利新村」、「崇仁新村（成功區）」是國防部所選定全臺灣13處眷村文化保存園區之一，同時也是屏東縣登錄的文化資產歷史建築。

1994年國防部公告實施《國軍老舊眷村改建條例》，依據此條例逐步拆遷改建全臺灣的眷村。然而原空間的消失意謂著生活文化的改變，眷村文化

7　詳閱〈https://unhabitat.org/un-habitat-for-the-sustainable-development-goals/11-4-worldheritage/〉，瀏覽日期：2020年9月14日。

8　詳閱〈ICOMOS〉網頁：〈http://www.usicomos.org/wp-content/uploads/2016/05/FinalConcept-Note.pdf〉，瀏覽日期：2020年9月14日。

9　詳閱〈聯合國永續發展〉：〈https://sdgs.un.org/goals/goal11〉，瀏覽日期：2020年9月14日。

工作者開始意識到眷村文化保存的重要性。隨著全國各地的眷村文化工作者致力於推動眷村文化空間保存，於2005年第1屆的全國眷村研討會中各縣市眷村文化人士逐漸串聯，並由下而上進行修法工作，透過跨黨派立法委員及國防部、文化建設委員會（現在改為文化部）等相關單位的協助，陸續召開了七次以上的正式會議，才完成法條內容修訂的確立。2007年11月21《國軍老舊眷村改建條例》文化保存修法（第一、四、十一、十四條等）三讀通過，其中規定了文化保存精神納入眷村改建政策、地方政府取得眷村土地、改建基金文化用途等。國防部依據《國軍老舊眷村改建條例》文化保存修法，在臺灣北、中、南、東、離（外）島五區，各區選定一至二處辦理。獲選為「國軍老舊眷村文化保存計畫」共13案，包含屏東縣政府所提的屏東縣「勝利新村」、「崇仁新村（成功區）」。屏東縣政府文化處隨即在2007年將「屏東市勝利新村、崇仁新村（成功區）日治時期軍官眷舍」登錄為歷史建築，並申請做為國防部眷村文化保存區。

　　目前被保存下來的眷村大部分眷戶都已搬遷，建築物與空間紋理雖然保留了，但曾經在這個空間生活的人與事，是否也能藉由保存並且再現。2012年所執行的屏東縣眷村文化保持出版計畫《將軍之屋・故事》，即是希望能夠再現曾經生活在屏東市「勝利新村」日治時期八棟官舍的人與事。

　　本計畫由屏東縣政府所選定八位將軍與八棟官眷舍所在位置，分別為「孫立人將軍官舍：屏東市中山路61號」、「葛南杉將軍眷舍：屏東市康定街16號」、「李法實將軍眷舍：屏東市勝義巷9號」、「張其中將軍眷舍：屏東市青島街81號」、「羅文浩將軍眷舍：屏東市中山路永勝巷2號」、「錢庭玉將軍眷舍：屏東市必勝巷1號」、「陸德耀將軍眷舍：屏東市青島街95號」、「湯元普將軍官舍（陸軍軍官學校校長官舍）：屏東市青島街106號」。

　　計畫開始執行，即獲得勝利新村自治會呼光冀會長的大力協助（圖2），聯繫八位將軍本人與家屬後，才得以順利進行訪談。其中孫立人將軍故事是訪談其姪子；葛南杉將軍故事是訪談其子；李法實將軍故事是訪談李夫人、兒子、女兒、女婿；張其中將軍故事是訪談其子；羅文浩將軍故事是訪談羅夫人；錢庭玉將軍故事是訪談其女；陸德耀將軍故事是訪談其子；湯元普將

軍故事則是訪談湯將軍本人。眷村第一代多已凋零，本計畫有幸訪問到一位將軍本人、兩位將軍夫人。其中羅夫人在計畫結束後不久即離世，也顯示出眷村故事蒐集越來越不易的狀況（圖3）。

圖2　呼光冀會長協助訪談
（2012年拍攝）

圖3　接受訪談的羅文浩將軍夫人
（2012年拍攝）

　　本出版品章節內容如下所列：包括「開場白」、「（一）勝利新村空間紋理與歷史脈絡」、「（二）勝利新村日式住宅建築設計概念」、「（三）每棟建築特色與賞析、人物介紹（眷戶）及生活影像搜集」、「（四）特殊眷村場景及生活故事」、「（五）未來期許與遠景」、「（六）參考書目」。

　　在「開場白」中，以下列感性的文字帶領大家走入勝利新村：「走進屏東市的勝利新村，映入眼簾的是棋盤式街道，花木扶疏的庭院中一棟棟日式風格的眷舍，彷彿讓人掉進時空隧道中。昔日將軍正在庭院裡一邊哼著家鄉歌謠，一邊修剪花木；或者是將軍夫人正站在街口，喚著在防空洞前玩耍的孩子們回家吃晚飯。每一棟眷舍裡，都曾經發生過許多動人的故事，有些溫馨、有些哀傷、有些激勵人心。眷村的保留讓我們能體驗那些曾經發生在這足以見證時空轉變的歷史。您準備好了嗎？跟著腳步走進眷村裡，聽上幾則關於將軍與眷村的故事。」

　　本文列舉其中一篇「羅文浩將軍的眷舍：永勝巷2號」與「羅文浩將軍」、說明眷村故事採訪結果。

（一）羅文浩將軍

1 眷舍：永勝巷2號

　　永勝巷2號曾經是羅文浩將軍一家人生活的眷舍，兩戶雙拼型式，三側圍繞著院子。庭院內部分地面已鋪設混凝土。院子還保留日治時期原有之洗石子矮圍牆，前庭設置一個消防槽，圍牆邊留有一個日治時期原有之垃圾投置孔（圖4）。

　　主體建築物為一層樓高度，右後方增建一層樓廚房。建築物屋頂覆蓋黑瓦，牆身採水泥粉刷裝修，建築物基座四周設有通風口。建築物正面入口左側有一落地推拉門，推拉門外設有階梯可連接戶外庭院。外牆四周開設大小不同的窗戶，窗框保留原木構造。建築物背面為一整排的木製推拉門，推拉門外設有階梯可連接戶外庭院（圖5到圖9）。

　　主要入口置於北面，入口處有數階洗石子裝修之臺階及坐墩。大門為原木構造門框，入口上方保留原木製雨遮，入口處左側山牆面可見木製屋簷出挑與通氣窗。

　　入口進入後為玄關，玄關留有原來木製掛衣架。進入玄關後，左側為兩間房間，玄關右側有廊道連接其他房間及廁所、廚房。

　　室內保留原有的空間格局與裝修，可見原來日治時期的木製地板、天花板、推拉門扇、置物櫃、欄間等裝修。房間內的電器插座與廁所的燈泡座也是原建築所有。廁所用的燈泡座設置在牆中，當燈泡點亮時，牆內外都有燈光照射，是個非常特別的設計。牆面木構造的綠色漆裝修可能也是原日治時期樣貌。置物櫃內保留原有可拉出的木製抽屜與金屬「引手」（置物櫃門扇的拉孔）。室內可見原日治時期便所的痕跡，外牆還留有當時清理糞便的孔道及浴室的煙囪、通風窗（圖10到圖14）。

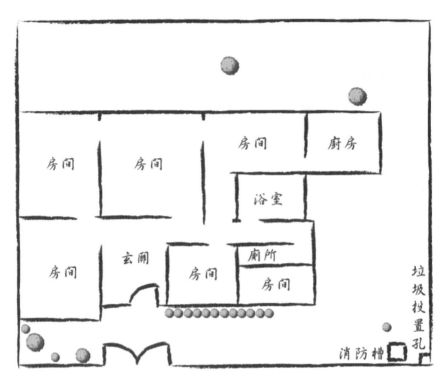

圖4　永勝巷2號平面示意圖

圖5　永勝巷2號建築物外觀　　圖6　永勝巷2號院子留有一個日治時期
　　　（2012年拍攝）　　　　　　　　原消防槽（2012年拍攝）

圖7　永勝巷2號圍牆邊設置一個日治時　圖8　永勝巷2號入口處左側山牆面可見
　　　期原垃圾投置孔（2012年拍攝）　　　　木製屋簷出挑與通氣窗
　　　　　　　　　　　　　　　　　　　　　　（2012年拍攝）

圖9　永勝巷2號建築物基座通風口　　　圖10　永勝巷2號玄關左側後方房間
　　　（2012年拍攝）　　　　　　　　　　　（2012年拍攝）

圖11　永勝巷2號隔間牆上木製欄間　　　圖12　永勝巷2號木製櫥櫃
　　　（2012年拍攝）　　　　　　　　　　　（2012年拍攝）

圖13　永勝巷2號木製天花板
（2012年拍攝）

圖14　永勝巷2號外牆還留有當時清理糞
便的孔道及浴室的煙囪、通風窗
（2012年拍攝）

2　羅文浩將軍

　　永勝巷2號位於中山路安靜的小巷弄內，曾是羅文浩將軍一家人居住過四十多年的家。羅文浩將軍於1957年調至臺灣南部營區後分配到這棟眷舍，當時將軍與羅夫人程芳蘭女士、女兒羅學雯與一名傳令兵隨即遷入屏東市勝利新村，此外，有時居住於較遠的聘僱傭人也會同住。

　　之後羅文浩將軍的職務雖然曾歷經南、北與外島等地調動，但眷舍始終在勝利新村沒有更換。女兒羅學雯高中畢業後曾離家到北部求學，後至外地工作並結婚，僅有休假空閒時候才會回到勝利新村。羅文浩將軍於1996年4月21日逝世。孝順的羅學雯退休後與丈夫搬回勝利新村與母親一同生活，一家人直到2011年3月才搬出永勝巷2號的眷舍。

（1）因國家戰亂投考軍校，臺兒莊大捷豎立戰功

羅文浩將軍出生於1913年（民國2年）農曆2月30日，為湖北省黃陂縣長堰鄉羅家崗人。1930年畢業於湖北省立二中，國家正值軍伐割據之亂，關切國家大事的羅文浩將軍便毅然投考中央陸軍官校八期。自訓練中悟得革命哲學、軍人武德、軍事學術等精義，從此深奉為圭臬。軍校畢業後分發陸軍二十五師。

抗日戰爭爆發後，羅文浩將軍任三十一師上尉連長，軍隊職守於山東省南邊臺兒莊，擊敗敵軍揚名中外，史稱「臺兒莊大捷」，羅文浩將軍也因此戰役榮獲勳獎表彰。1943年羅文浩將軍以上校身分再進入陸軍大學深造，畢業後即返回抗日十一戰區，升任孫連仲將軍部少將參謀，而後接受日軍投降。抗日戰爭結束後旋即參與對中共作戰，1949年調國防部第十三視察組視察官，隨隊部來到臺灣。翌年追隨孫立人將軍於鳳山整訓陸軍，在陸軍擔任要職多年，後調至澎湖防衛司令部，這之間也曾由蔣中正先生指派為實踐學社教育長，對高階將領進行講習與訓練，因此有許多將領都會尊稱羅文浩將軍為老師。羅文浩將軍於1971年自國防部聯戰會中將退役（圖15、圖16）。

圖15　羅文浩將軍與先總統蔣公　　　　圖16　羅文浩將軍
　　　（羅學雯提供）　　　　　　　　　　　（羅學雯提供）

（2）將軍與夫人軍中相識共結連理

羅文浩將軍夫人程芳蘭，生長於官宦世家，自小成績優異。她與羅文浩將軍在軍隊相識，在中日戰火延燒之際共結連理。中日戰爭時，許多學校被

迫遷往後方，當時羅夫人正讀高中三年級最後一個學期。羅夫人的母親不希望羅夫人跟著學校遷至湖南長沙，但是羅夫人力爭要完成高中學業，因此跟著學校到了湖南。當時正是陸軍三十軍三一師在長沙招募新兵，羅夫人高中畢業後隨即投筆從戎，加入戰地服務團。軍隊移防經過的城鎮，服務團必須先行和百姓溝通，讓百姓知道軍隊經過不擾民，讓民眾放心。服務團的第二個工作是當軍隊整休時，團員教士兵唱歌。羅夫人想起當時所唱的歌片段：「大刀向鬼子們的頭上扔去，全大陸的同胞們」另外東北淪陷時所唱的歌片段：「高粱肥、大豆香，流浪、逃亡、逃亡、流浪、流浪到那年逃亡到何方。」

在河南省鄧縣服務團解散後，羅夫人考上西北大學農學院農業經濟系，當時院長是于右任的外甥。羅夫人畢業後申請分發至隴海鐵路沿線，離羅文浩將軍駐防的地方很近，因此結識。當時羅文浩將軍26歲，羅夫人23歲，兩人於1935年結婚。羅夫人保留著一張當時兩人身著軍裝的照片，相片中兩人笑容燦爛，情感非常深厚（圖17）。

圖17　羅文浩將軍夫妻初識之照片
（羅學雯提供）

（3）喜歡寵物的將軍夫人

　　1949年初至臺灣時，羅文浩將軍與夫人居住於臺北縣中和鄉（現今新北市中和區）。後因軍職調動，於1957年8月舉家遷入屏東市勝利新村（圖18、圖19）。平時在軍中服務的羅文浩將軍鮮少有時間回到眷舍，家裡平常為羅夫人與女兒羅學雯共同生活。

　　羅夫人相當喜歡寵物，尤其是一隻名為「咪咪」的波斯貓，羅夫人飼養牠長達十三年。當年還沒到臺灣以前，羅夫人在大陸北平領養了才三個月大的咪咪。羅夫人很喜歡牠，總拎著籠子帶著牠到處跑。咪咪跟隨著羅家到了臺灣，也住進了屏東市勝利新村。眷舍寬廣的庭院，讓咪咪擁有寬敞的自由活動空間。

　　「咪咪」在飼養十三年後，突然有天走失了，這令羅夫人非常難過。當時在澎防部的羅文浩將軍知道這件事，為了安慰羅夫人，特地從澎湖帶回一隻狼狗送給羅夫人作伴。這隻狗被取名為「吉利」，吉利聰明又伶俐，有著看家的好本領，是個相當盡責的守衛狗，時時守護著永勝巷2號的眷舍。牠與羅夫人感情要好，每當愛串門子的羅夫人到鄰居家作客時，吉利都能很快地找到在鄰家的羅夫人。除了吉利外，另一隻曾在眷舍一起生活的狗也讓羅夫人印象深刻。退休後的羅將軍某天在勝利路散步時，一隻狗突然緊跟著他一路回到眷舍中，羅將軍就這樣收養了牠，成為眷舍中的一分子。

　　羅夫人回憶，因為勝利新村的眷舍有著寬廣的庭院，曾在這養過不少條貓與狗。牠們除了在自家的院子裡，還會跳出圍牆外在勝利新村中到處玩耍。貓狗的同住增添了不少羅家生活的趣味（圖20、圖21）。

圖18　羅夫人與女兒、鄰居於勝利新村眷舍院前（羅學雯提供）

圖19　羅夫人與女兒在勝利新村眷舍庭院竹籬笆前（羅學雯提供，約1957年拍攝）

圖20　勝利新村眷舍庭院中的貓（羅學雯提供）

圖21　羅夫人於勝利新村眷舍院前養貓情景

（4）閱讀報紙是夫妻共同的嗜好

　　在退休以前的羅文浩將軍，休假回到勝利新村的家中生活很簡單。閒暇時偶爾會坐車到屏東其他鄉鎮走走看看，但大部分的時間都會在家休息。休假在家時，天還未亮就會出門去散步運動，回來後便閱讀報紙。閱讀報紙是羅文浩將軍最喜歡的休閒活動，家裡當時訂了兩到三份的報紙，有時看完家裡的報紙還會到屏東縣圖書館看其他的報紙。羅學雯回憶，當時家裡總是有一疊疊的報紙堆擺著。羅文浩將軍喜歡邊看報紙邊用紅筆標示重點。跟將軍

一樣，羅夫人也愛看報紙，看報紙成為了將軍夫妻間共同的嗜好。羅將軍喜歡閱讀時事或軍事類的新聞，羅夫人則喜歡閱讀醫藥方面的新聞。羅夫人提及當時一篇篇用紅筆畫重點的報紙，是將軍特別為她準備的，她可以藉由紅線知道一整篇的新聞哪些是特別重要的。羅夫人還喜歡剪報，她會將喜歡或是重要的新聞剪下來，並加上註記，多年來已經累積相當龐大的剪報內容。除此之外，羅夫人也會剪下容易寫錯的字並常加以練習，提醒自己千萬不能寫錯字（圖22）。

圖22　閱讀報紙並剪報是羅文浩將軍夫妻共同的嗜好

（5）將軍夫人學習廚藝；閒暇打牌訓練腦力

因為家中有傭人幫忙，羅夫人很少有機會下廚。但因為在勝利新村裡有多位太太擅長烹煮各式佳餚，因此偶爾羅夫人也會跟著學習烹煮幾道美食。羅夫人回想當時，她就曾經跟著劉放吾將軍的夫人學習包粽子。認真的她為學做菜，還會特地買食譜回來研究。愛吃魚的羅文浩將軍則經常買魚回來烹煮，羅夫人因為自己小時候吃魚曾被魚刺刺傷，因此很怕從菜市場買回來活

跳跳的魚，體貼的羅文浩將軍總是會請魚販將魚處理好再帶回家，羅夫人打趣地說：「活的魚是進不了我家的門。」此外，閒暇時的羅夫人喜歡與鄰居一起打牌，打牌時的激盪思考讓她的腦筋特別靈活。

（6）退休後的羅文浩將軍

軍中退伍後的羅文浩將軍持續著閱讀報紙的習慣，並且開始練習書法。羅文浩將軍主要書寫方正的小楷字體，利用寫書法來訓練自己的心性。

除了在勝利新村的生活外，退休後時間餘裕的羅文浩將軍夫妻，每年皆會安排至國內外各處旅遊，相簿裡一張張的照片都是每一次旅行的精采回憶。關於旅行，羅夫人回想起一段有趣的事。因為夫妻倆的生日都是農曆2月30日，護照上寫的是農曆的生日，每次出國使用護照時，都會被質問兩人的生日是否有誤，後來為了避免麻煩，兩人就索性都將出生日期改為2月28日。之後，羅夫人每次在報紙上看到關於農曆2月30日生日的報導，都會剪下留作紀念。

羅文浩將軍於1996年4月21日病逝，安葬於臺北五指山將軍園。羅夫人與羅學雯目前已搬離勝利新村眷舍。羅夫人回想起一家人住在勝利新村的眷舍中，寬廣的庭院可以乘涼玩耍，讓貓狗自由活動，室內堅固的木質地板多年來無損壞，眷舍的空間住起來相當舒適。另外，在眷村裡經常可以與街坊鄰居見面聊天，這些生活方式都是其他地方無法取代的（圖23、圖24）。羅文浩將軍一生盡忠職守，而一家人生活的美好時光，正是勝利新村一頁動人的詩篇。

圖23　羅文浩將軍夫妻於勝利新村　　　圖24　受訪時神采奕奕的羅夫人
　　　眷舍前（羅學雯提供，1995　　　　　　　（2012年拍攝）
　　　年拍攝）

（二）屏東勝利新村保存現況

　　勝利新村在眷戶遷出後，屏東縣政府為了活化文化資產，於2011年開始辦理「屏東市『勝利、崇仁眷村』歷史建築經營管理標租案」，得標人可利用標租的眷舍建築來經營可彰顯眷村文化相關之藝文展演、研習講座、餐飲、特色商品零售、生活體驗服務等。時至今日，勝利新村大部分眷舍已獲得整修並且出租給民眾經營。目前已有多家特色餐廳與文化創意產業業者進駐於此區（圖25、圖26）。

　　然而，修復再利用後的勝利新村，在空間氛圍上已不如昔日眷村。一位屏東眷村第三代提到，爺爺是空軍，居住在屏東的六塊厝眷村。對於他小時候曾生活過的眷村環境，印象最深刻的是很狹窄的生活空間，鄰居們之間的關係卻因此很緊密。他懷念每次行經門前巷子，長輩們呼喚他小名的聲音。他覺得現在的勝利新村把眷村時期的增建都拆除了，恢復成日本殖民的宿舍

空間。雖然空間環境看起來比較美觀，但反而不是他印象中的眷村了[10]。再者，進駐商家所經營的多樣商業活動，也難以喚起遊客對於昔日眷村生活場景的想像。

圖25 進駐勝利新村經營講座與輕食 的商家（2020年拍攝）　　圖26 進駐勝利新村販售原住民族服 飾的商家（2020年拍攝）

　　眷村文化消失的困境，也反應在國防部對於保存眷村訪視的紀錄中。在2019年01月07日國軍老舊眷村文化保存計畫輔導訪視紀錄中提到：「……從保存眷村之主體特色與風貌的計畫目標觀之，存在保存時期應定位在目前再造歷史現場的日治時期或後期轉為眷村使用的眷村時期的疑義。且保存的主體應為建築本體為先抑或是應以回復整體內外部環境之眷村風貌為主，均是後續保存計畫應進行再確認的課題。請依據確認後的定位進行保存計畫的滾動式修正，具體調整計畫內容及執行項目，藉以實質上落實保存眷村之主體特色與風貌的目的。」「……推動本計畫的保存作為，……過程中也舉辦了小學堂、公民論壇及文資工作坊等志工人才培訓的活動，並與在地組織持續接觸與合作，在執行上的相關組織運作尚稱順暢。惟建議應於未來的保存計畫修正版中納入具體的資料加以呈現，以利強化說明縣府執行機制與權責分工的架構，以及與相關專業團隊及在地組織與民眾或學校單位合作的運作體

---

10 2020年7月30日訪談內容。

系，藉以確立未來持續推動眷村保存的組織系統與執行機制。[11]」由此可知，勝利新村目前的修復，缺乏對於眷村時期環境氛圍的保存意識，過度追求復原日治時期建築物的原貌。再者，雖然有舉辦志工人才培訓，但未落實於未來經營計畫，且缺乏與在地組織的鏈結，恐淪為委託計畫執行的工作樣板。

五　其他眷村記憶的蒐集相關計畫

（一）國軍退除役官兵輔導委員會所建置的榮民文化網

　　國軍退除役官兵輔導委員會所建置的榮民文化網，是將榮民感人故事或憶往紀事，設立網站以供大眾瀏覽。網站收錄榮民與眷屬對於從抗日戰爭軍興、國共內戰到國民政府撤守臺灣的口述史料[12]。其中「閱讀眷村」這個單元收錄了「眷村歷史」、「名人話家常」、「竹籬笆的故事」等內容，在「眷村歷史」中收錄了勝利新村自治會呼光冀會長的口述歷史（圖27、圖28）。

圖27　榮民文化網中的「老兵憶往」[13]　圖28　榮民文化網中的「閱讀眷村」[14]

11　詳閱〈國防部政治作戰局軍眷服務處眷村文化保存〉：〈https://gpwd.mnd.gov.tw/Publish. aspx? cnid=639&p=6167〉，瀏覽日期：2020年9月23日。

12　詳閱〈榮民文化網〉：〈https://lov.vac.gov.tw/〉，瀏覽日期：2020年9月23日。

13　採自〈榮民文化網〉：〈https://lov.vac.gov.tw/〉，瀏覽日期：2020年9月23日。

14　採自〈榮民文化網〉：〈https://lov.vac.gov. tw/〉，瀏覽日期：2020年9月23日。

（二）榮民榮眷基金會與文化部建置「榮民與眷村文化主題國家文化記憶庫」

財團法人榮民榮眷基金會與文化部於2020年4月21日簽署合作協議書，預計將資料數位轉化為文字及影音建置於國家文化記憶庫中，以記錄及保存榮民及眷村文化。未來基金會將與文化部合作建置榮民與眷村文化國家記憶庫，利用文字、照片、影片，將屬於榮民的珍貴記憶以數位方式，永久保存下來。目前徵件活動已經實質進行，希望相關的工作團隊，共同參與榮民與眷村文化記憶數位化的系統性整理與保存工作。此外，榮民榮眷基金會日前攜手桃園市政府打造全國首座眷村資源中心、與各民間團體合作辦理眷村文化推廣、首創榮民文化碩博士論文獎補助、創辦文創學院培育保存榮民文化人才等專案工作，基金會以多元的文化宣傳活動，分別或同時進行榮民與眷村文化的記錄、保存，有系統的建構榮民文化成為一種具有脈絡的在地文化資源，進一步使榮民與眷村文化獲得實質的延續與發展。目前中華民國眷村資源中心利用胖卡當作眷村故事蒐集站，進行眷村故事的蒐集（圖29）。

圖29　由中華民國眷村資源中心發行的全國眷村雙月電子報[15]

15　採自中華民國眷村資源中心facebook。

六　結論

　　眷村故事的徵集，有助於延續眷村的文化，以目前文化資產保存的國際趨勢來看，將眷村的記憶保留在眷村文化資產場域，才能達到「場所精神」的再現。如同魁北克宣言中提到的：「魁北克宣言鼓勵歷史空間保存應找回文化遺產物質與非物質之間的脈絡關係，也就是歷史空間的保存不僅是建築物本身，更須著重於建築物相關的記憶、口述、書面文件、儀式、慶典、傳統知識、價值、氣味等無形的部分，因為這些無形的部分能賦予場所特別的意義、價值與脈絡。」再者，眷村故事的徵集，可符合以下SDGs：

目標4：確保有教無類、公平以及高品質的教育，及提倡終身學習
　　　　（4.7在2030年以前，確保所有的學子都習得必要的知識與技能而可以促進永續發展，包括永續發展教育、永續生活模式、人權、性別平等、和平及非暴力提倡、全球公民、文化差異欣賞，以及文化對永續發展的貢獻。）
目標8：促進包容且永續的經濟成長，達到全面且生產力的就業，讓每一個人都有一份好工作
　　　　（8.9在2030年以前，制定及實施政策，以促進永續發展的觀光業，創造就業，促進地方文化與產品。）
目標10：減少國內及國家間不平等
　　　　（10.2在2030年以前，促進社經政治的融合，無論年齡、性別、身心障礙、種族、人種、祖國、宗教、經濟或其他身分地位。）
目標11：促使城市與人類居住具包容、安全、韌性及永續性
　　　　（11.4在全球的文化與自然遺產的保護上，進一步努力。）

　　然而，如何將蒐集的眷村記憶再現於眷村文化資產場域，魁北克宣言中建議：「如教育計畫、數位資料庫、網站、教具、多媒體簡報等傳播方法以捍衛保存場所精神。」這些應該是未來屏東勝利新村或者臺灣其他眷村保存可善加利用的工具。

參考文獻

一　專書

郭冠麟：《從竹籬笆到高樓大廈的故事——國軍眷村發史》，臺北：國防部史
　　　政編譯室，2005年。

王潤華、白豪士主編：《東南亞華文文學》，新加坡：新加坡歌德學院、新加
　　　坡作家協會，1989年。

王潤華：《魚尾獅、榴槤、鐵船與橡膠樹》，臺北：文史哲，2007年。

米歇爾・傅柯（Michel Foucault）著，劉北成、楊遠嬰譯：《規訓與懲罰——
　　　監獄的誕生》，臺北：桂冠，1998年。

林思玲：《將軍之屋・故事》，屏東：屏東縣政府文化處，2012年。

林思玲：〈創意文化空間中文化資產場域的功能及應用〉，陳坤宏、林思玲、
　　　董維琇、陳璽任：《創意文化空間・商品》，臺北：五南出版社，
　　　2019年。

二　單篇論文

江濡因、陳佳利：〈眷村、博物館與性別：論龜山眷村故事館之性別展演〉，
　　　《博物館與文化》第2期，2011年12月，頁54-87。

李廣均：〈眷村的歷史形成——列管眷村與自力眷村的比較〉，臺灣眷村文化
　　　與保存檢討與展望研討會，頁11-23，臺中：文化部文化資產局，
　　　2013年。

李廣均：〈臺灣「眷村」的歷史形成與社會差異：列管眷村與自力眷村的比
　　　較〉，《臺灣社會學刊》第57期，2015年7月，頁129-172。

李廣均：〈差異、平等與多元文化：眷村保存的個案研究〉，《社會分析》第
　　　12期，2016年2月，頁1-40。

黃錦樹：〈神州：文化鄉愁與內在中國〉，《中外文學》第22卷第2期，1993年
　　　7月，頁129-172。

劉文君：〈「後遺民」的焦慮與慾望——論朱天心〈想我眷村的兄弟們〉〉，
　　《中國文化大學中文學報》第30期，2015年4月，頁81-96。

三　碩博士論文

王克雍：〈臺灣現代劇場的眷村再現與眷村女性形象：以《花季未了》《我妹
　　妹》和《寶島一村》為例〉，國立臺南大學戲劇創作與應用學系碩
　　士班學位論文，2016年。

王亞賢：〈台灣文學中的眷村書寫研究〉，國立中央大學中國文學研究所碩士
　　論文，2013年。

成貴華：〈眷村文化保存與發展之研究〉，國立臺灣師範大學政治學研究所國
　　家事務與管理在職進修碩士專班碩士學位論文，2015年。

林政穎：〈屏東市勝利新村活化再利用的政策行銷〉，國立屏東大學社會發展
　　學系碩士論文，2017年。

馬曉蘭：〈「我們」打從眷村來：眷村生活史的考察〉，東海大學社會系碩士
　　論文，2010年。

張汝芳：〈緣起緣滅——臺灣眷村文學「聚散」主題之深析〉，國立東華大學
　　美崙校區中國語文學系研究所學位論文，2010年。

黃少瑋：〈以生態博物館在現地方集體記憶之研究——以桃園眷村故事館為
　　例〉，國立臺灣師範大學社會教育學系碩士論文，2014年。

董俊仁：〈跨越竹籬笆——臺灣眷村文化保存實踐與政策研究〉，國立臺北藝
　　術大學藝術行政與管理研究所學位論文，2016年。

四　網路

〈Policy for the Integration of a Sustainable Development Perspective into the
　　Processes of the World Heritage Convention, General Assembly of
　　States Parties〉UNESCO, 2015b.，網址：〈http://whc.unesco.org/en/
　　sustainabledevelopment/〉，瀏覽日期：2020年9月14日。

〈魁北克場所精神宣言〉（The Quebec Declaration on the Spirit of Place），網

址：〈http://www.international.icomos.org/quebec2008/quebec_declarat ion/pdf/GA16_Quebec_Declaration_Final_EN.pdf〉，瀏覽日期：2020 年9月14日。

〈ICOMOS〉網頁：〈http://www.usicomos.org/wp-content/uploads/2016/05/Final Concept-Note.pdf〉，瀏覽日期：2020年9月14日。

〈ICOMOS〉網頁：〈http://www.usicomos.org/wp-content/uploads/2016/05/Final Concept-Note.pdf〉，瀏覽日期：2020年9月14日。

〈聯合國居住地〉：〈https://unhabitat.org/un-habitat-for-the-sustainable-develop mentgoals/11-4-world-heritage/〉，瀏覽日期：2020年9月14日。

〈聯合國永續發展「Transforming our world: the 2030 Agenda for SustainableDevelopment」〉：〈https://sdgs.un.org/2030agenda〉，瀏覽 日期：2020年9月14日。

〈聯合國教科文組織〉：〈https://en.unesco.org/creative-cities/content/why- creativitywhy-cities〉，瀏覽日期：2020年9月14日。

〈聯合國永續發展〉：〈https://sdgs.un.org/goals/goal11〉，瀏覽日期：2020年9 月14日。

〈榮民文化網〉：〈https://lov.vac.gov.tw/〉，瀏覽日期：2020年9月23日。

〈國防部政治作戰局軍眷服務處眷村文化保存〉：〈https://gpwd.mnd.gov.tw/ Publish.aspx?cnid=639&p=6167〉，瀏覽日期：2020年9月23日。

董俊仁：〈徘徊於《眷改條例》及《文資法》的保存難題-談眷村保存的法令、 政策與行動〉：〈https://www.facebook.com/notes/%E8%91%A3%E4% BF%8A%E4%BB%81/%E5%BE%98%E5%BE%8A%E6%96%BC%E 7%9C%B7%E6%94%B9%E6%A2%9D%E4%BE%8B%E5%8F%8A% E6%96%87%E8%B3%87%E6%B3%95%E7%9A%84%E4%BF%9D% E5%AD%98%E9%9B%A3%E9%A1%8C-%E8%AB%87%E7%9C%B 7%E6%9D%91%E4%BF%9D%E5%AD%98%E7%9A%84%E6%B3% 95%E4%BB%A4%E6%94%BF%E7%AD%96%E8%88%87%E8%A1% 8C%E5%8B%95/10206207944387436/〉，瀏覽日期：2018年9月25日。

五　法規

國防部《國軍老舊眷村改建條例》。

國防部《國軍老舊眷村重建試辦期間作業要點》。

台灣影壇總動員：

《西施》的製片格局與產業效應（攝製篇）*

陳煒智**

（Edwin W. Chen）

摘　要

　　於1965年10月22日晚間，在台北舉行全球首映的電影《西施》無疑是華語影史上規模最大、影響也最深遠的作品之一。由李翰祥導演創辦的國聯影業和台灣省政府旗下的台灣電影製片廠聯合攝製，加上國聯的支持者──香港國際電影懋業及其母公司──星馬陸氏「國泰」集團，還有台灣地區勢力最大的電影發行商聯邦公司，彼此互通聲息，成就了這齣台港星馬跨境結盟的史詩鉅片。

　　本文透過新聞報導及原始文獻的梳理及分析，還原《西施》從籌備到攝製、後製，及發行與映演等歷史軌跡，藉此一窺1960年代國際冷戰架構下，台灣與香港、星馬等地的華語影壇，如何在嘗試合作的初始階段，突破並跨越彼此殊異的製作理念和工業水平差距，包括電影廠棚資源的調度、外景場域的安排、港台明星於選角過程中身分籍貫的角力等等，最終艱辛完成這部所謂「影壇總動員」之空前作品。這次的跨域合作，也深刻撼動整個華語電影工業的發展方向。

關鍵詞：台灣電影、國聯、台製、電懋、李翰祥

---

* 本文經改寫整編，分為上下二集，分別刊載於國家電影及視聽中心出版《電影欣賞》第184期（2020年7-9月秋季號）、185期（2020年10-12月冬季號）。

** 影評人，電影與劇場史研究者。

一　寫在前面

　　電影《西施》當年號稱「亞洲影壇最偉大的製作」。由李翰祥導演創辦的國聯影業和台灣省政府旗下的台灣電影製片廠聯合攝製，國聯背後的支持者——香港國際電影懋業公司以及其位於星馬的母公司「國泰機構」，還有台灣勢力最龐大的電影發行商——聯邦集團，彼此互通聲息，等於台灣、香港、星馬跨境結盟，台製、國聯、電懋（國泰）、聯邦四家公司合作，由台製、國聯攝製。它巨大的製片格局深深撼動整個台灣地區的電影產業，電影完成之際，如何整合既有市場資源、開闢國際通路，對於當時當刻的台灣影人，更是莫大的考驗。

　　《西施》於1965年10月22日晚間在台北新生戲院舉行全球首映，至今恰好55個年頭。縱觀影史，這部史詩巨作無疑是華語影壇歷來所見規模最大、影響也最深遠的作品之一。本研究計劃以電影產業三個主要環節：攝製、發行、映演，爬梳整理《西施》在籌備階段、拍攝時期、日本後製與台灣首映之運籌帷幄，乃至國際參展及發行的媒體報導、影人訪談，重新檢視這部「超級鉅片」對於台灣、香港、星馬，乃至全球影壇的衝擊。計劃共分為五個部分：籌備篇、攝製篇、發行與映演、修剪與推廣、影響與傳承。

　　本文為全文中的「攝製篇」，由選角起述，終至配音完成，聚焦於選角階段的港台角力，以及全片於內搭景的廠棚資源調度和外景安排，主標題所謂「台灣影壇總動員」，敘述基準即根植於此。

　　《西施》製片規模之宏大，連製作團隊也幾難駕馭，直接迫使1960年代初期台灣喊出「國片起飛」口號之際，轉絞出產業自身之動能，方始能面對《西施》一片所帶動起的全面效應。篇幅所限，於此環節的論述便不在此「攝製篇」歸納討論，僅得略敘一二。

　　1963年春，邵氏在與國泰集團雙胞商戰當中，進度後來居上的《梁山伯與祝英台》先於亞洲影展擒獲四項個人獎，4月底上映之後轟動台北，威名不但震驚全台，更遠播香港、星馬。來至8月，李翰祥導演於25日凌晨，於自家住所發表談話，宣布脫離邵氏，接受國泰集團及台灣片商聯邦公司的支

持，自組國聯影業。原欲使用香港亞洲片場的設施推展製片工作，邵氏方面採取法律途徑，令其無法在港施展身手，李翰祥於是率領團隊轉赴台灣，尋求與中影方面的合作不成，轉而借用台製片廠拍攝《七仙女》，在很短的時間內讓國聯立足影壇，繼之以《狀元及第》，仍然延續《梁祝》造成的黃梅調古裝民間故事風潮。

國聯的《七仙女》上映後，時任大陸青年反共救國團主任的蔣經國在12月20日的下午，接見了李翰祥與台製廠廠長龍芳，自下午二時三十分起，會談約半小時，蔣經國勉勵李翰祥拍攝能將國片「帶進國際影壇的好片子」，並且多拍具有「民族意識」的作品[1]。不久之後，台灣各媒體便在22日傳出李翰祥導演有意拍攝《西施》的消息，並且，預計是在國聯新片（亦即1964年初開拍的《狀元及第》）完成後，全力推動。

以上便是《西施》一片展開籌備最簡要的描述。然而，這其實是一段完全改寫華語電影發展的重要歷程，自1963年的《梁祝》神話，到1965年空前且絕後的《西施》完成上映，大概三年的歲月，所有重要的主角，在以上的描述裡都已隆重出場——李翰祥、龍芳、邵氏、電懋（國泰）、聯邦、台製、中影、蔣經國、亞洲影展，還有《梁山伯與祝英台》。

我們進一步細化，甚至「學理化」這段影壇往事，其實可以發現，這三年之間的風雲變化，最主要的推動能量來自於一重一重的「二元競爭」：華語影壇的左派與自由影圈對立，整個東南亞電影市場裡的邵氏與國泰集團勢如水火。在台灣，長年居次的台製與一枝獨秀的中影意圖較勁，民營影業當中，勢力龐大的聯邦集團漏接邵氏新片銷售套裝，由新組成的明華影業整碗端走，《梁祝》、《紅樓夢》、《白蛇傳》等全數拱手讓人。如此重重疊疊，舊恨新仇，在國際冷戰的大時代、大背景之下，以亞洲影展的國際活動為華麗的舞台，熱鬧上演整場商業競賽的折衝樽俎，送往迎來。

國聯來台製片，在1963年下半於台灣影壇掀起萬丈波瀾。國語片自1950年代末逐漸累積的氣勢，來到《楊貴妃》、《千嬌百媚》、《武則天》、《梁山伯

1　〈蔣經國主任　接見李翰祥〉一文報導，《聯合報》第8版，1963年12月21日。

與祝英台》，達到最頂點。與此同時，影響台灣地區電影產業甚巨的日本電影，恰好出現空窗——中華民國和日本間的外交關係在1963年8月進入緊張狀態，至年底更形惡化，1964年起，政府相關主管機關遲遲不開放當年度的日片配額，引起各片商不滿，關說、陳情等大小動作接連展開，但與此同時，片商也逐漸把目光焦點轉至因《梁祝》、《紅樓夢》、《白蛇傳》等邵氏民間傳奇古裝歌唱片，以及中影「健康寫實」帶動起來的「觀賞國片」熱潮，日片的空窗，正好給國片（包括台產與港產）極大的伸展空間，直到1965年的4月1日，在長時間的外交斡旋和內政商務交涉後，日片才終於重新開放年度配額，重新進口。此際國語影片的地位已漸穩固，日片雖有擠壓，真正影響到的還是基本觀眾群重疊較密切的台語片。台語影圈正當韶華盛極的年代，有識有才的青年創作者如林福地、郭南宏等，乘勢加盟國聯，兼拍彩色闊銀幕的國語電影，之後更藉此通道轉進香港，在1960年代尾、1970年代初，港台人才密切流動的新局面裡，起了帶頭作用。

二 台製與國聯的政治、藝術及商業盤算

時間回到1963年底，李翰祥與龍芳面見蔣經國的時間點上。李翰祥早在1960年初，就已經在邵氏籌拍「四大美人」片集，其中「西施」篇章雖有腹案，始終未拍。龍芳在年前的《吳鳳》大獲成功後，抱著《鄭成功》的拍攝企劃四處求援，劇情片業務停擺一整年，之後轉換跑道籌備《風塵三俠》，又與李翰祥密切合作，蔣經國指示或可拍攝「句踐復國」題材，李翰祥原本就想拍「西施」，雙方一拍即合，台製廠順水推舟，直接宣布這個巨型的製片計劃。

因為國聯，又透過聯邦集團夏維堂的牽引，龍芳終於與電懋方面正式接觸。電懋自1962年8月底鍾啟文突然辭去總經理職務，爆出行政管理階層的嚴重問題；國泰集團總裁陸運濤對電影娛樂事業頗感興趣，身兼電懋總經理繼續拓展製片業務，初期遇到邵氏迎面痛擊，在《梁祝》商戰敗下陣來，隨即轉與李翰祥合作，同時也與香港富商邱德根商議，改建舊有片場設施；研

議期間，身兼電懋在台代表的夏維堂帶來龍芳這條線索，非同小可。

1964年第11屆亞洲影展，是台灣方面首度舉辦國際影展活動，邵逸夫、陸運濤均親自前來參加盛會。陸運濤在會後隨龍芳至台中一帶檢視可能設廠的預定建地，如果談成，將會是國泰集團直接和台灣省政府旗下的台灣電影製片廠，攜手合作，尤其，台製廠才剛剛獲得省府核准撥下新台幣3000萬元的經費[2]，準備大展拳腳，增建影城片場，並與國聯、電懋等聯合製片《西施》、《風塵三俠》，以及《吾土吾民》上下集等，共四部巨片[3]。

陸運濤、龍芳等一行人返回台北時發生空難，同機罹難的除省府官員、香港影壇「自由總會」的代表、電懋及台製相關人員之外、聯邦夏維堂、邱德根夫人也不幸離世。《西施》原定在1964年6月開鏡，因亞展活動稍延，又因空難事件腳步大換，最後則以「繼承罹難者遺志」為強大的動力，由原任職於台製廠、現轉任中影製片廠廠長的龍芳左右手——楊樵，接掌整部巨片的製片、行政重任，與李翰祥攜手合作，排除萬難，在1964年7月22日正式開鏡。

幸也不幸地，《西施》也就這樣成為整幅由陸運濤、龍芳、夏維堂——電懋、台製、聯邦等三方面攜手畫成的華語影業、台灣影壇美好遠景當中，最後僅剩、勉力實現的唯一成果。

就在亞洲影展系列活動開展前夕，《聯合報》在1964年6月6日，以顯著的篇幅刊出宏文〈本省電影史上最大製作：《西施》籌拍經過〉，撰作者署名

2　省府核准台製廠新台幣三千萬元的預算，龍芳預備大展鴻圖，在本文稍後所引「瑤台鳳」所撰〈本省電影史上最大製作：《西施》籌拍經過〉文中，即有詳細記述，見1964年6月6日《聯合報》第13版。

3　《吾土吾民》的題材與詳細故事內容尚待更多史料出土，方能斷定。這個製片計劃遠在李翰祥仍在永華影業、1954、1955年永華因財務危機及片庫失火，無以為繼之際，即曾提起過這項計劃，在國聯與台製合作之初，再次浮現影壇，又於1967年前後國聯危急存亡之秋，第三度被人提起；由於《吾土吾民》與「史可法守孤城、清兵『揚州十日』大屠殺」的製片題材，在永華、國聯，時時被共同提及，未知是否《吾土吾民》與《揚州十日》之別名，也未知是否《吾土吾民》與國聯後期所謂時裝背景的史詩大戲有所關連。李行導演日後所攝、金馬獎最佳劇情片《吾土吾民》則與這項製片計劃沒有直接關係。

「瑤台鳳」，即為與國聯影業有密切合作關係的姚鳳磐[4]。

這篇專文的導言如是寫道：

> 全部製片預算將超過新台幣一千二百萬元的古裝影片《西施》，她的拍攝將成為此間電影界有史以來最大的電影製作。《西施》是由省府的台灣電影製片廠和純粹民營的國聯影業公司攜手合作，製片人是台製廠長龍芳——一位被認為是卓越的電影行政官員，導演則是素以大手筆著稱和對藝術要求非常「任性」的李翰祥，他們兩人來攜手拍攝《西施》，一開始就富有戲劇性。如果這部大陸電影史上數一數二的高預算影片，能夠圓滿完成，不但會使此間影業產生奇蹟，對這兒合作拍片的歷史，七會寫下里程性的史頁。但這部影片從籌拍到完成，卻仍有一段艱辛而須要密切配合的路程。

接下來，「瑤台鳳」便就《西施》的拍攝靈感來源、國聯當時身為登記在「香港」的公司，演職員家眷多在港九，薪資亦以港幣計算，在合拍合製過程中如何平衡「港元」與「台幣」的收支與匯差，一一討論，此外，還有關於龍、李二人晉見蔣經國的記述：

> 拍攝《西施》最初的意念是於去年秋形成，剛來台灣不久的李翰祥有一次由龍芳陪同拜會蔣經國先生，蔣先生在談話時提到像「勾踐復國」這類的故事可以拍成電影；當時龍芳正為籌拍《鄭成功》經年無功而煩惱，蔣先生的一句話使這位幹練的電影官員觸動靈機，在回程的汽車上就開始向李翰祥提出要他導演《西施》的建議，李翰祥欣然首肯。龍芳回到台製之後，立即命令該廠編導唐紹華著手編寫《西施》的劇本。

4　見〈本省電影史上最大製作：《西施》籌拍經過〉，《聯合報》第13版，1964年6月6日。

再有即是前文提起，台製向省府申請擴大製片業務獲得批准一事：

> 李翰祥返國之初，一直沒有電影公司肯借攝影棚給他拍戲，原因是中
> 影和邵氏的「邦交」一直敦睦，中製也向中影跟進；幸虧新聞處長吳
> 紹璲和龍芳慧眼識英雄，毅然把廠棚租讓給李翰祥拍「七仙女」，所
> 以李與龍之間，建立了很深厚的友誼。龍芳一來是繼「吳鳳」之後已
> 一年多沒拍戲，二來是他向省府申請擴大台製製片業務獲得批准，並
> 得台灣銀行撥付新台幣三千萬元作為製片及建廠基金，在龍芳要大展
> 鴻圖之際，李翰祥當然也願意拔刀相助。

此外，瑤台鳳又言及顧毅的場景設計、李翰祥的藝術表現和選角經過，等於
總結了台製從起心動念想拍攝《西施》的1963年12月底，一直到1964年6月
初的整個前期經過，提供許多值得細細尋思的重要線索。

三　港台合拍、三方合作的具體反映

由於《西施》是港台合拍，又是國聯、電懋、台製的三方合作（若再加
上聯邦公司，就是四方合作），選角工作非同小可，既要能平衡港台影壇勢
力，同時保有國際市場競爭力，還要讓台製、國聯、電懋三方面都有表現機
會，居中穿針引線的發行商聯邦公司也有種種盤算，運籌帷幄，頗費工夫。

前文所引瑤台鳳所著一文，於此即有詳細的記述。報導裡寫道，台製製
片科長陳汝霖以及莊國鈞等列出一些候選演員的名單，在李翰祥完成《狀元
及第》後，便會同《西施》的製片小組共同商議[5]。

據悉，在最早的版本裡，安排由趙雷演范蠡，王引演越王勾踐，羅維演
吳王夫差，洪波演伯嚭，歐陽莎菲演句踐的妻子君夫人。這個名單的「香港
氣息太濃」，而台製方面為了使旗下基本演員有嶄露頭角的機會，於是亟力

5　同註4。

爭取，加上王引過去與台製合作《吳鳳》時，似曾有過齟齬，羅維與台製原擬合作《風塵三俠》，又生變局，歐陽莎菲在港也正好加盟邵氏，外借拍攝電懋、台製、國聯合作的歷史巨片，恐怕沒有想像中那麼容易。

就這樣，《西施》的選角隨即成為媒體追蹤的熱門話題，尤其，當時的華語影壇，有哪位女星夠資格、夠份量主演這位「美人中的美人」，更是萬眾矚目的焦點。

（一）美人中的美人

李翰祥心目中飾演「西施」角色的首選，始終是尤敏。

1964年在台灣籌備巨片《西施》時，為何他不曾正式提議禮聘尤敏來台，理由不明，即便有此念頭，於史無徵，此處不再多作猜測；尤敏在《西施》正式進入選角階段時，也已嫁作人婦，退出影壇。

在女星當令的1950及1960年代，李翰祥在邵氏開出的「傾國傾城」片集，無疑影壇震撼彈。在1958、1959年連續兩部彩色古裝歌唱片《貂蟬》、《江山美人》大獲成功之後，這套名為「傾國傾城」的四大美人製片計劃，原本要將西施、昭君、貴妃，以及妲己（貂蟬題材已經攝製完成）齊聚一堂，四個短篇，組成上下兩集；彩色攝製之外，也將集合影壇頭牌女星，分別主演。

爾後邵氏將「妲己」獨立出去另起專案，「傾國傾城」改換上烽火戲諸侯的褒姒，片集裡率先開鏡的是林黛主演的「王昭君」[6]和李麗華主演的「楊貴妃」[7]，接著又因排名順序、戲份多寡等等，頻傳爭議，索幸化零為

6　1959年底《王昭君》率先開鏡，台灣《聯合報》1959年12月16日於第8版刊出香港航寄通訊，文中提及《王昭君》於12月11日拍攝造型照片「並定於十五日在大觀片廠正式開鏡」。香港《工商晚報》則於1960年1月10日第6版報導〈『王昭君』攝製工作第二階段即將開始〉，文中提及《王昭君》已於「上月初旬開拍，一連工作二十餘日」，片中漢廷內苑「永明宮」的戲份已近完成，即將拍攝「正殿」及「偏殿」兩堂巨景，其中便包括林黛手持孔雀羽扇，隨樂翩翩起舞的大型歌舞場面。

7　《楊貴妃》接續《王昭君》，在《王》的主要戲份接近完成後，於1960年4月21日在香港

整，將昭君、貴妃比照「妲己」的專案，獨立成單部電影。再加上邵氏攔截與之商業競爭日益激烈的電懋公司最新「武則天」製片計劃，搶先規劃，運用「傾國傾城」片集的資源立即開拍，此刻的李翰祥等於同時執導三部彩色古裝宮闈鉅製：《王昭君》、《楊貴妃》，還有《武則天》。

邵氏方面的製片實力，以及李翰祥導演的才華，在1959、1960、1961的時間點上，一次迸射開來。更有甚者，邵氏於清水灣一帶投資、籌建多年的全新片場，在1960年11月正式揭幕，豐厚的片廠資源因此為這一系列古裝鉅片提供了最好的發展環境。

李翰祥原擬在「傾國傾城」片集裡安排樂蒂飾褒姒，尤敏飾西施；樂蒂是邵氏旗下的女星，接戲選角自然由公司作主，尤敏1958年與邵氏約滿後雖已轉至電懋，不過依照舊約，她仍欠邵氏一部影片未拍，這便是李翰祥心心念念延請尤敏主演《西施》的原因之一。

除了合約，李翰祥做為一個對藝術專注、任性、執著的創作者，他如此盼望跟尤敏合作，更重要的應該是受劇作家姚克發表於1956年香港藝術節的《西施》話劇影響。

姚克《西施》，卡司驚人。由於左派影壇和自由影人之間的角力鬥爭，這檔話劇製作幾乎都由知名影星演出[8]；尤敏時為邵氏公司力捧新星，出飾

亞洲片場開鏡。香港《工商晚報》於1960年4月29日第6版報導〈『傾國傾城』第二組　楊貴妃開鏡〉，文中指出邵氏星馬機構主持人邵仁枚、製片場經理周杜文、影星王引、樂蒂等，均到場慶賀，開鏡戲為梅妃寢宮，主演者為李麗華（飾貴妃）、嚴俊（飾玄宗）、李香君（飾梅妃）。

8　1956年3月18日第二屆香港藝術節，姚克編《西施》國語歷史話劇於利舞台揭幕。自1955年的第一屆舉辦起，藝術節的舞台便成為香港左派與自由派文化勢力競逐的戰場；特別在國語、粵語的話劇表演，更幾度掀起巨浪，險些逼使台灣方面祭出禁令，限制參與左派團隊所創作之戲劇演出的演員編導等，童星蕭亮（即蕭芳芳）就曾是風暴中心人物之一。第二屆於利舞台揭幕的話劇《西施》，以自由影人為主要班底：羅維（飾夫差）、尤敏（飾西施）、王萊（飾鄭旦）、賀賓（飾伍子胥）、唐迪（飾伯嚭）、吳家驤（飾范蠡）、尤光照（飾太醫無咎）、朱冠軍（飾文種）。姚克的劇本裡並無句踐等角色的戲份，主要情節聚焦在西施和夫差相處多年，由國仇漸生私情，最終身陷兩難的歷史悲劇。

西施，夫差是能演能導的羅維，王萊飾鄭旦。邵氏「傾國傾城」的西施、褒姒兩篇，因故暫擱，此際，坊間前後還傳出有張仲文、一度赴港發展的台語片女星游娟等，都可能是西施的人選；此外，在1962年邵氏、電懋挖角戰裡，邵氏成功吸引葉楓的合作條件之一，也是讓她與李翰祥導演合作籌備多時的《西施》[9]。

台製廠在1964年初正式宣布與李翰祥合作《西施》，台製旗下唯一的明星、有「台製之寶」美稱的張美瑤，幾乎眾望所歸，理應扮演這位美人中的美人。然而女星當令的年代，一部像《西施》這等製片規模、承載這等文化與政治使命的超大製作，「眾望所歸」尚不足以成為想當然爾的理由；長官的意見、幾方製片勢力的折衝、導演的偏好等，都會對《西施》的「西施」一角之安排，產生極大的影響。

前文一再引用的「瑤台鳳」專文是這麼寫的：

> 龍芳原意是要「台製之寶」張美瑤演西施，試探李翰祥的反應不佳，而且就戲論戲，西施一角也確實應由正在竄紅而且演戲已經開了竅的江青來演，比較合適而且有把握。

文中點出幾個關鍵：「試探李翰祥的反應不佳」、「江青正在竄紅」而且「演戲已經開竅」、「有把握」。換言之，李翰祥「反應不佳」的原因想來不是因為張美瑤「不紅」。難道，他因為張美瑤「還沒開竅」，所以「沒把握」嗎？

據李翰祥自己解釋，他倒是十分樂意和張美瑤合作，真正有意見的其實

9　李翰祥「傾國傾城」片集，在1960至1962的近三年間，始終是媒體關注的焦點新聞。彼時香港主流報刊影劇新聞的版面有限，反倒台灣方面大量刊載「香港航寄」、「香港通訊」的簡訊、特稿及專文，與香港乃至星馬等地以影劇娛樂消息為主的所謂「小報」，內容相似相仿，消息來源大致出自各大電影公司宣傳部、影人聚集的茶樓，甚至配音間等地，以口耳相傳的方式一傳十十傳百，訊息真真假假，既可形成「輿論」的熱度，又可帶動觀眾的期待聲浪；唯進行史料判讀時，仍需多方比對、查證，方可採信一二。

是台製廠的頂頭上司——台灣省政府新聞處處長吳紹燧[10]。瑤台鳳的專文提及龍芳「禮讓」，背後的原因可能是直屬上司一聲令下；不過，張美瑤當紅是事實，台製努力將她推向香港電懋、日本東寶，跨境交流，這更是事實。原定由羅維導演的《風塵三俠》，在1964年3月初改弦易轍，轉由李翰祥執導，張美瑤也順理成章，在龍芳「禮讓」《西施》由國聯的江青主演之後，成為當然的《風塵三俠》紅拂女人選。

（二）帝王將相、性格演員

《西施》電影劇本由姚克《西施》、曹禺《膽劍篇》，二本話劇雙拼而成，演員選角也因戲劇重心的轉變，隨之出現很大的改變。

原本的戲劇重心是西施和夫差的感情發展，前文寫道，李翰祥延續1956年姚克「利舞台」話劇版本的印象，提議延請羅維出飾夫差，不過羅維此前原欲和台製廠合作，自導自演《風塵三俠》，依據瑤台鳳的報導，他甚至已經領取4000港幣的編劇費用和慰勞金。台製陣前換將，羅下李上，如今再請羅維「來台為江青跨刀」（『瑤台鳳』語[11]），於情於理其實也說不過去。

正好，戲劇主軸的轉變，使得西施與夫差的感情發展退居次要線索，主線篇幅讓位給「句踐復國」的史詩正劇；要演正派君王角色，盱衡影壇，非「皇帝小生」趙雷莫屬。

1960年代初期，華語影壇爭搶女星之勢已近失控。當《西施》把白熱化的女星爭奪戰焦點，由林黛、李麗華、尤敏、葉楓、樂蒂等，轉移到台製之寶張美瑤，再歸結到「禮讓新人」江青，緊接著的話題除了江青夠不夠「美」，剩下的就只是花邊點綴，媒體關注的焦點總算重新回到戲劇主體、

---

10 焦雄屏：《改變歷史的五年：國聯電影研究》（台北：萬象圖書公司，1993），頁206；此為1993年李翰祥闊別台灣廿餘載，終於抵台參加「中華民國電影年」相關活動時，由焦雄屏及國家電影資料館（現為國家電影及視聽文化中心）口述歷史小組進行之專訪，輯錄於《改變歷史的五年》專書。

11 見註4。

回到電影本身。幾位男角和主要配角的選擇，便不再有前述所謂「香港氣息太濃」的疑慮。製片方面的考量，也由台港明星的比重平衡，漸次轉移到如何安排台灣群星的亮相機會。

趙雷曾在訪談中提起，當年李翰祥國聯、台製以及電懋公司，對他可以說禮遇非凡，以三部電影的片酬，簽下他拍攝《西施》上下集[12]。他先後四次往返港台，1964年8月初抵台，拍完幾堂最重要大型內景後便返港拍古裝片《金玉奴》，隔年年初來台拍攝辭廟自刎，以及句踐勤政愛民的鏡頭，回轉香港拍完神話大戲《嫦娥奔月》、龐德式動作片《危險人物》，初夏飛抵台灣拍攝誓師北伐、萬馬千軍的戰爭場面，來去匆匆，返港結束《危險人物》續拍黃梅調《蘇小妹》，酷暑之際再抵台拍攝白沙灣禹王廟的大場面。一年多的往返過程，除了《西施》上下集，還同時拍了三部黃梅調以及一部時裝片，雖然萬分辛勞，卻也回饋滿滿，不但在1966年第四屆金馬獎獲頒最佳男主角榮銜，更種下他在台經商、任職統一飯店並投資發行公司的契機。

在李翰祥原先的設想中，夫差是「西施」故事的男主角，這個角色具有霸主的凌厲傲慢氣勢，也有盛世君王的明快和機敏，影片後段更有末路梟雄的蒼涼和悲壯，基本上就是楚霸王項羽一型的人物。劇本調整後，安排趙雷出飾雪恥復國的句踐，同時也等於借重他的明星威力，肩負起票房責任；夫差一角，在羅維成為尷尬的選擇之後，由李翰祥的左右手朱牧出任。

朱牧算不上是「票房明星」，如此安排，恰好將《西施》的選角考量由「明星」解放出來，由此以往，演技派的性格演員成為製片當局主要的選擇標準。李冠章、張方霞幾位外型較粗獷的男演員被安排飾演將軍，古軍、吳桓等，就被安排飾演大夫，老將龔稼農因腰傷不得已辭演，換上常楓，也是允文允武的越國大臣。

12 左桂芳：〈永遠的「皇帝小生」趙雷回首話當年〉，《電影欣賞》第83、84期合刊，1996年10-12月冬季號，頁86-99。

（三）忠奸對立，商業效果

　　李翰祥的歷史電影繼承了華文話劇及民俗戲曲的美學傳統，習慣給予主要人物完整、豐滿的性格紓展空間，無論楊貴妃、唐明皇、武則天、上官婉兒，或者西施、夫差、句踐，甚至後來慈禧片集中的慈禧、慈安、恭親王、咸豐、光緒、肅順等等，人性的光譜、層次，令這些角色不再只是歷史課本裡的蒙塵畫像，他們充滿活生生的人物個性，喜怒哀樂貪嗔癡怨，好沒有全好，壞也不是全壞，正義之餘，有委屈；淒婉之際，更有剛烈。

　　至於配角環節，他卻也習慣以清楚、單一的臉譜式形象，讓角色忠奸立辨；在「史」的厚重和人性平衡之內，調劑了「戲」的韻味，一來增添商業賣座的可辨識度，再者更經營出濃濃的傳奇質感。《西施》片中，一忠一奸的伍子胥和伯嚭，便是最佳例證。

　　西施、夫差等，千迴百轉的內心世界，層層精雕，寸寸細鏤，伍子胥和伯嚭一出場，則便是鏗鏘的台詞碰撞與電光火石的表演激盪，洪波飾奸角，不做第二人想，伍子胥一角，考慮過王引，最終落在與台製和軍中劇團頗有淵源的老劇人馬驥身上，表現也廣受好評。

　　在姚克的舞台原典當中，他詳細鏤刻此二角，不讓他們成為單純的忠臣與奸臣，更希望能營造吳國朝中「攻北」、「安南」兩股政治勢力——伯嚭「右軍」和伍子胥「左軍」的角力拉扯。在李翰祥的電影版本裡，雖然保留、延用了不少姚克原典的設計，但在商業電影娛樂價值的「戲味」誘因影響之下，李翰祥最終還是採用了忠奸分明的對立呈現。

　　反倒是范蠡一角，自邵氏「傾國傾城」的年代就難下決定，在不同觀點、不同角度、不同版本的「西施」和「句踐復國」呈現裡，范蠡的戲份雖然都不輕，但面貌模糊，性格實在不鮮明。姚克的話劇由慣演丑角和小人物的吳家驤出飾，這個版本的范蠡角色功能性強過敘事意義，或許也在借重吳家驤的銀幕形象，以仁厚和慈悲的筆觸，收束話劇全局。

　　《西施》電影最終出線的范蠡扮演者是出身軍旅的資深劇人曹健。一開始，異議者以曹健外形不夠高大，與身量較高的江青、趙雷等對戲，畫面恐

怕不太協調為理由，持反對意見，但最後此角仍歸曹健演出。影片開場不久的禹王廟大場面裡，他寶劍一拔，一個亮相，才幾句對白，馬上建立起范蠡智勇雙全的形象。

（四）眾多人物，精采紛呈

1956年姚克「利舞台」的《西施》話劇卡司當中，還有一位是李翰祥導演念茲在茲、合作極其愉快的女星——飾演鄭旦的王萊。

在1964年，王萊的影壇形象早已定型為年紀較長的婦人角色，曾經應李翰祥邀請來台演出《狀元及第》，此次原欲再邀王萊於《西施》片中出飾句踐夫人，至於號稱「第二女主角」的鄭旦[13]，發行商聯邦公司的夏維堂力保當年紅遍東南亞的台語片女星白蘭接演，只不過在1964年7月底正式開拍前，此角始終懸而未決，最終由活躍於話劇圈的毛冰如出飾。

電影《西施》角色眾多，主、配角之外，還有若干點綴，其中有輕有重，比如句踐夫人一角，台詞不多，份量不小。雖然沒有機會再邀王萊來台，出身軍中的劇人傅碧輝以她內斂沉著的演繹方式，灌注強大的存在感，鏡頭只要帶到夫人，觀眾的眼光很難偏離。馬廄一場，披離出言相譏，句踐、范蠡按捺不住，邁步欲辯，只見夫人雙手一攔，柔性力量十足，也遙遙呼應了整部電影在政治層面、國策層面希望強調的「忍辱負重」、「雪恥復國」之「忍耐」宗旨。

這裡的雙手一攔，對應影片後段越國發兵的大場面，千軍萬馬，浩浩蕩蕩，鬚髮灰白的句踐立在戰車上迤邐行去，夫人高立城頭，李翰祥用了一個大仰角的畫面，補捉她遙望將士出征的表情，淡而堅毅，同樣內斂沉著，同樣存在感十足，也正因為一前一後這兩個鏡頭，讓我們無法忽視句踐夫人在

---

13 「第二女主角」的頭銜是當年許多媒體報導為鄭旦這個角色封上的，就連《聯合報》1964年6月6日的瑤台鳳專題宏文，行文亦是如此。然而細觀最終的《西施》電影，男角的戲份重過女角，號稱「第二女主角」的鄭旦，戲份雖然不輕，但搶眼程度其實略遜於台詞不多，但存在感份量十足的句踐夫人。

整個《西施》電影裡的地位，哪怕鄭旦、旋波、餘光等美人的台詞再多，從西施數下，第二位讓人印象最深的女角，無疑就是傅碧輝詮釋的句踐夫人。

此外，劉維斌、沙利文、劉華、李登惠等，各有表現的機會，倒是兩位來自香港的明星，以特別客串的姿態在片中亮相，一是楊群，一是梁醒波。原本還安排馮寶寶在禹王廟大場面裡扮演越國女孩，說出曹禺筆下的名句「女兒就是死了，也要變成厲鬼掐死他們」，最後作罷，正式拍攝時由知名童星羅宛琳，在步入少女時代之際留下珍貴的銀幕表演身影。

梁醒波，還有沒能演到越國少女的馮寶寶，想必是李翰祥在角色安排上的票房考量。他在邵氏籌拍文藝情調極濃的《後門》、《手槍》（高立掛名導演）時，便已採用大堆頭明星客串的方式，製造噱頭，刺激票房，延請梁醒波客串一場戲，飾演吳國太醫無咎，正是這樣的盤算。

李翰祥深受香港永華影業的影響，永華在1948年拍攝創業作《國魂》時，即以上海群星搭成噴射客機來港拍攝為宣傳號召，名丑韓蘭根專程到港，拍攝一顆特寫鏡頭，旋即返滬，轟動一時。不過可惜，梁醒波主演。太醫無咎替西施看病的整場戲，在現存通行的短版《西施》中並未保存。

至於楊群，籌攝《西施》的1964年及1965年對他個人的演藝生涯，對國聯影業的整體發展，都是天時、地利、人和的水道渠成。

（五）國聯公司當家小生

國聯創辦之初，影壇以黃梅調古裝民間故事為尊；凌波以降，反串戲大行其道，又正逢女星當令的大時代，宣傳主軸多在女星身上，1964年國聯更開出「五鳳」的浩大陣仗，江青、汪玲、鈕方雨、李登惠、甄珍，成為電影史乃至於流行文化史上，不可磨滅的重要印記。

不過，缺少當家男星，一直是國聯重大的隱憂。

最早，李翰祥力邀關山加盟，關山在簽定合約、開始支薪之後，卻又與邵氏方面藕斷絲連，最後雙方對簿公堂，才得合解。但國聯沒有小生人才仍是事實，巨片《西施》還能靠特聘港星，搭配軍中劇團老戲骨等，解決選角

問題，如果不是聯合製片而是獨立上陣，國聯又該怎樣面對商業市場的挑戰？

楊群在香港國語片界浮沉近十年，一直是辨視度頗高的綠葉人才，不過星運未開，已生倦意，直到與嚴俊、李麗華等合作《秦香蓮》一片，扮演陳世美，在各地創下極高票房，他才重拾對表演工作的信心。

當此同時，他應邀到台灣拍攝香港新華公司童月娟女士出品的電影《鳳鳳》，與張美瑤合作，電影拍畢，返港前到國聯公司向舊友李翰祥致意時，先被推上火線，瓜代關山主演《風塵三俠》的李靖角色，隨後《菟絲花》也由他領銜，到後來《西施》拍攝黃池大會，晉侯一角，更請他客串演出，《西施》進行剪輯、後製時，他這位出身配音間的「資深聲優」更直接為趙雷配音代言，國聯在生角方面的缺憾，就這樣一再仰賴楊群。等到1965年夏秋之交，《西施》即將拍竣，《幾度夕陽紅》開鏡之前，公布主演名單，一頭霧水的楊群才被告知原來自己再度膺選第一男主角，苦熬多年的他也才終於有了出頭的感覺，正式上位，成為國聯影業的當家小生[14]。

四　兩家公司、三座片廠輪搭《西施》內景

布景，應該是最能體現《西施》「製片規模」，最能讓觀眾具體感受到《西施》與眾不同「尺寸」的藝術環節。李翰祥將邵氏大片廠的資源調度經驗，完整引介到台灣，台製與國聯合作的《西施》、《風塵三俠》兩部古典巨片先後開拍，《西施》的布景拍完，稍作修改，便是《風塵三俠》的場景。

1962年底，邵氏同時開拍四部民間故事古裝片《玉堂春》、《紅娘》、《楊乃武與小白菜》、《鳳還巢》，不久之後《梁山伯與祝英台》插隊，隨後又啟動《喬太守亂點鴛鴦譜》，這幾部作品的攝製工作壓縮在不到半年的時間裡，資源共享、共用，以搶拍的《梁祝》為例，便曾經運用三個影棚，一個拍、一個搭新景、一個拆舊景，彼此輪替。《紅娘》的普救寺景稍作修改，即為「十八相送」的觀音堂；《鳳還巢》的千金閨房與英台繡閣的格局、地

---

14 陳煒智：〈楊群、俞鳳至口述歷史專訪〉，於美國洛杉磯楊群夫婦家中，2016年5月6日。

步相仿，「遠山含笑」、「草橋結拜」的思古長亭也在《鳳》片開場亮過相。

這樣的搭景、改景、拍攝的經驗，在1960年代初期的台灣，尚無如此之大規模的調度，1963年底，李翰祥率領團隊來台，在台製唯一的廠棚旁以竹架搭建臨時小棚，大小並用，以三週的時間完成《七仙女》，即讓台灣影圈大開眼界。

此刻的台灣影壇，較具規模的官營影業拍攝設備——中影有新建成不久的士林廠A、B兩棚，台製廠就一個主棚，加上《七仙女》臨時棚，位於北投復興崗的中製廠也就一個主棚。即便如此，1962年下旬、1963年上半，中影卻因為人事更迭、產量縮減，更導致兩座號稱遠東地區極優秀的影棚閒置多時。然而，台灣技術人員刻苦耐勞、窮則變變則通的職業智慧和工作態度，卻也是邵氏團隊在1963年來台拍攝《黑森林》、《山歌姻緣》時，讚不絕口的重要影業特色。

1964年中旬，《西施》、《風塵三俠》先後開鏡，中影在稍早宣布新的製片計劃，「健康寫實」力作《養鴨人家》也展開攝製工作，還有由台赴港發展的潘壘導演，贏得邵逸夫的信任和應允，重返寶島，帶領台灣團隊，以「邵氏外景隊」的名義在此地製片，交由邵氏發行各地。突然之間，台灣幾座廠棚出現不敷調度的盛況，排期一部接一部，逐漸興盛的民營影業、跨海攝製的香港獨立製片等，也開始搶棚、搶工作人員，彷彿一扇窄門倏地起聞，大量待攝作品湧入有限的攝製空間。

在這其中，《西施》、《風塵三俠》、《養鴨人家》為台製、中影的作品，自然得以優先使用自家設備；在台製廠廠長龍芳逝世之後，原服務於台製、調任中影出任製片廠廠長的楊樵，被授命回返台製接掌大位，中間過渡時期他兩處兼職，《西施》和《風塵三俠》也在這段時間租借了中影廠棚，在《養鴨人家》拍畢內景、南下草屯拍攝農展會大場面時，進駐中影大約半年的時間，搭建、拍攝了兩堂大型布景。

瑤台鳳的文章是這樣寫的[15]：

---

15 見註4。

《西施》的劇本完成後，李翰祥看了不太滿意，經過數次修改，直到現在，據說尚未最後定稿，要等李氏從東京返台後，才能作最後的修正；但台製方面則早已邀請佈景設計顧毅趕工繪出主要的場景圖，刻意求工的李翰祥，鑒於台製的攝影棚太小，主張把幾場大佈景如姑蘇台、館娃宮等分為好幾場佈景分開搭佈，而且根據李翰祥拍戲的傳統，佈景道具的考究；而服裝和頭套方面，目前雖已寄到香港去定製，但據說有上千件的服裝，一時也難以交貨，因此外傳《西施》將於六月初開鏡，事實上早已看得出來一定要延期。

簡單統計一下《西施》的內景：越國的部分包括了禹王廟內景、句踐臥薪嘗膽的石室連到庭院、義士后薑的家園、王孫雒將軍拆城的角落，還有老婦人帶著雙胞孤兒垂淚嘆息的古樹；吳國的部分則包括姑蘇台大殿、館娃宮大殿、西施梳妝台、西施寢宮、館娃宮的通道、寢宮的入口、句踐牧馬的馬廄、黃池大會時的夫差營帳，以及最讓人印象深刻的響屧廊。

　　除了搭建在中影廠棚的兩堂大景：吳國馬廄、姑蘇大殿，《西施》主要的內景還是搭建在台製自家廠房設施裡，在原有的大影棚之外，《七仙女》臨時棚此時已經成為很能靈活運用的固定小棚，比照兩年前李翰祥在邵氏拍攝《梁祝》的調度方式，《西施》、《風塵三俠》兩部巨片先後在7月底、9月初進駐台製廠。

　　1964年7月22日下午《西施》開鏡，先拍攝館娃宮主場，夫差賜死伍子胥的高潮戲，拍畢之後改景成為《風塵三俠》裡的楊素府邸，改景期間，劇組移師鄰側拍攝句踐石室臥薪嘗膽，與此同時，中影廠棚出清，搭成馬廄、牽來數匹駿馬，演員拍完忍辱負重的石室戲，刷白鬢髮，在同一場景呈現20年後誓師伐吳的句踐演說，然後轉戰中影廠棚，回到20年前，吳宮牧馬、受盡羞辱。

　　楊素府邸改建完成，9月10日晚間《風塵三俠》正式開鏡，李翰祥導演在9月14日趕赴香港處理公務，並監督《狀元及第》在港首映，匆匆來回，空檔之間，江青指導張美瑤排舞、練舞，並在導演返台後於9月底把紅拂女

的重點舞蹈場面拍攝完畢。

1964年的下半年，《西施》和《風塵三俠》就這樣以接力的方式同時調度台製和中影的幾座影棚，李翰祥穿梭在港台之間，幾位副導演、執行導演協助監督布景進度、尋覓外景場地、代拍過場鏡頭，趙雷在電懋戲約不斷，《金玉奴》、《嫦娥奔月》、《危險人物》，還有苦等檔期的《蘇小妹》，江青除了演西施，還擔任張美瑤的身段、舞蹈指導，得空時亦須返港探望家人親友；如果說李翰祥三週拍成《七仙女》讓台灣影壇大開眼界，到《西施》時的整體排期和資源調度，就真的讓大家瞠目結舌，由衷佩服。

對台灣影圈來說，幾組戲同時開機雖不算什麼陌生局面，演員軋期在台語片的全盛時期也極為常見，但像《西施》這樣透過縝密、詳盡的計劃，一步一步，如期完成，的確是一次紮實的學習機會。

《西施》的內景戲大概在1964年7月底至1965年1月中旬差不多完成七、八成，依照以往李翰祥在邵氏的拍攝進度，並不算延誤太久；然而在1965年初開始，陸續因為國聯內部的製片問題、台製方面張美瑤的排期，還有電懋方面對於在台製片一事的態度，直接影響《風塵三俠》的拍攝進程。1965年1月，《西施》走出攝影棚，進入外景拍攝期之後，規模加倍膨脹，預定的上映檔期也一再延後。

五　影壇總動員：《西施》的外景攝製

如果說《西施》利用台製、中影士林廠二大一小三座影棚調度內景的攝製規模，在1964年的台灣影壇是「前所未見」的製片規模，進入1965年，《西施》接連開拍的外景場面則更屬盛況空前。

《風塵三俠》約莫在1965年的2月，也就是農曆春節過後，就再無拍攝紀錄。台製與國聯，將全副心力投注在《西施》的攝製工作上，「台製之寶」張美瑤也被送往香港、日本，參加台製與電懋、東寶三方聯合製片的《香港白薔薇》。或許是電懋方面因應陸運濤逝世之後的人事變更，改變了《風塵三俠》的命運，也或許真如當時宣傳的說法，因為廠棚排期全滿，以

致《風塵三俠》在1964年的12月已停工數週，1965年1月才又接續《西施》在中影士林廠，將姑蘇台宮殿景改為隋朝皇庭，拍攝李湄飾演宣華夫人的鏡頭。

香港電懋的內部變化，我們將另闢篇章討論；1965年1月中下旬開始，《西施》結束主要的內景戲，移師台中拍攝外景，它的外景主要分為五大部分：

首先是越國都城，以一座木架草頂的城門為主體，延伸出一座鼓、馬棚，以及一條長街。其次是軍營，一條寬大的馬車道，兩側立有旗竿，車道盡頭也是木架草頂的牌樓，大營帳周圍有小營帳，一群一群，星羅旗布，只要調整營帳的色彩和花紋，即可拍攝吳國軍營和越國軍營不同的戲劇場景。第三是黃池大會，黃池大會的會盟禮台是一座露天的高台，四面皆為黃土地，旁側同樣有木架草頂的牌樓。第四則是空闊的戰場，兩軍對峙，君主高聲一喊，駕車上前，雙方便開打；最後便是背山面水的禹王廟，禹王廟是越國宗廟，前為水域、碼頭，水上更有兩條大型古戰船。

其他短景、碎景等尚包括西施的故鄉苧羅村、溪畔浣紗、越國子民割稻豐收、車載稻粱獻吳王、文種秘密演說鼓舞人心，以及吳國惡兵殺人搶牛等等鏡頭。

主要外景當中第一至第四部分，均在台中后里、清泉崗機場、毘盧禪寺一帶的空地搭建、攝製，另有報導指出黃池大會攝製地點選於大度山，不過該處與馬場相距遙遠，史料尚缺，只能存而不論，至少自電影中看起來，第二部分和第三部分似乎是相連在一起的。

台中外景場地，「景」的元素不若馬匹、車駕的運用來得醒目，后里馬場飼養的駿馬原本不會拉車，費時近半年訓練，古式戰車上鏡不但有模有樣，夫差在黃池派出車駕揚威、「以進為退」一場，更因此成為影史經典[16]。

---

16 《聯合報》在1965年5月8日、5月23日，先後刊出大篇幅的《西施》電影戰馬戰車相關報導，5月8日在第13版有〈《西施》精工刻劃 戰馬場面驚險〉一文，5月23日在第7版則有〈古代的戰車與車戰〉一文，以《西施》拍攝為引文，主要談的是戰車考古。

　　李翰祥導演以往的古典宮闈鉅片，除了片廠內搭景，最多就是到日本拍攝戰爭場面，此次是他試圖駕馭好萊塢格局的電影規模。黃池大會、馬車征戰，對照鏗鏘有力的館娃宮內景賜死伍子胥，或風流倜儻的響屧廊舞踊，都是國寶級的光影珍品，在北海岸白沙灣搭建的禹王廟一景，更是將《西施》推向巔峰的關鍵。

　　《西施》在一年工作期之後，來到1965年的盛夏，終於要拍攝這場全片最大的場面：禹王廟的外景戲。電影由如今已經失傳的戰爭序幕開場，片頭字幕後即是浪淘殘血，屍橫遍野，句踐戰敗退守禹王廟，等待夫差抵達水岸碼頭，他將率領群臣向夫差投降。

　　這堂巨景脫胎自曹禺《膽劍篇》第一幕，吳越對決，越王句踐戰勝吳國的老王闔閭，新王夫差即位，大敗越國，吳兵燒殺逞惡，夫差志在北進爭霸，意圖以仁治贏得美名，因此應允越國投降；越國子民苦守在禹王廟外，想見句踐一面，無奈重重吳軍把守，伍子胥帶兵前來，意欲斬草除根一絕後患，范蠡捨身相逼，伍子胥敬其忠勇義氣，這才作罷。夫差於水濱受降，句踐率領夫人臣子前來，冠帽雖除，仍難俯首，夫差震怒，下令將之押往姑蘇。

　　同一時候，在廟前長階、階前石橋、水岸碼頭、湖濱沙地，視線所及，寸寸是戲。有農人家中良田全被惡兵火焚殆盡，狼狽趕至，嘶啞問天；又見孤女哀撫父屍，嚎啕大哭，夫差的前導護衛正在吆喝趕人，亂中衝出白衣女子護住少女，軍士厲問「你是什麼人？」，白衣女子朗聲昂首：「同是越國人！」她就是西施。

　　這堂巨景，早在1964年初，《狀元及第》拍攝完畢、《西施》籌備之始，就已經由美術大師顧毅繪製成形；《西施》於7月22日開鏡後，主創團隊也開始在北海岸各處尋找可供搭建禹王廟主景的合適場地，之後又傳出消息可能往台南尋找，秋涼9月再傳可能與韓國合作，在韓國拍攝，再到1965年初，於台中后里等處拍攝越國都城的戲份時，更有消息指出可能在中部置景。

　　最後在1965年3月2日，李翰祥與楊樵，會同國防部相關人員終於選定白沙灣，並於3月18日核准通過，得以在海岸興築規模如此巨大的電影布景。

　　1965年6月底，在完成越國都城、黃池大會以及所有戰爭場面的鏡頭之

後，大批原物料自台中運抵白沙灣，未知是否為資源回收，但在6月29日起，禹王廟的搭建工程正式展開，初步預計15個工作天可以完成，最後大約在7月中旬竣工，7月20日起正式開拍。

最先拍攝的就是伍子胥帶兵欲進禹王廟的戲，數千名臨時演員全數出動，其中以支援的國軍為主，布滿整個沙灘，有的扮演越國民眾，有的扮演吳國軍人，有的扮演侍衛，還有宮女、內侍，一排一排、一群一群，殿階旁側則是駐軍之營帳布景，櫛比鱗次，井然有序。

7月22日趙雷第四度來台拍攝《西施》，23日在白沙灣報到後，隨即開拍辭廟、出降的大場面，出動全片所有演員，越國君臣以及句踐夫人自禹王廟內行出，鏡頭仰拍殿門大開，然後側面補捉趙雷立於殿前俯望殘破國土，階下所有百姓齊聲跪下；位於水濱的夫差驚異越國將亡，卻依然謹守君臣禮法，心中起了警覺。沙灘人群裡，有代替馮寶寶出鏡的羅宛琳，有江青、毛冰如飾演的西施、鄭旦，吳王帳側，則有伍子胥、伯嚭等武將文官。

電影演到句踐除冠、投降，吳王夫差與之言語攻防，氣極拂袖，他一聲「擺駕」，整個沙灘上幾千人次的臨時演員，全部一起動作。旌旗翻飛、宮女、武士，列隊排成，帆船緩緩駛近……在無比精準的籌備、排練，和高妙的場面調度之下，從夫差的特寫跳接到沙灘大全景，巨幅銀幕裡的畫面就像長了翅膀似地撲撲騰起。

句踐與妻子，在范蠡的護送、陪同下，於吳宮牧馬三年，受盡羞辱，終於贏得夫差信任，釋放歸國，消息傳來，越國臣民自宗廟奔出，來自四面八方的百姓全部來到水濱碼頭，迎接句踐歸來。

這場句踐獲釋返國的高潮戲，攝於1965年7月28日。由於7月26日哈莉颱風來襲，停拍一日，27日整理現場，發現布景完好無損，只有橋邊小欄斷了幾根，略事修整，28日便火力全開。

電影裡先是鏡頭仰攝守在禹王廟裡等候消息的百姓，聞訊狂喜由長階奔下（百姓在禹王廟中等候消息、高聲歡呼奔出廟門的鏡頭，早在半年前——1965年1月中下旬，便已在台製廠內拍畢），接著人群瞬間擠滿幾座石橋。畫面切至山村，瀑布下（當時在烏來取的景），巨巖旁，鄭旦蹬石高呼姊妹，

西施扔下手中洗到一半的紗，帶著村裡的少女紛紛奔來。

於是，來自四面八方的群眾，一齊湧向水岸碼頭。句踐一身白衣，立在船頭，遠望臣民百姓踏水而來，他捨舟登岸，罪人身分的白袍恰成視覺焦點，左右兩路旗隊湊近，衛士齊步迎前，民眾在水裡、沙裡揮手歡呼，八九條不同方向的動線，全部匯集到白袍句踐的一小點。句踐迎起接駕的守國大臣文種，舉目四望，只見江山依舊，他行至禹王廟下的橋頭，口中喃喃，接著便長跪不起。

李翰祥率領的團隊聚焦在這場戲，全天下來共拍攝14個鏡頭，「場面」戲基本上已經完成；次（29）日上午，再補拍趙雷和群眾的互動戲後，下午，支援的部隊業已陸續回營，劇組專心拍攝趙雷的畫面，全日補齊大約30多個。原定8月1日拍畢，後因現場參觀的遊客太多，略有延誤，8月2日才將禹王廟的大景全數完成。

至此，《西施》拍攝工作僅剩零星兩堂過場內景，在1965年2月完成第一輪配音及剪輯之後，在1965年的8、9月之間繼續趕工，並於9月20日全部結束台灣方面的工作，預備前往日本進行最後的混音、合成，以及彩色沖印和拷貝製作。回望開鏡的1964年7月22日，至此整整一年零兩個月，如果日本後期工作一切順利，10月下旬的光復節檔期應該就能在台灣隆重上映。

六　結語

1964年6月20日的民航機空難，撼動整個華語電影圈。前文所提及國泰陸氏、台製廠以及聯邦公司等，星馬、香港、台灣三方跨域合作的巨大藍圖，霎時化為塵土，《西施》則成為其中碩果僅存的理想結晶。

李翰祥在1966年3月於香港刊行的《國聯電影》創刊號裡，署名撰作了一篇文章，談《西施》的製片人——繼任龍芳為台製廠廠長的楊樵，也談及他在空難事件之後，五雷轟頂，心神紊亂的狀態。據李翰祥在文中描述，按照原本的規劃，國聯在《七仙女》之後，正預備鴻圖大展，聯邦的夏維堂（彼時亦身兼電懋在台代理）負責發行規劃，台製的龍芳主理廠務行政，國

聯的李翰祥則執掌藝術環節，三方通力合作，國泰陸氏對來台投資產生興趣，也不盡然必定削弱李翰祥國聯在此方程式中的藝術地位，然而，空難帶走了陸運濤、夏維堂、龍芳，曾經規劃的未來遠景姑且不論，台製廠內的美崙美奐的館娃宮布景已經建得差不多，眼下《西施》究竟拍或不拍？

1964年6月26日，李翰祥隨影人團隊護送陸運濤夫婦等多位罹難者的靈骨離台抵港，再於28日護送陸氏靈骨返回吉隆坡。

電懋公司副總經理林永泰、宣傳部主任黃也白等，在吉隆坡與李翰祥一行會見了陸運濤的母親，也就是大實業家陸佑先生的夫人。陸夫人強忍悲痛，指示在星馬及香港的機構都將繼承她愛子的遺志辦下去，她並慰勉林、黃二人攜手推展電懋業務。此外，陸夫人屬意家族中的大女婿朱國良繼承陸運濤遺志，擔任國泰機構董事長兼任電懋公司總經理，國泰日內即可經由董事會通過正式發表消息。

李翰祥在吉隆坡、新加坡等地，與陸夫人及國泰機構的高級人員朱國良、副董事長連福民、俞普慶等會商後續計劃，獲得包括陸夫人及國泰機構的保證，國泰機構表示，對國聯一如暨往全力支持，並不受陸運濤逝世影響，陸夫人更特別囑咐李翰祥好好的拍片。得此承諾，李翰祥才於7月中旬返抵台灣，正式投身《西施》的拍攝工作[17]。

然而，電懋新人新制啟動之後，與台灣之間的互動漸漸冷淡。原欲來台拍攝的古裝黃梅調《描金鳳》，以台灣片廠影棚檔期全滿，缺乏設施為由，取消合作，又以張美瑤工作時程難以配合，重擬包括《描金鳳》、《金玉奴》等多部籌備中的港台合作計劃。進入1965年，就連電懋自家的重點鉅片《嫦娥奔月》，都被削減製片預算，電懋的氣勢愈見緊縮，1965年9月底，更直接宣布已完成香港商業登記法律手續，今後改稱為「國泰機構香港分公司」，「國際電影懋業公司」之名從此走入歷史，電懋不再是那個曾經風雲際會、雄霸影壇，令邵氏公司如芒刺在背的電懋，電懋只是「國泰機構」在香港的一顆小棋子而已[18]。

---

17 〈國泰機構決全力支持李翰祥〉，《聯合報》第8版，1964年7月10日。

18 見1965年9月28日《聯合報》第8版刊出的〈香港影訊〉。

　　李翰祥拍畢《西施》，在1965年9月22日偕同楊樵直飛香港，與國泰機構進行會談，國泰方面釋出的訊息頗為負面，認為李翰祥耗時過久、虛擲製片經費，甚至明言《西施》若虧本就算了，如有收益，再將所賺投資拍片，並且訓誡李翰祥不可每部作品都投入過多精力、經費，國聯必須在A級片和B級片之間妥善掌握、完善計劃[19]。

　　李翰祥和楊樵由香港轉至東京，頂著莫大壓力和影壇的閒語暗箭，在日本默默工作了兩個多星期，總算順利沖出拷貝，在1965年10月22日晚間於台北新生戲院隆重獻映。

　　《西施》問世之後，來自各方的讚譽、吹捧，紛至沓來，李翰祥更以近40歲的「高齡」獲頒十大傑出青年獎。國泰方面似乎也再度親熱了起來，新任董事長朱國良、香港方面的負責經理俞普慶等連袂於11月底造訪台灣，又是晚宴又是總統接見，一再表示將繼續與國聯、與台灣密切合作。之後《西施》轉進香港、星馬等地獻映，上下集的三小時40分鐘版本之外，又為海外市場修剪了約150分鐘的國際版，銷往歐美，並代表我國參加柏林影展。

　　熱潮過後，《西施》的完整版本漸被遺忘，如今只剩下國際短版傳世。

　　重看《西施》，而且是短版的《西施》，筆者曾於《電影欣賞》季刊第181期的專欄裡寫過以下這段文字：

　　　　無論是震懾於它的製片氣勢、拜服於李翰祥的場面調度、賞玩它在美術及服裝還有電影音樂上的種種用心和講究、品味眾家台港第一流演員的古典正劇演技示範，抑或者，窮究那些由原版上下集完整篇幅裡剪輯出來，數十年卻未曾傳世的失落片段。總之，每次看《西施》，都是一次推理能力和想像能力、鑑賞能力，三「力」齊發的過程，一邊看，一邊希望能自己拼湊出一幅「可能的全貌」，藉以勾繪這部台

---

19 見1965年9月28日《聯合報》第8版刊出〈香港影訊〉中「本報記者王會功香港二十三日航訊」段落。

灣電影史上，最豪華、最氣派，影響也極其深遠的古典史詩巨構。[20]

自然，我們可以說這等精準的執行，不過只是拾人牙慧，模仿好萊塢而已。然而《西施》電影畫面裡透露出的東方美感與哲學思維，歷史考證與創作者瀟灑發揮的金纖玉屑，又與好萊塢的場面展覽區隔出另外一種氣派、另外一種韻味。

禹王廟前兩大段戲——開場的受降，以及句踐歸國——從句踐、文種、范蠡、夫差等等人物構成的巨幅歷史圖像，插入人群裡西施、鄭旦特寫鏡頭交相編織。在中影及台製棚內搭建的最宏大布景——姑蘇台大殿和館娃宮大殿，一場是姚克話劇的改編，一場是曹禺台詞的再現，當然，海內外影評及學者專家、影迷觀眾等由衷讚賞的響屜廊舞，盡得風流情致。還有越國發兵、黃池大會，那些戰馬、戰車，以及整個台灣影壇總動員的血汗結晶，全在《西施》電影裡。史實與傳說巧妙匯流，構成了古典的美好極致，更滋養了兩三個世代的華人觀眾，在欣賞、想像，甚至信仰自己文化裡的古典美感時，最具體也最厚實的品味依據。

---

20 陳煒智：〈《西施》：李翰祥的古典史詩巨構〉，《電影欣賞》第181期，2019年10-12月冬季號，頁17-19。

參考文獻

一　專書

李翰祥：《三十年細說從頭》（第一冊至第四冊），香港：天地圖書，1984
　　　年。

李翰祥：《天上人間》（第一冊至第四冊），香港：天地圖書，1997年。

江　青：《江青的往時往事往思》，台北：時報文化，1991年。

焦雄屏：《改變歷史的五年：國聯電影研究》，台北：萬象，1993年。

唐明珠、薛惠玲主編：《台灣有影：台影新聞片中的電影》，台北：國家電影
　　　中心，2011年。

二　期刊專文

左桂芳：〈永遠的「皇帝小生」趙雷回首話當年〉，《電影欣賞》第83、84期
　　　合刊，1996年10-12月冬季號。

陳煒智：〈國聯風華專題〉，《電影欣賞》第155期，2013年4-6月夏季號。

陳煒智：〈《西施》：李翰祥的古典史詩巨構〉，《電影欣賞》第181期，2019年
　　　10-12月冬季號。

三　訪談及口述歷史

李翰祥（焦雄屏訪，1993年11月）

江　青（陳煒智訪，2003年11月）

甄　珍（陳煒智訪，2013年11月）

鈕方雨（陳煒智訪，2013年11月）

李登惠（陳煒智訪，2014年3月）

楊　群、俞鳳至（陳煒智訪，2016年5月）

林福地（陳煒智訪，2020年1月）

李燕萍（陳煒智訪，2020年8月、9月）

四　報紙及雜誌

《中央日報》

《中國時報（徵信新聞）》

《台灣新生報》

《聯合報》

《經濟日報》

《南國電影》（雜誌）

《國際電影》（雜誌）

《電影沙龍》（雜誌）

《國聯電影》（雜誌）

五　特別感謝

周揚明（台北）、李燕萍（台北）、林福地（台北）、江　青（瑞典及紐約）、
張永祥（洛杉磯）、楊　群（洛杉磯）、李登惠（東京）、俞鳳至（洛杉磯）、
黃漢民（新加坡）、蘇章愷（新加坡）

在地全球化的新視域：
2020第七屆屏東文學國際學術研討會議程表

指導單位：教育部、屏東縣政府
主辦單位：國立屏東大學
承辦單位：國立屏東大學中國語文學系
合辦單位：國立臺灣文學館
協辦單位：科技部人文社會科學研究中心
　　　　　國立屏東大學人文社會學院
日　　期：2020年10月30日（五）
地　　點：國立屏東大學民生校區「教學科技館一樓視訊會議廳」

08：30-08：50			報　　　　　　　到		
開幕典禮	08：50 ｜ 09：10		古源光校長（國立屏東大學）致詞 蘇碩斌館長（國立臺灣文學館）致詞 吳明榮處長（屏東縣政府文化處）致詞		
專題演講	09：10 ｜ 10：10		主　持：簡光明院長（國立屏東大學人文社會學院） 主　講：陳耀昌醫師（作家） 講　題：由全球化新視野來「重視」屏東歷史、文化及旅遊		
場次	時間	主持人	發表人	題目	特約討論人
論文發表（一）	10：10 ｜ 11：40	林慶勳教授 中山大學 中國文學系	林淑貞教授 中興大學中國文學系	鏡象中的動物世界： 陳致元寓言繪本中的敘事 模式與主題意蘊	游珮芸教授 臺東大學兒童文學研究所
			楊政源教授 慈惠醫護專科管理學校 幼兒保育科	戰後屏東兒童文學史芻議	陳昭吟教授 臺南大學國語文學系
			黃文車教授 屏東大學中國語文學系	瀧觀橋的呼聲： 屏東臺語歌謠的創作與 社會關懷	顏美娟教授 高雄師範大學國文學系

11：40-12：00		地方曲藝——恆春月琴彈唱		
12：00-13：30		午　餐		
論文發表（二）	13：30｜15：20	戴文鋒院長 臺南大學 人文學院	陳煒智先生 影評人	台灣影壇總動員： 電影《西施》的製片格局 與產業效應（攝製篇）	鄭秉泓先生 影評人
			嚴立模教授 屏東大學中國語文學系	陳冠學《田園之秋》中 的臺語詞彙	丁鳳珍教授 臺中教育大學 台灣語文學系
			朴南用教授 韓國外國語大學 大學院中語中文學科	東亞地方文學的 交流和研究	崔末順教授 政治大學中國文學系
			魏月萍教授 馬來西亞蘇丹依德理斯 教育大學中文系	馬華地方文學的建構 與跨界——以大山腳的 文學結社為例	高嘉謙教授 臺灣大學中國文學系
15：20-15：40		茶　敘		
論文發表（三）	15：40｜17：10	江寶釵主任 中正大學 中國文學系	黃美娥教授 臺灣大學臺灣文學研究所	屬於「萬丹」的回憶錄： 劉捷與王培五以屏東為起 點的生命敘事	廖振富教授 中興大學臺灣文學 與跨國文化研究所
			林思玲教授 屏東大學文化創意產業學系	從屏東勝利新村故事的收 集與寫作來談眷村的永續 保存	榮芳杰教授 清華大學 環境與文化資源學系
			朱書萱教授 屏東大學中國語文學系	承先啟後的渡海書家—— 陳福蔭與屏東的書法文化	莊千慧教授 臺南大學國語文學系
座談會	17：10｜18：10	主持人	與談人	主題	
		余昭玟主任 屏東大學 中國語文學系	廖振富教授 中興大學臺灣文學 與跨國文化研究所 江寶釵主任 中正大學中國文學系 高嘉謙教授 臺灣大學中國文學系	地方文史與在地全球化的新視域	
18：10-18：20		閉幕典禮		

【議事規則】

1. 論文發表：主持人5分鐘，發表人12分鐘，特約討論人10分鐘，回應3分鐘，綜合討論10分鐘。

2. 座　談　會：主持人5分鐘，與談人15分鐘，綜合討論10分鐘。

學術論文集叢書 1500018

在地全球化的新視域：
2020 第七屆屏東文學國際學術研討會論文集

主　　編　林秀蓉

責任編輯　林以邠

特約校對　宋亦勤

發 行 人　林慶彰

總 經 理　梁錦興

總 編 輯　張晏瑞

編 輯 所　萬卷樓圖書股份有限公司

　　　　　臺北市羅斯福路二段 41 號 6 樓之 3

　　　　　電話 (02)23216565

　　　　　傳真 (02)23218698

發　　行　萬卷樓圖書股份有限公司

　　　　　臺北市羅斯福路二段 41 號 6 樓之 3

　　　　　電話 (02)23216565

　　　　　傳真 (02)23218698

　　　　　電郵 SERVICE@WANJUAN.COM.TW

香港經銷　香港聯合書刊物流有限公司

　　　　　電話 (852)21502100

　　　　　傳真 (852)23560735

ISBN 978-986-478-481-3

2021 年 7 月初版一刷

定價：新臺幣 400 元

如何購買本書：

1. 劃撥購書，請透過以下郵政劃撥帳號：

　　帳號：15624015

　　戶名：萬卷樓圖書股份有限公司

2. 轉帳購書，請透過以下帳戶

　　合作金庫銀行 古亭分行

　　戶名：萬卷樓圖書股份有限公司

　　帳號：0877717092596

3. 網路購書，請透過萬卷樓網站

　　網址 WWW.WANJUAN.COM.TW

大量購書，請直接聯繫我們，將有專人為

您服務。客服：(02)23216565 分機 610

如有缺頁、破損或裝訂錯誤，請寄回更換

國家圖書館出版品預行編目資料

在地全球化的新視域：2020 第七屆屏東文學國
際學術研討會論文集. /林秀蓉主編. -- 初版. --
臺北市 ： 萬卷樓圖書股份有限公司, 2021.07
　面 ；　公分. -- (學術論文集叢書；1500018)
ISBN 978-986-478-481-3(平裝)
1.臺灣文學 2.文學評論 3.文集

863.9/135　　　　　　　　　　110009255